ROUGE TANGO

DU MÊME AUTEUR
CHEZ POCKET

BLEU CALYPSO
ROUGE TANGO

CHARLES AUBERT

ROUGE TANGO

Slatkine & Cie

MIXTE
Papier issu de
sources responsables
FSC® C003309

FSC
www.fsc.org

L'éditeur de cet ouvrage s'engage dans une démarche de certification FSC® qui contribue à la préservation des forêts pour les générations futures.

Pour en savoir plus :
www.editis.com/engagement-rse/

ISBN 978-2-266-30547-1
Dépôt légal : mars 2021

À Anton et Koba et...

À Marie-Pierre quand elle avait neuf ans

CHAPITRE 1

J'avance
Dans le vent d'automne
Vers quel enfer ?

Kobayashi Issa

C'était l'heure du thé. Il soufflait un vent doux aux odeurs de terre humide et d'iode. L'été s'éloignait. Je songeais aux nuages qui se formaient au-dessus de la mer, la teinte gris-bleu que prenaient leurs ventres lourds. Je songeais au lido sous les assauts des vagues, l'intensité vibrante du silence après la tempête. J'avais envie de rejoindre les grandes profondeurs. Le monde de surface ne me réussissait pas. Ses règles, ses enjeux, je ne les comprenais pas.

L'année précédente, trois gars s'étaient installés et avaient créé leurs marques. Trois malheureux gars ! Ça avait suffi pour me mettre dans le rouge. Leur stratégie commerciale était simple, une politique tarifaire agressive. Parfois, il suffit d'un rien. Ils proposaient des leurres pour la pêche qui ressemblaient à ceux que je fabriquais mais à des prix systématiquement inférieurs. – 20, – 30, – 40, quelquefois jusqu'à – 50 %. C'est sûr, ils devaient se prendre pour des petits génies et crouler sous les bons de commande. En réalité, c'étaient des putains de blancs-becs qui traînaient encore dans les jupes de leurs mères. Ils se déplaçaient en skate-board ou en trottinette, pendant que je conduisais une voiture qui consommait plus de douze litres aux cent. Pas les mêmes charges, pas les mêmes seuils de rentabilité, pas exactement les mêmes aspirations non plus. Ils voulaient s'enfoncer au cœur de ce monde confus et artificiel, je préférais vivre à sa lisière. Et si je me démenais encore pour gagner de l'argent, c'était moins pour mener grand train que pour racheter sa part au silence.

J'ai installé la bouilloire en fonte sur le feu, je me disais qu'ils avaient eu aussi la chance de surfer la bonne vague. Avec la montée du chômage, le ralentissement de la croissance, et la perte de compétitivité des entreprises, la grogne commençait à monter de partout dans le pays. Le gouvernement avait pris des mesures et facilité aux jeunes chômeurs l'accès au statut d'auto-entrepreneur. Formalités d'inscription réduites au minimum, exonération partielle de charges sociales, aides à la création d'entreprise… Après les chauffeurs de taxi et les artisans du bâtiment, c'était au tour des fabricants de leurres de subir les conséquences de la dérégulation du marché du travail.

Tout ça n'avait été que le point de départ de mes emmerdements. Il avait fallu, bien entendu, que j'ajoute ma petite touche personnelle, que je trouve un moyen définitif de mettre le feu aux poudres.

Quelques mois auparavant, j'avais reçu un coup de fil. La rédactrice en chef d'un magazine sur l'économie qui paraissait en kiosque avec des promesses du genre « dopez votre charisme pour mieux entortiller vos clients », « 100 idées de business pour s'en mettre plein les fouilles ». Elle voulait faire un sujet sur les quinquas qui avaient changé de vie et souhaitait illustrer son article par plusieurs témoignages tirés de la vie réelle. Elle était tombée sur le blog de mon site où j'avais raconté en quelques lignes mon parcours d'ancien cadre dynamique, fatigué du tumulte des villes, qui avait décidé un jour de disparaître dans une cabane au bord d'un étang salin près de Montpellier pour fabriquer des leurres. L'histoire lui avait plu et elle avait proposé de m'interviewer. Je ne sais toujours pas pour quelle obscure raison, j'avais accepté. La photo de ma tronche hilare en train de brandir deux leurres disposés en forme de V de la victoire avait fini en couverture du magazine et en affiche grand format sur tous les kiosques de Paris. Il faut dire que la journaliste qui avait rédigé le papier en avait fait des tonnes sur la réussite fulgurante de mon business. En lisant l'article, on avait l'impression que j'étais la réincarnation de Steve Jobs dans son garage de Los Altos. Les leurres Nielsen, c'était écrit noir sur blanc, n'allaient pas tarder à envahir le monde. Tout cela bien sûr était largement exagéré. Mais le ver était dans le fruit et ma success story avait fait plusieurs fois le tour du pays avant que je n'aie eu le temps de lever le petit doigt pour rétablir la vérité.

J'ai installé le Natsume contenant le matcha sur un plateau en bois avec le chasen et un bol de thé, et j'ai déposé le tout sur le tatami en paille de riz.

La voie du thé enseigne la pureté et l'harmonie en opposition à la vulgarité du quotidien. En cela, elle est un culte de l'imparfait. Elle le sait.

Lorsque l'article était paru, j'avais d'abord été plutôt content. Tout ce bazar avait eu le double effet de doper mes ventes et de flatter mon ego. Puis rapidement, ça avait suscité l'intérêt de toute une bande de jeunes taureaux énervés. Il faut dire que je me tenais au beau milieu de l'arène, tête dressée, poitrine gonflée, à secouer comme un abruti un chiffon rouge au-dessus de ma tête.

Les concurrents ont commencé à s'installer les uns après les autres. Il y a eu d'abord *Fun Lure* puis *Fish4life* et enfin *Leurre Addict*. Et mon chiffre d'affaires a commencé à piquer du nez. En plus, et ça, c'était difficile à admettre, les gamins se sont très vite révélés plus en phase que moi avec la nouvelle génération des pêcheurs au leurre.

Ils communiquaient à longueur de journée sur des réseaux sociaux où je n'avais jamais aventuré un pied et mettaient en avant des nouvelles techniques telles que le *street fishing* et le *rock fishing* que j'avais jusque-là traitées par-dessus la jambe. Sans bien comprendre, je les regardais sortir des leurres bariolés, zébrés, étoilés ou d'autres encore avec des motifs camouflage. Ils avaient même créé des leurres à tête de mort ou en forme de canettes de bière. Tout cela me semblait parfaitement incompréhensible et grotesque.

Quand l'eau de la bouilloire m'a semblé être à la bonne température, j'en ai versé une petite quantité sur le matcha que j'avais déposé au fond du bol, puis j'ai fouetté avec le chasen jusqu'à ce que le thé devienne légèrement mousseux.

Il y avait bien eu le Rouge Tango qui avait réussi à me maintenir la tête hors de l'eau pendant quelques mois, mais les ventes commençaient à décliner aussi. J'avais besoin de me renouveler, de sortir un nouveau modèle qui ferait date, comme le Bleu Calypso en son temps. Le problème, c'était que ma tête était aussi vide qu'une citrouille le jour d'Halloween. Je passais des jours et des jours devant ma planche à dessin, mais rien d'intéressant n'en sortait. Une citrouille vide ? En réalité, ce n'était même pas ça. C'était même exactement l'inverse. L'image d'une courge trop pleine correspondrait beaucoup mieux pour décrire ce qui se passait à l'intérieur de mon crâne. La vérité, c'est que je n'avais pas l'esprit libre. Je n'arrêtais pas de penser à Lizzie. À l'heure où j'aurais dû employer toutes mes forces vitales pour créer le nouveau leurre qui allait me remettre dans la course, je n'avais qu'une idée en tête : pouvoir tenir à nouveau cette fille dans mes bras.

J'ai reposé mon bol sur le plateau, savouré le goût d'herbe fraîche que le thé laissait en bouche. Et oubliant définitivement que la voie du thé était l'expression la plus élevée du culte de l'instant présent, j'ai levé un œil vers le calendrier mural. J'avais entouré une date avec un feutre rouge. Le 20 octobre. Lizzie était censée rentrer du Congo ce jour-là. Mais rien n'était jamais sûr avec elle, je commençais à bien la connaître. Journaliste indépendante, tel était son métier, et indépendante, elle l'était à plus d'un titre. Rien ne pouvait la contraindre, pas même l'amour.

Si besoin, elle pouvait très bien prolonger son séjour de plusieurs semaines, et me l'annoncer d'un ton anodin, à la fin d'une discussion téléphonique. Libre et indomptable. Elle était comme ça et je l'aimais pour ça.

Je me souviens encore du jour où elle s'était pointée sur mon palier avec deux sacs et un ordinateur portable sous le bras. Elle m'avait dit qu'il n'y avait rien de gravé dans le marbre, que ce n'était pas la peine que je me mette à paniquer, que c'était provisoire, qu'on verrait bien où tout cela allait nous mener. Moi, je n'avais même pas réussi à en placer une, mais pendant qu'elle parlait, j'avais la sensation d'être un écureuil découvrant une montagne de noisettes au pied de son arbre. Quand elle a terminé et que le silence est enfin revenu, je me suis emparé de ses sacs et j'ai couru les ranger à l'intérieur de ma cabane en sautillant.

Elle est partie, presque tout de suite après s'être installée chez moi, un reportage d'une semaine en Corée du Sud. La semaine s'est transformée en un mois et demi. Puis, il y a eu le Yémen et le Mali. Maintenant, le Congo. Je comptais les jours. Je me sentais comme Pénélope sur son rocher, sauf que ce n'était pas un tricot que je faisais et refaisais sans cesse, mais des foutus dessins de leurre et des non moins foutus plans sur la comète.

Ce jour-là, quand on a tapé à la porte de ma cabane, je n'ai pas bondi sur mes deux pieds. Je n'ai pas bandé mes biceps en poussant des cris suraigus non plus. On était encore loin du 20 octobre. Je ne me faisais aucune illusion, je me doutais bien de l'identité des deux gus que j'allais trouver sur le palier : Vieux Bob qui cumulait les titres de meilleur ami, voisin de cabane et père de la femme que j'aimais, et Serge Malkovitch, capitaine à la Section de Recherches de la gendarmerie de Montpellier et ange gardien patenté. Depuis quelque temps, ils avaient pris l'habitude de débarquer chez moi, bras dessus, bras dessous. Ils se pointaient avec un bon petit plat et une ou deux bouteilles de vin, et c'était comme s'ils avaient décidé de laver mon esprit à grande eau.

Je n'en revenais pas de la vitesse à laquelle ces deux-là étaient devenus amis. Malkovitch, entre deux enquêtes, s'était mis à la pêche et était devenu le coéquipier officiel de Vieux Bob chaque fois qu'il sortait son bateau. Je devais reconnaître que tout ça me rendait un peu jaloux. En plus, depuis que je vivais avec sa fille, Vieux Bob avait mis de la distance entre nous. Je ne peux pas dire qu'il me faisait la gueule, mais je voyais bien que ce n'était plus comme avant. Parfois il s'amusait à m'appeler « le vieux beau », « le mec de Lizzie » ou encore « mon très cher gendre ». Ça avait le don de me mettre les nerfs en pelote.

Je les ai fait entrer dans la cabane. Avec le vent qui descendait du nord, le loup en croûte de sel que Vieux Bob portait dans un plat à bout de bras ressemblait à un encensoir. Malkovitch a jeté sa veste sur le fauteuil et s'est mis à beugler en se frottant les mains.

— À table les amis !

Je suis allé nettoyer mon bol et mon chasen pendant que Vieux Bob débouchait une bouteille de Costières de Nîmes.

— Alors Niels, les affaires, c'est reparti ?

— Pas vraiment. Trois malheureuses commandes depuis hier. Je vais commencer à envisager sérieusement l'achat d'une corde pour me pendre.

Malkovitch s'est esclaffé.

— Pour te pendre au cou de Lizzie, oui.

Vieux Bob a haussé un sourcil. Je ne savais pas si c'était à cause du caractère éculé de la blague de Malkovitch ou parce que cela le faisait penser à Lizzie.

— Tu sais quand est-ce qu'elle rentre ?

— Le 20, mais tu la connais…

Il a filé un coup de marteau sur le sarcophage de sel qui abritait le poisson.

— Je sais, un vrai courant d'air.

Un parfum puissamment iodé agrémenté de notes d'agrumes et de fenouil s'est dégagé en volutes chaudes. On a attaqué le loup en parlant pêche, météo et cuisine. Nos sujets de discorde favoris. On était en train de se partager les derniers filets du poisson quand Malkovitch a jeté l'idée au beau milieu de la table.

— Et Malik ? C'est bien ton webmaster personnel ? En plus, je crois savoir qu'il est bon pêcheur. Tu ne pourrais pas lui demander de t'aider à donner un coup de jeune à ton site Internet ?

Après un bref silence où tout le monde s'est regardé, Vieux Bob a embrayé.

— Ce n'est pas idiot. En attendant de sortir le nouveau leurre Nielsen qui va tout casser, tu pourrais remettre ton site au goût du jour. Je suis certain que ça te relancerait, au moins, ça te permettrait de ne pas trop décrocher du peloton de tête.

Je me suis balancé d'avant en arrière comme un éléphant agacé par une bande de souris surexcitées.

— Vous voulez sans doute que je fasse le même site que celui de *Fun Lure* avec des photos de nanas à moitié à poil en train de pêcher en cambrant les reins ? Ou un site débitant des images à la vitesse de la lumière sur une musique épileptique, comme celui de *Leurre Addict* ?

Vieux Bob a secoué sa tignasse blanche de vieux lion.

— C'est moi le plus ancien, le décroissant de l'équipe, et c'est toi qui es rétrograde. Tu ne penses pas que tu peux te moderniser sans tomber dans la vulgarité ?

— Vieux Bob a raison, il y a sûrement un entre-deux, a glissé Malkovitch avec son visage fripé de moine tibétain.

J'ai fait tourner mon verre entre mes mains. Je savais qu'ils n'avaient pas tort. Mon site commençait à dater avec son fond noir et son ergonomie sans surprise. La navigation non plus n'était pas dans les standards actuels. Malik m'avait alerté à plusieurs reprises. Il fallait prévoir quelques travaux pour le rafraîchir. Mais j'avais toujours repoussé ce chantier à plus tard. Mon site fonctionnait et c'était bien là l'essentiel. J'avais peur qu'en touchant, ne serait-ce qu'un détail, on rompe un équilibre fragile pour aller ensuite de bug en bug. L'informatique et Internet m'apparaissaient aussi complexes et fragiles que les mécanismes d'horlogerie ou le cœur des femmes. Je savais par expérience que tant que ça fonctionnait, il fallait s'estimer heureux. Pas la peine d'essayer de comprendre ce qui se passait sous le capot.

Mais il devenait urgent de faire bouger les lignes. Les rapports avec mon banquier se dégradaient à vue d'œil et il y avait de plus en plus de lettres dont je reportais l'ouverture. J'ai jeté un coup d'œil vers le meuble dans l'entrée. La pile d'enveloppes était déjà aussi haute qu'une petite pierre tombale. Ce n'était pas bon signe.

J'ai frappé du poing sur la table. Des agglomérats de croûte de sel ont sauté en l'air avant de retomber en pluie de grêlons.

— Bon sang, vous avez raison. Je vais aller voir Malik. Je vais faire peau neuve et on verra bien après ça qui est le vrai, l'unique roi du leurre.

Malkovitch s'est mis à applaudir comme une otarie à qui on vient de lancer une sardine. Vieux Bob a soufflé.

— Un éclair de lucidité, enfin. Je n'y croyais plus.

Une demi-heure plus tard, je faisais voler les graviers de l'allée qui menait à la villa des parents de Malik. J'ai mis le frein à main. Du feu coulait dans mes veines. J'ai enfoncé la sonnette du studio que Malik avait aménagé dans le garage avec le même regard que le dernier modèle de Terminator devant la porte de Sarah Connors.

Une trentaine de secondes est passée. Personne… Je me suis dit que Malik devait être en vadrouille. C'était surprenant car il n'était pas coutumier du fait. Je le connaissais bien, il était devenu un ami. Je savais qu'il était plutôt un oiseau de nuit. Tant pour la pêche aux loups que pour draguer les filles, il avait l'habitude d'opérer bien après le coucher du soleil. On le voyait rarement dehors en pleine lumière. J'ai sonné une nouvelle fois quand mon sang s'est glacé d'un seul coup. La porte était… entrouverte. J'ai appuyé ma main sur le panneau.

À l'intérieur, tout était sens dessus dessous. Le vrai Terminator avait dû passer juste avant moi. Ça m'a rappelé instantanément la scène que nous avions découverte, Lizzie et moi, l'année précédente chez la veuve Lazare[1]. Depuis cette histoire, je gardais une certaine fragilité, quelque chose comme une fêlure à l'âme. J'avais vu beaucoup trop d'horreurs. Je faisais des cauchemars récurrents dans lesquels des cadavres à moitié décapités dansaient le menuet avec des noyés à la peau laiteuse et translucide.

J'ai respiré un bon coup et je me suis avancé au milieu des meubles fracassés et des tiroirs retournés. On aurait dit qu'une tempête tropicale était passée par là. Plus loin, il y avait un espace curieusement vide. J'ai soudain réalisé que la rangée d'ordinateurs avait disparu. Je me suis encore avancé et je suis tombé sur ce que je redoutais. Sur le plancher, il y avait une tache de sang. Aussitôt quelque chose a disjoncté à l'intérieur de mon cerveau. Impossible de réagir. Je suis resté figé. Une idée saugrenue venait et revenait sans cesse, comme un diamant d'électrophone qui bute sur la rayure d'un vinyle. Je trouvais que la tache ressemblait aux contours des États-Unis d'Amérique.

Et puis, j'ai remarqué la casquette en tweed que Malik ne quittait jamais. Elle était positionnée exactement à la place où aurait dû se trouver l'Alaska.

1. Voir *Bleu Calypso*, Slatkine & Cie 2019 ; Pocket 2020.

CHAPITRE 2

Sur chaque objet posé
S'éveille
Une ombre d'automne

Takahama Kyoshi

Malkovitch est arrivé dans sa Saab blanche à profil de sandre. Je l'ai regardé se ranger à côté de ma Volkswagen 181. J'avais l'impression douloureuse d'avoir déjà vécu cette scène. Il s'est dirigé droit sur moi, les mâchoires serrées.

— Que se passe-t-il, Niels ?

Je lui ai ouvert la porte et je l'ai conduit en silence jusqu'à la tache de sang. Malkovitch commençait à bien me connaître. Il savait que ce genre d'émotions avait pour effet de me couper le sifflet. Il fallait me laisser du temps pour me refaire.

— Je vais appeler mon équipe. On va faire les premières constatations. En attendant, ne te mets pas le cerveau à l'envers. Ça ne sert à rien. On ne sait pas ce qui a pu se passer. Ce n'est pas la peine d'imaginer je ne sais quelles horreurs.

Il est parti passer des coups de téléphone après m'avoir raccompagné dehors. Quand il est revenu, je n'avais pas bougé. Je m'étais assis devant la porte sur une jardinière, les mains jointes entre mes genoux serrés comme un gars qui s'apprête à plonger dans un verre d'eau.

Il a posé sa main sur mon épaule.

— Tu as touché quelque chose à l'intérieur ?

J'ai levé la tête. J'ai senti que mon sang se remettait à circuler. Le moment était arrivé de reprendre pied.

— Non, rien. J'ai fait attention.

— Et ses parents, ils habitent bien la villa juste à côté ? Tu as pensé à aller sonner chez eux ?

— Non, ils ne sont pas là. Ils sont en Algérie. Je crois qu'ils ne rentreront pas avant janvier. Malko, tu penses qu'il a été…

Malkovitch m'a coupé la parole avec autorité.

— Ne commence pas avec tes conneries, Niels. Je te l'ai déjà dit, c'est trop tôt pour tirer la moindre conclusion. Pour l'instant, nous sommes dans le temps de l'enquête et de la recherche d'indices. On va se concentrer là-dessus. C'est encore le moyen le plus sûr de l'aider.

Les hommes et femmes en combinaisons blanches sont arrivés une demi-heure plus tard comme une armée de fantômes silencieux avec leurs appareils photos, leurs cotons-tiges et leurs petits tubes en plastique. Malkovitch m'a demandé de rester à l'écart. Je n'ai pas insisté, je suis allé m'asseoir dans la 181. J'ai posé ma tête sur le volant. Je me suis dit que j'aurais aimé que Lizzie soit là, à côté de moi sur le siège passager. Il y avait chez elle quelque chose qui m'apaisait. Ça pouvait sembler paradoxal, tellement cette fille avait l'air insaisissable et enragée. Elle avait ce truc dans le regard. Le monde entier pouvait s'écrouler autour de moi, si je pouvais ancrer mes yeux dans les siens, ne serait-ce qu'une seule seconde, c'était gagné, plus rien ne pouvait m'arriver. Je m'échappais, je devenais hors d'atteinte. Invincible. Même la mort et la connerie humaine ne pouvaient plus rien contre moi.

En attendant, elle était au fin fond du Congo et je me sentais aussi fragile qu'un oisillon qui vient de briser sa coquille au milieu d'un congrès de chats de gouttière.

Au bout de quelques minutes, Malkovitch est revenu vers moi.

— On a fait tout un tas de prélèvements, on va les faire analyser en urgence. En attendant, je vais prendre ta déposition. Tu connais la procédure. Tu te sens en état de conduire ? Tu penses que tu peux me retrouver à mon bureau ?

Pour toute réponse, j'ai tourné la clé de contact.

Je me suis engagé sur la route de Montpellier. J'avais laissé la voiture de Malkovitch prendre le large. Je ne voulais pas avoir à le suivre. Devant moi, le ruban d'asphalte et tout autour, de l'eau. Par ici, quel que soit l'endroit où vous allez, il faut traverser des canaux, longer la Méditerranée, serpenter entre les lagunes, pénétrer un paysage salé et cristallin qui change de couleur et de densité au gré des nuages et des vents capricieux. Ce jour-là, il hésitait entre bleu fumée et gris perle, entre palpable et impalpable. Agrippé à mon volant, j'employais les forces qui me restaient à essayer de ne penser à rien, à chercher un point d'ancrage sur lequel fixer mon regard. Je voyais défiler les tamaris, les massifs de genêts. Je clignais des yeux dans les maigres rayons du soleil qui descendait en diagonale. Je comptais les petits oiseaux alignés sur les fils électriques. Mais rien n'y faisait. Je revenais sans cesse aux mêmes considérations ineptes sur la vie. J'avais l'impression de la traverser sans rien comprendre. Tous ces bruits, ces éclats aveuglants, cette agitation incessante. Quel était le sens de tout ça ? Je n'avais pas de réponse. La seule certitude que j'avais, c'est que depuis ma rencontre avec Lizzie, les choses étaient plus douces et moins ternes. Tout me semblait amorti, mais en même temps aussi plus intense et trépidant. J'avais la sensation étrange par moments d'évoluer à l'intérieur d'un gigantesque Marshmallow rose. C'était plaisant et moelleux, mais je me rendais compte qu'il était impossible de garder son équilibre plus de cinq minutes d'affilée là-dedans.

CHAPITRE 3

Adieu
Au-delà du brouillard
Un brouillard plus profond

Mitsuhashi Takajo

Il y avait un brouillard à couper au couteau comme j'en avais rarement vu. On ne voyait pas à deux mètres. On s'imaginait plus facilement sur la Tamise que sur un étang salin en bordure de Méditerranée. Dans un tableau de William Turner plus que dans un paysage de Frédéric Bazille. Assis dans mon kayak, j'avais l'impression de glisser au milieu des nuages. C'était à la fois beau et angoissant. Au bout de quelques minutes, je n'avais plus aucune idée de l'endroit où je me trouvais. J'ai rangé la pagaie et j'ai lancé le leurre droit devant moi. Je ne l'ai pas vu tomber. Je ne l'ai pas entendu toucher la surface de l'eau non plus. Tous les bruits étaient étouffés. Je pêchais quelque part en apesanteur dans le firmament. J'étais en train de faire une animation minimaliste quand j'ai senti la secousse dans mon poignet. Au début, j'ai cru que je recevais un message en direct de Dieu. Quelque chose en morse. Le onzième commandement peut-être. Mais j'ai vite compris quand le moulinet s'est mis à chanter. Et j'ai ferré sèchement.

Ce devait être un beau poisson. Je l'imaginais avec un ventre rebondi comme celui d'un poney Shetland. Quand l'automne arrivait, les loups préparaient leur migration vers la mer. Ils faisaient du gras en prévision du périple qui les attendait. Ils allaient devoir remonter le canal jusqu'à la mer, traverser des graus, éviter les filets de pêcheurs professionnels et migrer au large vers les frayères pour se reproduire. Pendant tout ce temps, ils n'allaient pratiquement rien manger. Ils devaient donc faire des réserves avant de partir, en se concentrant sur les grosses proies, celles qui étaient les plus pourvoyeuses de calories. C'est la raison pour laquelle il était important de pêcher en fin de saison avec des gros leurres. C'était le secret pour faire la différence avec les autres pêcheurs. Un leurre en cèdre de quinze bons centimètres qui brassait bien l'eau, par exemple. Mais ce matin-là, j'avais eu une autre idée. J'avais décidé d'essayer un leurre fabriqué par un de mes jeunes concurrents. J'avais fait acheter par Vieux Bob un leurre qui s'appelait *Chip'n fish* sur le site de *Fish4life*. J'étais passé par Vieux Bob car je ne voulais pas que mon nom apparaisse sur un de leurs listings. Je ne voulais pas qu'ils sachent que j'en étais réduit à me livrer à de l'espionnage industriel. Le leurre était arrivé dans une pochette fluo, accompagné d'une tripotée d'autocollants. En vrai, il ne ressemblait à rien. Une forme vaguement ovoïde, une couleur jaune criarde, un regard torve. Mais il marchait, me disais-je en ramenant le loup. Il marchait le salaud et n'était-ce pas là tout ce que demandaient les pêcheurs ?

Dès que le loup est arrivé devant le kayak, j'ai compris que je ne m'étais pas trompé. C'était une femelle pleine d'œufs avec une robe qui hésitait entre le vert olive et le bronze. En bon adepte du no-kill, je l'ai décrochée avec délicatesse avant de la laisser disparaître dans les nuages. Je me suis dit que je venais simplement d'ouvrir la cage à un oiseau des îles un peu rondouillard.

Je suis rentré en fin de matinée. Le brouillard s'était levé peu à peu sur la lagune désertée et abandonnée au silence. J'avais inscrit trois beaux poissons à mon tableau de chasse. Je les avais tous attrapés avec le *Chip'n fish* de *Fish4Life*.

Finalement, ils n'avaient probablement pas tort. Je n'étais plus dans le coup. Je ne comprenais plus rien à rien. La beauté, la délicatesse étaient passées de mode. Je devais arrêter de me tuer à fignoler mes leurres comme si c'étaient des œuvres d'art. Une ligne de leurres moches et vulgaires, voilà ce que je devais lancer à présent. Il était possible que la solution à mes problèmes passe par là. À certains de mes problèmes, en tout cas.

Pas à tous. Je ne pensais qu'à ça depuis la veille. Malik avait disparu.

Après avoir pris une longue douche bien chaude, j'ai fait couler un café. Un Jamaica Blue Mountain à la saveur douce et parfumée. C'est tout ce dont j'avais besoin à cet instant précis de ma vie.

Quand je me suis senti suffisamment ragaillardi, j'ai composé le numéro de Malkovitch.

— Alors tu as des nouvelles ?

Il avait une voix embarrassée.

— Non, pas pour le moment. J'attends les résultats du labo. C'est prévu pour cet après-midi. On a plusieurs empreintes différentes. J'espère que l'une d'entre elles va nous éclairer.

— Bon sang, mais pourquoi quelqu'un pourrait lui en vouloir ?

— On lui a volé ses ordinateurs. C'était du haut de gamme, il devait y en avoir pour une sacrée somme. Tu sais, ça a pu attirer la convoitise.

— Tu penses à un vol qui aurait mal tourné ?

— Oui ou autre chose, en lien plus direct avec les habitudes de Malik. On ne peut pas savoir.

— Hé, on parle de Malik là !... Qu'est-ce que tu entends par là ?

— Sa façon de lutter contre le stress.

J'avais du mal à réprimer ma rage. Je ne comprenais pas que quelqu'un puisse s'en prendre à ce garçon. Il ne demandait rien à personne. Sa vie était sans histoire. C'était celle d'un jeune homme planté au beau milieu de son époque comme un arbre dans une forêt.

— Tu penses que ça pourrait avoir un rapport avec l'herbe qu'il fume ?

— À ce stade, tout est possible. Mais je ne pense pas qu'il trafiquait.

Je l'ai coupé tout de suite.

— Ça, tu peux en être sûr. Je le connais bien. Ce n'est pas le genre de la maison.

— Il faudra quand même chercher du côté de ceux qui lui vendent son cannabis. Il a pu y avoir un contentieux entre eux. On ne sait jamais. (Malkovitch a enchaîné.) On a prévenu les parents de Malik. Ils sont dans leur village natal en Algérie, près de Tizi Ouzou. Ils reviennent dès qu'ils trouvent une place sur un bateau. Ils étaient totalement paniqués.

— Je vais essayer d'être là pour les accueillir à l'arrivée du ferry.

Il y a eu une longue pause, puis il a repris, en changeant de conversation, histoire de me préserver un peu.

— Tu es allé à la pêche ?

Je n'étais pas dupe de ses manigances. Je le connaissais bien. C'était dans ses habitudes. Comme un ostéopathe, il commençait toujours par vous prendre dans ses bras, avant de vous faire craquer les vertèbres. Mais j'étais tellement secoué par la disparition de Malik que j'avais besoin de m'abandonner. Je suis rentré dans son jeu sans rechigner.

— Ouais, il fallait que je décompresse. J'ai fait trois loups sur l'étang de Pierre Blanche, en pleine purée de pois et sans un brin de vent.

Malkovitch a poussé un petit sifflement admiratif. J'ai cru utile de préciser.

— Un résultat à affoler les algorithmes de Malik.

— Quels algorithmes ?

— Tu sais bien, il avait conçu un logiciel pour déterminer les conditions optimales pour la pêche.

Sa voix s'est faite soudain plus âpre. C'était le signe que la petite parenthèse enchantée venait de prendre fin. J'ai trouvé que cette fois, elle n'avait pas duré longtemps.

— Au fait, je ne sais pas si je te l'ai dit, mais on n'a pas retrouvé son matos de pêche.

J'ai répondu du tac au tac, presque machinalement :

— Laisse tomber, il ne l'entrepose pas chez lui. Il n'a pas la place. Il…

Et puis, tout à coup, j'ai réalisé.

— Bon sang Malko, sa cabane de pêche !… On n'a pas pensé à jeter un coup d'œil à sa cabane de pêche.

La voix de Malkovitch s'est durcie encore plus.

— Nom de Dieu, Niels, tu me parles de quoi ?

— Malik… Malik, il a aussi une cabane dans laquelle il entrepose son matériel.

— Ce n'est pas vrai ! Et tu n'aurais pas pu le dire plus tôt ? Elle est où cette cabane ?

— Sur l'exploitation d'Alex. Écoute, si tu veux, je passe te prendre et on y file sans plus attendre.

J'ai raccroché en me maudissant intérieurement. Comment avais-je fait pour ne pas y penser ? Alex élevait des huîtres à Bouzigues, sur l'étang de Thau. Toute notre petite bande se retrouvait de temps en temps chez lui pour une bonne bouffe ou un des concerts de rock alternatif qu'il organisait aux beaux jours. Malgré leur différence d'âge et de style, Malik et lui s'étaient retrouvés autour de la musique. Alex lui avait même prêté un appentis pour qu'il puisse y ranger ses cannes à pêche. Avec le temps, Malik avait ajouté un canapé et un réfrigérateur et ce coin était devenu sa garçonnière, son petit repaire secret.

Quand j'ai récupéré Malkovitch à la gendarmerie, il me faisait la gueule. J'ai senti qu'il fallait que je dise quelque chose.

— Je suis désolé. J'étais trop bouleversé par toute cette affaire. J'ai complètement zappé la cabane. Tu n'étais pas au courant ?

Il m'a dévisagé en plissant encore plus les traits de son visage. Je ne savais pas que c'était possible. Un Shar-pei en colère.

— Non, Malik je ne le fréquente pas plus que ça. Je l'ai croisé une paire de fois avec toi. C'est tout. Je ne sais pas si tu as remarqué, mais les jeunes comme lui évitent plutôt la compagnie des gendarmes comme moi.

J'ai essayé de ne pas trop forcer mon sourire.

— Je m'en veux de ne pas y avoir pensé immédiatement.

— C'est bon, on ne va sans doute rien trouver de plus, mais il ne faut négliger aucune piste. Allez, ne perdons pas de temps. Tu peux appuyer sur le champignon, s'il te plaît ?

Les 1 600 centimètres cubes du moteur ont propulsé instantanément les neuf cents kilos de la 181 sur la route comme si on l'avait accrochée derrière un lanceur orbital de dernière génération. Je roulais tellement vite que le visage de Malkovitch a commencé à se dérider. Il faut dire que je n'avais pas relevé le pare-brise et on avait l'impression d'être installé à l'intérieur d'une soufflerie subsonique.

Trente kilomètres plus tard, l'étang de Thau dévoilait sous nos yeux sa pongée de soie sombre. On a quitté la départementale et on est descendus vers l'exploitation ostréicole d'Alex. Elle couvrait une superficie d'un peu moins d'un hectare à terre et autant sur l'eau. Les huîtres étaient élevées en suspension sur des cordes attachées à des tables en métal positionnées au milieu de l'étang. Régulièrement, elles étaient sorties de l'eau pour reproduire le système des marées. À terre, Alex disposait de tout un ensemble de bâtisses. Il y avait des locaux destinés au lavage et au calibrage des huîtres, des hangars abritant des bassins de purification, des abris à bateaux. Il y avait la luxueuse cabane sur pilotis où il habitait, avec jacuzzi intégré à une terrasse en teck qui offrait une vue à 180° sur l'étang. Il y avait même un musée du coquillage et une boutique de souvenirs pour les touristes. Sans oublier bien sûr le fameux restaurant de dégustation construit sur un ponton qui était un des points de ralliement des amateurs d'huîtres de la région. Le tout formait un village miniature avec ses ruelles et ses places, ses effervescences et ses silences.

La cabane qu'il prêtait à Malik était située dans une impasse un peu à l'écart, derrière les chambres froides.

On y est allés directement. Sans se parler. Il y avait une tension dans l'air. J'ai pensé que ce devait être ce qu'on appelait un mauvais pressentiment. Quand j'ai vu les quatre murs en vieilles planches de chantier couverts de traces de peinture bleue et jaune, la toiture en tuiles romaines qui avait dû connaître Jules César lui-même et surtout la porte à demi ouverte, la sensation qui s'était emparée de moi s'est encore accentuée.

Malkovitch m'a jeté un dernier regard puis il a poussé le panneau de bois.

Le plancher était recouvert d'un tapis en jonc de mer et sur le tapis gisait le cadavre d'un homme.

CHAPITRE 4

Sur l'aile du vent
Légère et lointaine
L'hirondelle

Sôseki

J'ai vu tout de suite que ce n'était pas Malik et ça m'a soulagé. C'était un gars plus petit et plus costaud, avec une espèce de barbe de hipster et un gilet matelassé bleu métallisé sans manches.

Malkovitch a appliqué son index et son majeur sur le cou de l'homme, puis il a secoué la tête.

— Il est mort.

Vu la couleur qu'avait pris le tapis tout autour, je ne peux pas dire que cette annonce m'ait beaucoup surpris. Mais je n'avais pas envie d'en savoir davantage. Je suis sorti faire quelques pas vers l'étang. J'avais dépassé ma dose maximale d'horreur depuis bien longtemps.

Quand Malkovitch est venu me rejoindre, il m'a raconté. Un type inconnu, *a priori* des blessures par balles, pas de trace de Malik. Ce n'était pas encore aujourd'hui que les gars de l'identification criminelle allaient pouvoir poser leurs jours de RTT en retard. Il a plongé son regard dans le mien et il m'a invité à rentrer chez moi.

— Fais-toi couler un bain et avale un grand verre de whisky, ou bien va faire un tour en kayak. Ce que tu veux, mais ne reste pas ici, Niels. S'il te plaît.

Je n'ai rien répondu. Parfois ce n'est pas nécessaire. Je me suis contenté de me concentrer sur les quelques mètres qui me séparaient de la 181. Ils étaient sans fin. J'avais l'impression de flotter au-dessus du sol. Je devais faire des efforts insensés pour rester debout, pour marcher droit aussi. Quand je suis arrivé devant la portière, mon cœur battait dans ma gorge. Ma transpiration avait l'odeur aigrelette des mauvaises fièvres. Je me suis affalé dans le siège et j'ai appuyé ma nuque contre l'appui-tête. Les images ont rappliqué sur-le-champ, sans que je le choisisse vraiment.

Le premier cadavre que j'avais vu dans ma vie était celui de mon grand-père irlandais. C'était à Dingle, Comté de Kerry, j'avais neuf ans. J'avais voulu le toucher une dernière fois pendant la veillée funéraire, je m'étais demandé pourquoi il avait un visage de poupée. Pour quelle raison il était si froid et si dur. Cette histoire avait marqué mon enfance. Bien plus tard, ma mère était morte dans mes bras dans un hôpital près de Marseille. Et puis après plus rien, si ce n'est des vivants plus ou moins vivants, pendant des années et des années, jusqu'à cette incroyable série de meurtres sur les étangs au cours de laquelle j'avais rencontré Lizzie. Aujourd'hui, voilà que tout recommençait. Je devais de nouveau être dans un mauvais cycle karmique.

Qu'était-il arrivé à Malik ? Était-il seulement encore vivant ? Comment avait-il pu se fourrer dans une situation pareille ? Je suis arrivé devant ma cabane sans m'en rendre compte.

J'avais conduit dans un état second. J'ai grimpé les marches de la terrasse dans le même état d'absence à moi-même. Je suis arrivé devant la porte d'entrée et mon esprit est redescendu d'un seul coup dans mon corps. Non pas redescendu ! Je devrais plutôt dire : dégringolé ! Je venais de me rendre compte que la porte était… entrebâillée…

Bon sang, encore une porte à pousser ! Sur quel cauchemar, cette fois-ci ? C'était lassant. Et puis ça me semblait très attendu comme mécanique. Très éculé. Une porte s'ouvrant sur l'effroi. N'était-il pas possible de changer le scénario ? De faire preuve d'un peu plus d'originalité pour une fois ? En attendant, je n'avais pas trop le choix, alors j'ai poussé le panneau de bois du bout du pied. Le moins qu'on puisse dire, c'est que je n'étais pas très optimiste. Je m'attendais à tomber sur une pile de cadavres, comme dans les dessins de Zoran Mùsic après son retour de Dachau.

— Coucou l'amour ! a crié La Vie en se jetant dans mes bras.

J'ai traversé toute la terrasse en marche arrière avant de retrouver mon équilibre. Quand Lizzie propulsait son corps sur vous à pleine vitesse, cela revenait à réceptionner dans ses bras un jeune rhinocéros qui charge. Elle a d'emblée collé ses lèvres ventouses sur les miennes, pendant que d'une main, j'essayais d'attraper la rambarde derrière moi.

— Mais qu'est-ce que tu fais là ? ai-je fini par demander quand j'ai pu me dégager. C'est génial, mais on n'est pas le 20 !

Elle a secoué ses cheveux au ralenti. Je ne savais pas comment elle pouvait faire une chose pareille. Cette fille avait le pouvoir de suspendre le temps.

— J'ai terminé mon reportage au Congo plus tôt que prévu et j'étais en manque de toi. Mais dis-moi, tu as encore minci ? Tu es de plus en plus beau. Quand cela va-t-il s'arrêter ?

Elle m'a embrassé à nouveau. Je me suis laissé faire. J'avais envie de profiter un peu de la vie avant de céder au principe de réalité.

— Tu as écouté les messages que je t'ai laissés sur ton répondeur ?

La veille, quand j'étais rentré de la gendarmerie, j'avais essayé de l'appeler à plusieurs reprises.

— Non, je suis en transit dans des aéroports depuis hier. J'en ai profité pour m'offrir une digital détox. Pas d'ordinateur et pas de téléphone. Ça devrait mettre en joie un sauvage comme toi, non ? Une petite pause dans le tourbillon infernal, histoire de créer de l'espace, laisser de la place au silence. C'est plutôt une bonne idée, tu ne trouves pas ?

J'ai pris une voix neutre et je l'ai invitée à aller s'asseoir sur le chesterfield. J'allais malheureusement devoir la replonger d'un coup dans ce fameux tourbillon infernal auquel elle avait tenté d'échapper. J'ai respiré un bon coup et je me suis lancé dans le compte rendu de la disparition de Malik doublée de la macabre découverte que nous venions de faire, Malkovitch et moi, dans la cabane de pêche.

Lizzie a accusé le coup. J'ai vu ses épaules s'affaisser. Depuis qu'elle était venue vivre ici, elle s'était beaucoup attachée à Malik. Elle lui avait même trouvé un surnom : le Cyber-berbère. Malik l'adorait aussi. Ils n'arrêtaient pas de se chamailler tous les deux comme de jeunes lionceaux. Ils avaient des discussions interminables sur des sujets qui me dépassaient complètement : « Pokemon et satanisme », « jeu vidéo outil de propagande politique », ou bien encore « du sexisme chez les geeks »... Mais j'adorais plus que tout les voir discuter avec passion.

Après un long silence, Lizzie a fini par refaire surface, j'ai vu sa tête ressortir d'entre mes bras.

— Ne t'inquiète pas, Niels, on va le retrouver, notre Cyber-berbère. J'en suis certaine.

On est encore restés dans les bras l'un de l'autre pendant un bon moment. Puis, j'ai essayé de nous faire passer à autre chose. J'ai pris l'air du mec gentiment contrarié.

— Tu exagères quand même, tu pourrais m'appeler plus souvent, me mettre au courant de tes déplacements. Je ne te demande pas un suivi au millimètre, mais au moins d'être informé quand tu changes de continent.

Elle s'est reculée.

— Quoi, depuis qu'il a acheté un téléphone portable, l'homme le plus old school de la planète est devenu subitement accro aux nouvelles technologies ! On aura tout vu !

Elle s'est mise à rire puis elle a pris mon visage entre ses mains.

Un peu plus tard, je l'ai portée jusqu'à la chambre en titubant comme un poivrot qui se met en tête de transporter un piano à queue tout seul à bout de bras au milieu de la nuit. À cet instant, j'étais le plus heureux des hommes. J'avais réussi à oublier la disparition de Malik. Il y avait juste ce petit nuage qui planait au-dessus de ma tête. Je trouvais que ces derniers temps, on me collait trop souvent sur le dos l'étiquette du type dépassé. Et ça commençait à piquer sérieusement mon amour-propre. Je sentais bien qu'il fallait que je réagisse. Je ne pouvais pas me laisser ringardiser comme ça à tout bout de champ sans rien dire. Mais bon, c'était juste un tout petit nuage, pas un cumulus, à peine la fumée d'une cigarette. Pour le moment, j'étais tout à la joie de retrouver Lizzie, serrer son corps contre le mien et lui montrer que, malgré tout ce qui se disait sur mon compte, j'avais encore de belles et vigoureuses années devant moi. Elle allait voir que je n'étais pas encore ce vieillard croulant bon pour la maison de retraite, me disais-je intérieurement en faisant tournoyer, avec un air canaille, mon Damart Thermolactyl degré 5 au-dessus de ma tête.

CHAPITRE 5

Autour de ma cabane
Les grenouilles rabâchent
Tu vieillis tu vieillis

Kobayashi Issa

Je me suis bloqué le dos pendant la nuit. J'avais l'habitude. Une lombalgie qui revenait de temps en temps, ces dernières années, quand je faisais un faux mouvement. Rien de très méchant, rien qui ne pouvait passer avec un bon massage et du paracétamol. Mais Lizzie s'est inquiétée.

— Tu devrais aller voir un toubib, a-t-elle dit pendant qu'elle me malaxait les reins.

— Ça va aller. C'est le stress dû à la disparition de Malik. La joie de te retrouver aussi. Ça arrive même aux meilleurs, tu sais…

— Ouais, on va quand même prendre un rendez-vous. On ne sait jamais avec ces trucs-là. C'est peut-être une hernie ou une vertèbre déplacée. Tu sais, sur le coup, j'ai cru que je t'avais brisé la colonne vertébrale. Et puis, un petit check-up complet me rassurerait.

J'ai senti qu'elle n'allait pas tarder à me parler de mon âge canonique, j'ai préféré changer de conversation.

— Bon et sinon, qu'est-ce que tu penses de la disparition de Malik ?

— Ben, à ce stade, pas grand-chose, si ce n'est que tout cela me semble bien mystérieux. Malko va certainement pouvoir nous en dire davantage. J'ai décidé d'aller le voir ce matin.

— C'est une bonne idée, je vais aller m'habiller.

— Tu plaisantes ! Tu as vu l'état dans lequel tu es. Je crois qu'il vaut mieux que tu restes au lit avec un bon livre et une tisane.

J'ai essayé de me retourner.

— Alors ça, c'est hors de question. Je te rappelle que je suis ton binôme, et c'est toi qui as fait des pieds et des mains pour qu'il en soit ainsi.

— Tu parles d'un binôme ! Je t'imagine déjà en train de cavaler après le méchant de l'histoire avec un déambulateur.

Elle a éclaté de rire, a mimé la course-poursuite en boitant à travers la chambre, les jambes raides et les mains sur les reins. J'ai serré les dents. Je me suis laissé glisser du lit puis je suis parti à quatre pattes vers la salle de bains. Seul, sans me retourner. De toute façon, j'en étais incapable. Il ne me restait plus qu'à essayer de faire passer ça pour de la fierté bien placée.

Deux antalgiques et une ceinture lombaire plus tard, ça commençait à aller mieux. Je réussissais à tenir à peu près debout et j'arrivais même à me déplacer sans trop ressembler à une vieille tortue des Galápagos. Lizzie a levé les yeux au ciel en faisant une grimace.

— C'est pathétique, mais bon… Je te préviens, on prend ma voiture et c'est moi qui conduis.

Pendant le voyage, elle m'a parlé de son enquête en République démocratique du Congo. La guerre des minerais qui ravageait l'est du pays faisait des millions de morts. On tuait pour l'exploitation du tungstène, de la cassitérite et du tantale afin de fournir les fabricants de téléphones portables en matières premières. Elle avait enquêté sur la découverte récente de plusieurs charniers près des mines de Kivu. Tout cela se faisait dans l'indifférence générale de l'Occident. C'était comme si certaines vies n'avaient aucune espèce d'importance. Comme si elles étaient perdues d'avance. Lizzie s'animait quand elle parlait de ces choses-là. Sa conduite devenait plus nerveuse. Les pneus de la vieille Fiat Panda, qu'elle avait achetée quand elle était venue s'installer chez moi, crissaient dans chaque virage et des dizaines de couteaux acérés se mettaient alors à me transpercer les reins.

— Tu te rends compte, disait-elle, tout ça pour des téléphones portables.

Moi, je ne répondais rien. Depuis longtemps déjà, j'avais tiré certaines conclusions définitives au sujet de l'humanité. Je savais que c'était le naufrage du Titanic qu'on rejouait. En plus grand. En plus définitif. Moi, j'avais choisi de me planter devant l'orchestre. Ça me semblait bien plus élégant de finir avec un nœud pap et une coupe de champagne que de patauger dans des coursives inondées d'eau glacée, boudiné dans un gilet de sauvetage.

Malkovitch nous a reçus immédiatement dans son bureau de la caserne Lepic. Lors de ma précédente visite, je n'avais pas prêté attention à la décoration. Mais à présent, je remarquais qu'elle avait beaucoup changé au cours des derniers mois. Elle était moins froide et impersonnelle. Le bureau en métal avait laissé la place à un plateau en chêne huilé posé sur des tréteaux. Des fauteuils en cuir étaient disposés autour d'un tapis afghan et d'une table basse. On s'est installés pendant que Malkovitch commandait du café. Il s'est lancé tout de suite après.

— Je viens de recevoir les résultats des premières analyses. Ils ont confirmé qu'il s'agissait bien du sang de Malik.

Lizzie et moi, on s'est regardés comme des naufragés qui essaieraient de se raccrocher l'un à l'autre.

— Mais il n'y en avait pas non plus une très grosse quantité. Ça peut tout à fait correspondre à une blessure superficielle. Il faut garder espoir.

Il a marqué un temps d'arrêt juste après, pour bien souligner cette dernière phrase, ce dernier mot. *Espoir*. Puis il a poursuivi.

— Concernant l'homme que nous avons découvert à la cabane de pêche, selon les premières constatations, son décès remonte à plus de vingt-quatre heures. Nous avons rentré ses empreintes dans le Fichier Automatisé d'empreintes digitales et nous avons rapidement eu une concordance : Enzo Susini. C'est un malfrat de Béziers. Là-bas, il est connu comme le loup blanc. Il serait lié à Spartaco Licari.

Lizzie s'est redressée d'un seul coup sur son fauteuil.

— Spartaco Licari, je connais. Il y a deux ans, j'ai enquêté sur le milieu corso-marseillais. Son nom revient constamment dès qu'on aborde la criminalité de haut vol. Il règne sur une partie de Marseille et de la Corse, mais il a aussi des activités criminelles en Espagne, en Afrique et en Amérique du Sud.

— Oui, il est connu pour être un monstre froid et sans pitié, a complété Malkovitch. Trafic de drogue, prostitution, jeux clandestins, extorsion de fonds, fraude aux subventions européennes, il intervient dans tous les secteurs où il y a du fric à se faire.

Je me suis mis à tousser nerveusement.

— Excusez-moi, mais vous pouvez m'expliquer ce que Malik a à voir avec tout ça ?

Malkovitch a frotté la paume de ses mains sur ses genoux.

— Je n'en sais rien, mais ce dont je suis sûr, c'est que nous avons retrouvé les empreintes de Susini dans le studio, et des traces du sang de Malik sur ses vêtements. Il semble donc être à l'origine de la disparition de notre jeune ami. Ce que je sais aussi, c'est qu'il a reçu deux balles. Une dans le cœur et une autre en plein front. On a relevé enfin dans la cabane de nouvelles traces de sang qui appartiennent à Malik, mais en moins grande quantité que dans son studio et essentiellement sur un torchon qui pourrait avoir servi de compresse.

Lizzie a croisé ses jambes et les a décroisées aussi sec.

— Ça peut donc signifier que Malik est toujours vivant.

— C'est ce que nous espérons. Nous avons découvert pour finir les empreintes d'un troisième homme. Elles étaient présentes un peu partout dans la cabane. Figurez-vous qu'elles ont matché avec celles de quelqu'un que nous connaissons aussi très bien…

Malkovitch s'est interrompu un instant, comme si ce qu'il se préparait à nous annoncer risquait de causer une déflagration à l'intérieur de nos têtes.

— … Il s'agit des empreintes de Rolex.

Je suis resté pantois. Je connaissais bien sûr la marque de montres, celles qu'il faut posséder avant cinquante ans sous peine de ne pas avoir réussi sa vie, mais je ne savais pas qu'elles pouvaient laisser des empreintes. Lizzie elle, avait l'air d'être plus au courant que moi.

— Rolex ? s'est-elle écriée. Ce n'est pas possible.

Malkovitch a confirmé avec un mouvement de tête.

— Rolex en personne, oui.

Ils sont restés tous les deux silencieux et immobiles quelques secondes. On aurait dit qu'ils jouaient à un deux trois soleil. J'ai fini par intervenir.

— Quelqu'un voudrait-il se donner la peine de m'expliquer ? C'est quoi encore cette histoire de montre et d'empreintes digitales ?

Lizzie a pris la main.

— Rolex est un tueur à gages qui a sévi pendant plusieurs années.

Elle s'est tournée vers Malkovitch.

— Je parle sous ton contrôle, mais je crois me souvenir qu'une bonne dizaine d'assassinats est à mettre à son actif.

Il a confirmé.

— Oui, c'est ça, au moins onze victimes qui lui sont directement rattachées, essentiellement des membres du milieu traditionnel et notamment Scipio Licari, le frère cadet de Spartaco. Nous pensons qu'il travaillait pour le compte d'Abdelkader Bencheikh, un caïd des quartiers nord de Marseille. À l'époque,

Bencheikh était en guerre contre Licari. C'est lui qui a commandité l'assassinat de Scipio. Bencheikh n'utilisait pas les méthodes habituelles des jeunes de quartier. Pas de Kalachnikov, pas de scooters. Il préférait travailler avec un mystérieux tueur professionnel surnommé Rolex. Et ce Rolex, on n'a jamais réussi à l'identifier. On a pu recueillir ses empreintes et son ADN à plusieurs reprises, mais ils ne correspondent à personne sur aucun fichier. Cet homme est un véritable fantôme. On sait simplement qu'il a arrêté soudainement de travailler il y a cinq six ans de cela, juste avant l'assassinat de Bencheikh. Depuis, plus aucune trace de lui, il s'est volatilisé dans la nature. On a pensé qu'il était sans doute quelque part au fond de la Méditerranée avec les deux pieds dans un bloc de ciment. Il faut dire que ce sont des métiers où on arrive rarement à l'âge de faire valoir ses droits à la retraite.

— Et là, le voilà qui réapparaît d'un seul coup cinq ans après, a poursuivi Lizzie. En plus, si je ne me trompe pas, une balle dans le cœur et une autre dans la tête, c'est la méthode qu'il employait à l'époque pour signer ses meurtres.

Malkovitch a confirmé.

— Effectivement, il semblerait donc que Rolex en personne soit revenu du territoire des ombres pour abattre Enzo Susini.

Je me suis tortillé dans le fauteuil comme si j'essayais d'échapper à mon propre corps. Mon dos recommençait à me faire souffrir. Chaque mouvement était une torture. Je n'osais même pas attraper ma tasse de café sur la table basse de peur de ne plus pouvoir me relever. Le sort s'acharnait sur moi et je sentais bien que ce n'était que le début. J'ai soufflé un bon coup.

— Bon alors, qu'est-ce que vous proposez ? On ne va pas rester là à se tourner les pouces. Il faut retrouver Malik !

Lizzie s'est levée de son fauteuil comme s'il avait pris feu, elle s'est tournée vers Malkovitch.

— On va commencer par le commencement. As-tu interrogé Alex ?

— Non pas encore. Hier, il n'était pas sur son exploitation. Ça fait deux jours qu'il est en tournée chez des clients. J'ai prévu d'aller le voir à l'heure du déjeuner.

Malkovitch a semblé hésiter. Il s'est mis à jouer avec son stylo, puis il a repris.

— Vous voulez qu'on y aille ensemble ? On pourra peut-être manger quelques huîtres. Et puis j'ai bien compris que je vais vous avoir dans les pattes continuellement. Alors je me dis, autant faire contre mauvaise fortune bon cœur.

CHAPITRE 6

Devant l'éclair
Sublime est celui
Qui ne sait rien !

Bashô

Le plus difficile a été de m'extirper du fauteuil. J'ai serré les dents en pensant à l'expression de Malkovitch. *Faire contre mauvaise fortune bon cœur.* J'en étais exactement là, moi aussi.

Malkovitch a pris sa Saab blanche et nous l'avons suivi avec la Panda jusqu'à l'exploitation ostréicole d'Alex Delaunoy. Dans la voiture, Lizzie a commencé à essayer de remettre toutes les pièces du puzzle dans l'ordre.

— Le studio de Malik a été fouillé et tu m'as dit que tous ses ordinateurs avaient disparu. C'est bien ça ?

— Ooops ! ai-je laissé échapper, en mettant ma main devant ma bouche.

— Quoi *Ooops* ?

— J'ai oublié de te dire qu'ils ont été retrouvés à l'intérieur du coffre de l'Audi d'Enzo Susini.

Lizzie a tourné la tête vers moi. La jolie ligne de ses sourcils s'était soudainement froncée.

— Quoi, la voiture de Susini a été retrouvée ? Niels, il faut tout me dire sans rien oublier, sinon ça ne va pas être possible.

— La voiture était garée derrière un hangar, juste à côté de la mobylette de Malik. Je crois qu'ils ont aussi retrouvé des traces du sang de Malik sur la selle. Mais tu te feras confirmer tout ça par Malko. Moi, je ne sais plus où j'en suis.

— Donc on peut supposer que Susini est venu pour voler les ordinateurs de Malik. Au cours de son forfait, il a blessé Malik qui a réussi à s'enfuir sur sa mobylette. Susini l'a suivi jusqu'à la cabane de pêche et c'est là que Rolex intervient et tue Susini. Depuis plus aucune nouvelle de Malik.

Je lui ai jeté un regard en coin. Je n'arrivais pas à me lasser de son profil de statue grecque. Après un silence, elle a continué.

— Il y a plein d'incohérences dans cette histoire.

— Qu'est-ce que tu veux dire ?

— Premièrement, comment Malik a-t-il fait pour s'enfuir à mobylette et ne pas être rattrapé par l'Audi de Susini ? Il a un moteur de formule 1 sur son engin ?

J'ai réfléchi.

— Non, je ne crois pas. Il est plus probable que Susini n'ait pas essayé de le rattraper. Il a dû se contenter de le suivre pour voir où il allait.

— Dans ce cas, pour quelle raison Malik est-il allé à sa cabane au lieu d'aller chercher de l'aide directement auprès de la police ?

Ça, j'étais forcé de reconnaître que je n'en avais aucune idée. Devant mon silence embarrassé, Lizzie a continué.

— Deuxièmement, comment Rolex s'est-il retrouvé dans la cabane de Malik ?

— Il accompagnait peut-être Susini ou bien il a suivi Susini qui suivait Malik.

— Ce sont effectivement des possibilités qui se tiennent. Troisièmement, quel rôle tient Rolex dans cette affaire ? Pourquoi réapparaît-il cinq ans après sa disparition ? Quatrièmement, où est Malik ? Cinquièmement, que vient-il faire dans cette bouillabaisse marseillaise ?…

— Stop ! Stop ! Stop !… Lizzie, tu vas trop vite, beaucoup trop vite. Je crois qu'il vaut mieux pour l'instant remiser toutes ces interrogations dans un coin de nos têtes. On y verra peut-être plus clair, une fois qu'on aura interrogé Alex.

Juste après Bouzigues, on a pris à gauche, un chemin qui descendait vers l'étang à travers la garrigue parsemée de cailloux et de broussailles sèches. Après un virage en épingle, on a débouché sur un terre-plein bordé de vieilles palettes qui faisait office de parking. On a laissé là les voitures. Alex nous attendait sur la passerelle qui conduisait au restaurant. Il a pris Lizzie dans ses bras. Ensuite il m'a embrassé. En se reculant, il a accroché mon regard.

— Quelle angoisse, cette histoire. Qu'est-ce qui a bien pu arriver à Malik ?

Il s'est approché de Malkovitch. Il lui a serré la main avant de lui mettre une bourrade amicale dans le dos.

— Entrez, j'ai décidé de ne pas ouvrir le restaurant pour le moment. Je n'ai pas le cœur à ça.

On l'a suivi sur le ponton désert jusqu'à une table ronde. Il a balancé ses cheveux en arrière avec ce mouvement de tête très féminin dont il avait l'habitude. Avec ses épaules larges et sa barbe poivre et sel, ça créait un contraste saisissant qui faisait tout le charme du bonhomme. Il s'est avancé vers nous.

— Je vous ouvre quelques huîtres ?

On s'est regardé et on a dit « Oooofff... » en haussant gentiment les épaules. Dans notre langage, ça voulait dire « *oui merci, on veut bien, on est morts de faim* ». Malkovitch a ajouté « Euumfff... ». Ça signifiait « *si tu as une bouteille de vin blanc, c'est bien aussi* ».

Alex est revenu rapidement avec la totalité de la commande. Un plateau taille XXL chargé d'huîtres, des assiettes et une bouteille de Picpoul de Pinet. Un vrai pro de la restauration et de la linguistique.

On a attaqué les huîtres et les questions en même temps. Malkovitch avait pris la main. C'était quand même lui le flic de l'histoire, il ne fallait pas l'oublier.

— Alors pour commencer, dites-moi, depuis combien de temps mettez-vous cet endroit à disposition de Malik ?

— Deux ou trois ans. Il n'avait pas la place pour entreposer ses affaires de pêche chez lui et j'avais cette cabane qui ne servait à rien.

— Et il y vient souvent ?

— Souvent, c'est difficile à dire. Disons plutôt régulièrement, notamment pendant la saison magique.

— La saison magique ?

— Oui, celle où les loups écument les étangs et les jolies vacancières, les boîtes de nuit. Vous voyez ce que je veux dire ?

Alex s'est tourné vers moi en souriant.

— Tu le connais bien, toi aussi. Tu sais comment il est…

— Oui, presque aussi cavaleur que toi, ai-je répondu.

Alex a fait craquer la jointure de ses doigts.

— Tu te trompes totalement à mon sujet et depuis toujours.

Malkovitch a interrompu notre petite digression.

— J'ai remarqué qu'il avait installé un canapé et un frigo.

— Oui, a répondu Alex, ça lui arrive de passer la nuit ici, avec une fille. Il n'ose pas ramener ses conquêtes chez lui, ses parents habitent juste à côté. Il y a beaucoup de pudeur chez ce garçon, vous savez.

— Et donc, vous l'avez vu quand pour la dernière fois ?

Cette question a jeté un trouble dans notre petite assemblée. On a réalisé soudain qu'on n'allait peut-être plus jamais revoir Malik. Au bout de quelques secondes qui se sont étirées comme des minutes, Alex a enfin répondu.

— Je pense que c'était samedi dernier. Malik est venu me présenter l'arborescence du site Internet que je lui ai commandé pour le resto. On en a profité pour prendre l'apéro.

— Avez-vous remarqué quelque chose de spécial dans son comportement ? a poursuivi Malkovitch.

Alex a balayé l'air avec ses mains.

— Non, rien. On a bien rigolé comme d'habitude. J'ai joué de la basse. Je lui ai montré deux ou trois accords. C'était une soirée tranquille.

Les verres étaient presque vides. J'ai attrapé la bouteille et j'ai refait les niveaux. Malkovitch était toujours à la manœuvre.

— Passons maintenant à cette fameuse journée d'avant-hier. Vous n'étiez donc pas sur l'exploitation.

— Non, j'étais à l'extérieur. Je consacre un jour ou deux par mois pour aller rendre visite aux restaurateurs que je fournis et prospecter de nouveaux établissements. Je suis parti vendredi vers huit heures et je ne suis rentré que samedi à dix-neuf heures.

— Mais le jeudi précédent, vous confirmez bien que vous étiez sur place ?

— Oui, je n'ai pas bougé de la journée.

— Je vous pose la question car nous avons encore un doute sur le jour et l'heure exacts de la mort de cet homme. Il semblerait donc que tout se soit passé vendredi pendant que vous étiez en tournée.

— C'est à peu près certain. Sinon, j'aurais vu passer la mobylette de Malik et la voiture qui le suivait, j'aurais aussi entendu les coups de feu.

— Savez-vous si Malik a eu des visites au cours de ces derniers jours ?

— Non, pas à ma connaissance.

— Avez-vous noté quelque chose de bizarre, des allées et venues inhabituelles ?

Alex a secoué la tête avec un air dépité.

Malkovitch a pris quelques notes, puis poussé son assiette d'huîtres sur le côté avant de sortir, de sa sacoche de postier, une photo qu'il a aussitôt présentée à Alex.

— Connaissez-vous cet homme ?

Alex l'a observé attentivement.

— Non, jamais vu et croyez-moi, je suis physionomiste.

— Il s'appelait Enzo Susini. Le nom ne vous évoque rien non plus ?

Alex a soupiré doucement en se grattant le menton.

— Non, désolé. C'est la personne que vous avez trouvée dans la cabane ?

Malkovitch a fait oui de la tête en rangeant la photo.

— Je vous remercie, Alex. Il est probable que je revienne vous voir d'ici peu pour de nouvelles questions.

Alex s'est enfoncé dans sa chaise.

— Écoutez, on ne se connait pas beaucoup, tous les deux. Mais je sais que vous êtes un ami de Niels, de Lizzie et de Vieux Bob et ça me suffit pour vous faire confiance. Alors je vous en prie, ramenez-nous rapidement Malik sain et sauf.

Le visage froissé de Malkovitch a produit deux ou trois nouveaux plis que nous ne connaissions pas encore.

— En tout cas, je vais tout faire pour, vous pouvez en être certain.

On a continué de dézinguer quelques huîtres, mais on voyait bien que le cœur n'y était pas. D'ailleurs, personne n'a terminé son assiette. Ça voulait dire quelque chose. Il y a encore eu quelques SLUUURP un peu timides puis tout le monde a fini par relever la tête.

— Je vais y aller, a dit Malkovitch.

— On ne va pas tarder non plus, a embrayé Lizzie, aussi sec.

Il y a eu un moment de flottement un peu embarrassant. Malkovitch s'est levé. Lizzie et moi, on a fait pareil. Après avoir pris congé d'Alex et juste avant de remonter dans les voitures, Lizzie a attrapé Malkovitch par le coude.

— As-tu pu interroger les ordinateurs de Malik ? J'imagine que si Susini a pris la peine de les emporter avec lui, c'est qu'il doit y avoir une bonne raison.

— On les a confiés à nos spécialistes qui sont en train d'interroger les disques durs. Mais ça risque de prendre du temps. *A priori*, ce sont de vraies forteresses. Tout était crypté. Les geeks ont souvent ce genre de manie paranoïaque. Mais ne t'inquiète pas. On va y arriver. On y arrive toujours.

Je me suis installé sur le siège passager en repensant à ce que venait de dire Malkovitch. Ils y arrivaient toujours, ça, je n'en doutais pas. J'espérais seulement que cette fois, ce ne serait pas trop tard.

CHAPITRE 7

La lampe reste allumée
Claire est la chambre
Mais combien longue est la nuit

Sôseki

Entre l'exploitation d'Alex et ma cabane, la route longeait les étangs et la mer. Ce paysage était invraisemblable. Je n'arrivais pas à m'en lasser. De l'eau partout et un ciel très haut, très bleu. Ces jeux de miroirs et ces espaces infinis donnaient une sensation de vertige. Il fallait juste fermer les yeux sur les stations balnéaires, les bases de loisirs et les villages-vacances qui parsemaient le littoral et venaient rappeler la vulgarité des hommes. Mais hors saison, ils étaient laissés à l'abandon et livrés au vent et au sable. La nature reprenait ses droits. Le décor, une certaine élégance.

J'ai remonté la vitre. J'avais froid. Je me suis fait la réflexion que ce serait sûrement une année sans été indien, l'hiver s'annonçait déjà et avec lui, pour les pêcheurs responsables, la saison de la trêve. C'était l'espace de quelques semaines. On foutait la paix aux poissons pendant qu'ils frayaient, histoire de préserver la ressource. Ce n'était pas grand-chose mais encore trop pour nombre de pêcheurs. Pour eux, c'était plutôt « après moi, le déluge ». Je pouvais comprendre cet état d'esprit. Après tout, je n'étais pas non plus d'un optimisme béat au sujet de l'avenir de l'espèce humaine. Mais je tenais malgré tout à donner une chance à la vie. Chacun ses paradoxes.

Quand on est arrivés à la cabane, Lizzie s'est plantée devant moi. Elle a passé ses bras autour de mon cou.

— Il va falloir que je t'abandonne. Je vais voir mon père. Il va râler quand il va savoir que je suis rentrée depuis hier soir et que je n'ai même pas trouvé une minute pour venir lui claquer une bise. Je ne veux pas en rajouter. Il a déjà assez mauvais caractère comme ça.

Je l'ai encouragée avec un baiser et je l'ai regardée s'éloigner sur le chemin. J'étais heureux de retrouver ma chaumière. Depuis que Lizzie avait emménagé chez moi, mon environnement avait changé. Elle n'avait pas touché aux meubles en bois de récup que j'avais fabriqués. Le chesterfield et le fauteuil n'avaient pas bougé de place et il y avait toujours ma série de photos sur les murs. *Jours immobiles*. Mais elle avait ajouté sur le canapé des plaids de toutes les couleurs. Des coussins en peau de mouton du Tibet parsemaient le plancher en bois, des rideaux en lin encadraient les fenêtres et surtout son parfum flottait dans chaque pièce. Ces petites touches avaient accentué le caractère chaleureux, paisible et accueillant de mon *home sweet home*. Si on évitait de regarder dehors, on aurait pu se croire à l'intérieur d'un chalet de haute montagne. Ça m'a donné illico l'envie d'allumer un feu dans la cheminée et, malgré les 16° qu'annonçait le thermomètre, de m'envoyer une fondue savoyarde. J'avais ma logique à moi, mes petits déterminismes intimes.

Lizzie n'est rentrée qu'en fin de soirée. Je m'étais endormi sur le chesterfield. Le simple fait de soulever deux malheureuses bûches avait réactivé mon mal de dos. Je n'avais même pas eu la force de me traîner jusqu'à la cuisine pour faire fondre le fromage. Je m'étais contenté d'aller me caler dans le canapé avec des coussins contre les reins comme un vieux machin en bout de course.

C'est un baiser qui m'a réveillé. J'étais au milieu d'un cauchemar. Il y avait une gigantesque Rolex avec l'aiguille des secondes aussi aiguisée qu'une lame de rasoir. Chaque fois qu'elle passait sur un index, elle tranchait la gorge d'un homme. Là, elle s'approchait de Malik qui était ligoté entre les barres du nombre 11. La montre était attachée autour du poignet d'un géant avec un chapeau mou, un costard à rayures et un gros cigare de Cuba. Je n'avais jamais vu son visage auparavant, mais je savais que c'était Spartaco Licari. Il regardait les têtes tomber. On voyait que ça l'amusait beaucoup. Moi, j'étais au centre du cadran et j'essayais de freiner la course des aiguilles. Ce n'était pas simple. Retenir le temps qui passe. Beaucoup avaient essayé. Mais rien ne fonctionnait vraiment. Tout à coup, une brise chaude a frôlé mon visage. Ça m'a apaisé instantanément. Une voix de velours s'est mise à couler dans mes oreilles.

— Mon amour, il est l'heure... Il est l'heure d'aller se coucher.

J'ai ouvert les yeux. Zoom arrière sur le visage de Lizzie. Dieu qu'elle était belle ! J'ai essayé de me redresser pour enclencher le zoom avant, mais à ce moment-là, une aiguille géante m'a transpercé de part en part. Je me suis senti aussitôt comme un papillon épinglé sur un bouchon de liège.

— Ne bouge pas. Je vais te chercher une couverture. Tu vas rester dormir ici. Tu seras mieux.

Quand elle est revenue, j'avais réussi à trouver une position qui me faisait moins mal. Celle du cloporte qui se roule en boule sans demander son reste. J'ai rassemblé mes dernières forces pour me constituer la voix la moins chevrotante possible.

— Comment va Vieux Bob ?

— Il va bien. J'ai dîné avec lui. Il a préparé un risotto aux truffes. Je suis venue te chercher, mais tu dormais à poings fermés. Je n'ai pas osé te réveiller.

— Mais comment faut-il te le dire ? Pour un risotto aux truffes préparé par Vieux Bob, je suis prêt à tout, même à venir en rampant sur le dos. Tu aurais dû me balancer un grand seau d'eau glacée.

— Je peux te faire réchauffer une soupe si tu veux ?

— Ce n'est pas la peine, ça va aller.

Elle a installé la couverture sur mon corps déglingué.

— On a parlé de ce qui est arrivé. Il est très affecté. Il aime beaucoup Malik. Et puis, en discutant, tu sais comment on est, on a eu des idées.

Je savais parfaitement comment ils fonctionnaient tous les deux. Tel père, telle fille ! Deux cerveaux de compétition capables d'élaborer les réflexions les plus sophistiquées en un millième de seconde. Quand ils commençaient, il était impossible de les arrêter. Les démonstrations de l'un nourrissaient les déductions de l'autre.

— Et vous en êtes arrivés où ?

— On a fait le point sur les connaissances de Malik. À part notre petite bande, il reste qui à ton avis ?

Je l'ai observée sans rien dire. J'aimais aussi quand son visage devenait sérieux. Son front s'allongeait, ses pommettes s'affaissaient légèrement. Chacun des traits de son visage était pour moi un enchantement permanent.

— Niels, tu es avec moi ou quoi ?

— Oui, oui, excuse-moi. Je t'écoute.

— On a donc ses parents bien évidemment, Maxime, le pote avec qui il traîne souvent, Didier Deplanche, son employeur principal, et il ne faut pas oublier les gars qui le fournissent en cannabis. On a fait le tour de la question, on n'en a pas trouvé d'autres.

J'ai pris le temps de la réflexion.

— Oui, ce doit être ça. En ajoutant Alex, Vieux Bob, toi et moi, on ne doit pas être loin du compte. Finalement, quand on y pense, on n'est réellement proche que d'un nombre limité de personnes.

— Ça, c'est pour le monde réel, mais si on bascule dans le virtuel, tu peux être sûr qu'on va vite exploser les compteurs. Internet nous connecte chaque jour à des centaines de personnes, sans même avoir à mettre le nez dehors. Hyper-communication et claustration. Ça rime peut-être mais c'est loin d'être de la poésie.

Elle avait raison. Le virtuel prenait doucement mais sûrement le pas sur le réel. Ces dernières années, des outils avaient révolutionné les rapports humains et les habitudes sociales. On se rencontrait, on partageait, on aimait à travers Internet. L'individu se retrouvait atomisé derrière ses écrans. Ce n'était pas le cas de Malik, mais certaines personnes étaient d'ores et déjà totalement déconnectées de la vie réelle, comme hors-sol. C'était un truc qui me terrorisait.

— Niels, j'ai vraiment l'impression de parler avec un ectoplasme. Déjà que physiquement, ce n'est pas trop ça en ce moment. Si en plus, tu te mets à planer…

— Non, non, je suis bien là avec toi. Je réfléchissais, c'est tout. Et tu penses faire quoi ?

— Aller les interroger, essayer de comprendre ce qui s'est passé. Retrouver Malik.

— Et Malkovitch ? On ne va quand même pas encore le squeezer ?

— Non, chacun son rôle, chacun son style. L'important, c'est de multiplier les moyens pour retrouver Malik.

— Ses parents sont toujours en Algérie. On commence par qui alors ? Maxime, Didier Deplanche ou les dealers de la Mosson ?

— Ah là, je te retrouve enfin ! On a rendez-vous avec Maxime demain matin à la première heure. En attendant, on tire le rideau sur cette journée et tout le monde file au dodo.

Elle a éteint les lumières, m'a embrassé. Quand elle a refermé la porte de la chambre à coucher derrière elle, il ne restait plus que les lueurs bleutées de la nuit qui éclairaient des bouts de plancher et le bruit du moteur du réfrigérateur. Je me suis recroquevillé sous la couverture en repensant à cette histoire de combat entre le virtuel et le réel. Une phrase de Baudrillard m'est revenue en mémoire.

« Il n'y a pas de cadavre du réel, et pour cause : le réel n'est pas mort, il a disparu. »

Comme avait disparu Malik.

CHAPITRE 8

Un cygne dans le brouillard
Ou peut-être...
Le brouillard autour d'un cygne

Kaneko Tôta

Maxime avait le même âge que Malik. Ils se connaissaient depuis la maternelle. Je l'avais rencontré à deux reprises. La première fois chez Malik lors d'une de mes visites. Je me souvenais vaguement d'une forme qui zonait sur un canapé comme une moule géante. La seconde fois, j'avais dû venir les chercher tous les deux au poste de police après une soirée en discothèque qui avait dégénéré. Ils n'avaient pas dragué les bonnes filles et leurs petits copains n'avaient pas apprécié. Je les avais raccompagnés et j'avais pansé leurs plaies. Maxime habitait dans le même village que Malik, dans un studio du centre. Le quartier entier n'était composé que d'habitations à loyers modérés. Ce n'était pas un de ces ensembles vertical ou horizontal qui poussent, à grand renfort de tours ou de barres, dans les banlieues des villes, mais des îlots d'immeubles de trois ou quatre étages maximum. Le village avait été pendant des années géré par des maires de gauche. La moitié de la population touchait le RSA. Je n'ai jamais su si cette volonté farouche de proposer des logements sociaux était guidée par des valeurs humanistes ou par une stratégie politique : renforcer son électorat naturel pour assurer les élections futures. Les hommes politiques me paraissaient suffisamment cyniques et manipulateurs pour de telles manœuvres. À l'autre bout de l'échiquier politique, c'était l'inverse, certains maires de droite préféraient payer des amendes colossales plutôt que de respecter les quotas de logements sociaux imposés par la loi SRU. Ainsi allait le développement urbain de nos villes et villages au gré des intérêts partisans et des calculs d'apothicaires.

Maxime a ouvert au premier coup de sonnette. Il était presque aussi grand que Malik, une coiffure improbable située quelque part entre le surfeur basque et le savant fou, des lunettes rondes en acétate. Son studio était zen. Entièrement peint en blanc, une moquette crème, très peu de mobilier, un futon, quelques plantes. Manifestement, tout avait été étudié selon les règles du feng shui. Ça m'a étonné de la part d'un jeune homme qui semblait avoir les deux pieds solidement ancrés dans le monde virtuel. Il nous a serré la main.

— Je suis content de vous voir. Je suis vraiment très inquiet pour Malik.

Il nous a invités à nous asseoir sur le futon avant d'aller chercher dans son réfrigérateur une bouteille en verre remplie d'un liquide ambré et légèrement trouble.

— J'ai du Kombucha, je vous en propose un verre ?

Lizzie a exulté.

— Super, j'adore ça.

— Je me contenterai d'un verre d'eau, ai-je répondu.

Du thé fermenté et des bactéries, il y avait de quoi se méfier. J'avais déjà le dos en vrac. Je ne voulais pas ajouter de la douleur à la douleur en me payant en plus une intoxication alimentaire.

— Vous ne vous asseyez pas ? m'a demandé Maxime.

En fait, j'étais en train de calculer comment j'allais pouvoir me baisser jusqu'à l'assise à ras du sol du futon. Et si par miracle j'y parvenais sans me déchirer le dos, comment je me relèverais plus tard sans dommages de ce piège infernal.

— Je crois que je vais rester debout si ça ne t'embête pas.

Il a grimacé.

— Ça ne va pas ? Vous êtes tout blanc.

Lizzie a rigolé.

— Il a mal au dos. C'est comme un vieux grille-pain, l'obsolescence programmée le guette ! Vous verrez quand vous aurez son âge.

Elle savait parfaitement que ce genre de saillie avait le don de m'énerver. J'imaginais qu'elle devait bien aimer quand mes sourcils se fronçaient et que des rides se mettaient à zébrer mon front comme des éclairs dans un ciel d'orage.

— Mon grand-père souffre aussi du dos. Je crois que ce sont des rhumatismes. Ça lui arrive souvent l'hiver ou quand il pleut. Vous devriez prendre du Kombucha justement. C'est super efficace contre l'arthrite et tous ces petits maux dont souffrent les personnes âgées.

Nouvel éclat de rire de Lizzie. De grosses larmes rondes et brillantes se sont mises à rouler sur ses joues.

J'ai dévisagé Maxime avec une rage froide. Mais de quoi ce blanc-bec se mêlait-il ? Est-ce que je m'occupais du choix de ses shampooings démêlants ? Est-ce que je me souciais de l'efficacité des crèmes contre l'acné dont il se tartinait le visage ?

Il a croisé mon regard.

— Euh, je ne veux pas dire que vous êtes une personne âgée. C'est seulement que…

Lizzie s'essuyait les yeux avec un mouchoir en papier.

— Faites attention à ce que vous dites, Maxime. Ils sont acariâtres et revêches à cet âge-là. Il ne faudrait pas que vous vous preniez un mauvais coup de canne.

Elle a baissé la tête, ses épaules se sont mises à tressauter. Maxime me regardait avec la mâchoire crispée et un air désolé.

J'ai expiré longuement et j'ai fait un geste du plat de la main pour le rassurer, lui faire comprendre que j'étais encore en capacité de prendre sur moi. Mais en regardant Lizzie se mordre les lèvres pour réprimer son fou rire, j'ai quand même senti que j'approchais sérieusement de mes limites.

— S'il vous plaît, ai-je dit, revenons à l'essentiel. Je vous rappelle qu'on est ici pour Malik. Alors Maxime, quand est-ce que tu l'as vu pour la dernière fois ?

Maxime s'est assis à côté de Lizzie qui avait repris son sérieux.

— Vu ? Depuis plusieurs mois. Mais on est en contact H 24 sur le net.

J'ai jeté un coup d'œil à Lizzie. Ils habitaient à cinq cents mètres l'un de l'autre. Décidément, je ne m'habituerais jamais à cette époque.

— Et depuis quand précisément tu n'as plus de nouvelles ?

— Depuis cinq jours.

J'ai calculé rapidement. Ça correspondait à peu près à la date supposée de sa disparition.

— Et il ne t'a pas confié quelque chose de particulier qui pourrait expliquer son silence radio ?

— Non, rien. La dernière fois, on a joué en ligne comme d'habitude. Je sais qu'il avait pas mal de boulot.

— Tu sais sur quoi il travaillait ?

— Pas vraiment.

— Il avait une petite amie en ce moment ?

Maxime a souri. Certainement que le terme de « petite amie » n'avait plus court depuis longtemps.

— Une petite amie ? Non, je ne crois pas.

— Tu as d'autres choses à nous dire qui seraient susceptibles de nous éclairer ?

Il a secoué la tête en faisant une grimace.

Lizzie avait le nez plongé dans son Kombucha. Depuis le début, j'avais pris en main les rênes de la discussion. Elle était restée muette. Ce n'était pas trop dans ses habitudes. Et puis elle s'est lancée doucement. J'ai senti les vibrations. J'ai pensé à un jet qui mettait les gaz sur une piste de décollage.

— Vous cherchez un travail, Maxime ?

Le jeune homme s'est reculé dans son fauteuil.

— Oui, mais c'est une vraie galère.

— Vous cherchez dans quoi ?

— J'ai une formation de paysagiste, mais les arbres, ça me saoule. En fait, je voudrais bien trouver un truc dans l'informatique, un peu comme Malik.

Je me suis demandé comment on pouvait être saoulé par un arbre. Maxime a poursuivi.

— De temps en temps quand il est full, il me file du taf. La transformation de maquettes graphiques en pages html, un peu de programmation. Pour tout vous dire, je fais ces missions au black. J'ai encore droit à des indemnités de chômage et j'essaie de me faire financer une formation de concepteur Web. Mais plus tard, j'ai prévu de prendre un statut d'auto-entrepreneur comme Malik et de me mettre à mon compte.

Lizzie a posé son verre sur la table basse.

— Donc si je résume, vous venez de nous dire que Malik a beaucoup de boulot en ce moment, qu'il a l'habitude de vous confier certaines tâches quand il est débordé, mais que là bizarrement, il ne l'a pas fait et que vous ignorez donc totalement sur quoi il travaille… Vous ne trouvez pas qu'il y a une incohérence quelque part ?

Maxime est devenu soudainement tout rouge. Lizzie a plongé son regard dans le sien. Le silence est devenu pesant. J'ai compris qu'il fallait que je garde ma langue dans ma bouche. Lizzie savait exactement où elle voulait emmener le jeune homme. Au point de rupture.

Au bout de quelques secondes, il a lâché prise.

— Il m'a fait promettre de ne rien dire à personne… Mais bon, je crois que dans cette situation… Et puis à vous qui êtes aussi ses amis et qui essayez de l'aider… Bref, il cherchait des informations sur le milieu marseillais, la liste des crimes commis par un certain Rolex. Il m'a demandé de fouiller les Darknets. Il m'a dit aussi qu'il avait été piraté.

J'ai levé la main comme quand j'étais au cours élémentaire première année.

— C'est quoi les Darknets ?

— Ce sont des réseaux cachés, superposés au réseau classique, où le partage est totalement anonyme, a expliqué Maxime. C'est le net des dissidents politiques et des cybercriminels. On peut y acheter de la drogue, des armes et même engager un tueur à gages si on veut.

— Je vois, ce sont les bas-fonds du Net.

— Pas seulement, a continué Lizzie, en tant que journaliste d'investigation, je suis une utilisatrice du kit de survie numérique mis en place par Reporters sans frontières. L'idée est de sécuriser ses communications et ses données, de créer des réseaux privés virtuels qui permettent d'échanger des informations de façon anonyme et cryptée. Tout cela passe aussi par l'utilisation des Darknets.

— OK, des mondes parallèles si vous préférez. Mais vous ne m'enlèverez pas de l'esprit que c'est du Net pas très net votre affaire.

J'étais content de mon jeu de mots, mais en même temps, j'étais effrayé par ce que je devinais. La partie visible de tout ça était déjà particulièrement flippante. À présent que je m'approchais, se révélait la partie immergée de l'iceberg. Sournoise et acérée, beaucoup plus dangereuse. Et brusquement, je n'ai eu qu'une envie, me retrouver au bord de l'eau, dans un de ces endroits calmes où le temps s'écoule lentement, avec le cœur apaisé et une canne à pêche dans la main.

Lizzie elle, était impassible. Elle a poursuivi.

— Et alors qu'avez-vous trouvé sur la pègre marseillaise et sur ce Rolex ?

— C'est un tueur à gages particulièrement efficace qui a été utilisé par Abdelkader Bencheikh, un des caïds de Marseille. Il a été actif d'avril 2008 à août 2013. Depuis, il a totalement disparu dans la nature. Bencheikh communiquait avec Rolex via une messagerie cryptée sur le Darknet, il commanditait ses assassinats via ce canal et payait Rolex en bitcoins. Je n'en sais pas plus.

— On peut donc en déduire que Bencheikh ne devait pas connaître lui non plus la vraie identité de Rolex.

— Sans doute, sinon ils ne se seraient pas donné toute cette peine.

— Et cette histoire de piratage ?

— Il ne m'en a pas dit davantage. Il m'a simplement demandé d'éviter de communiquer avec lui sur le Net tant qu'il n'avait pas fini de tout nettoyer.

Je n'étais pas sûr que ce genre d'informations soit d'une quelconque utilité pour retrouver Malik. De plus, je n'arrivais plus à tenir le coup, avec mon dos. J'ai donc pris l'initiative d'écourter notre visite.

— Bon, on va y aller. Bien sûr, si quelque chose d'autre te revient en mémoire, tu nous contactes tout de suite. On est d'accord ?

Je me suis tourné vers Lizzie qui avait déjà dégainé une de ses cartes de visite.

— Il y a mon numéro de portable là-dessus. Vous n'hésitez pas, Maxime.

Le jeune homme l'a empochée et nous a reconduits jusqu'à la porte. Après l'avoir salué et juste avant qu'il ne referme la porte, Lizzie a lancé une dernière salve de questions.

— Au fait, comment avez-vous été informé de la disparition de Malik ? Les gendarmes sont venus vous interroger ? Ils sont passés quand ?

— Ce matin, juste avant vous. Mais ce n'étaient pas des gendarmes, c'étaient des policiers. Ils m'ont montré leurs cartes. Deux gars plutôt mal embouchés. Je vous avoue que je préfère être interrogé par une femme que par tous ces ours qui courent les rues en ce moment.

Il s'est souvenu de ma présence et s'est repris instantanément.

— Euh, bien sûr, je ne voulais pas parler de vous, monsieur Hogan.

Le rire de Lizzie dans l'escalier. De la première jusqu'à la dernière marche.

CHAPITRE 9

Pleine lune
Je vis dans ce monde
Qui pourrait se désagréger en un clin d'œil

Oriko Nishikawa

Quand on s'est retrouvés devant la 181, Lizzie a posé sa main sur la poignée de la portière, mais elle ne l'a pas ouverte. Elle est restée immobile, curieusement figée.

— Qu'est-ce qu'il y a, Lizzie ?

Elle a lâché la poignée.

— C'est bizarre, cette histoire de policiers, tu ne trouves pas ? Je pensais que Malkovitch se débrouillerait pour avoir l'affaire.

— Si je me souviens bien de mes cours de droit, c'est le procureur de la République qui confie l'enquête à la police ou à la gendarmerie, selon le lieu où s'est déroulé le crime. C'est la police qui a dû être saisie, voilà tout !

— Justement. Que ce soit le domicile de Malik ou l'exploitation ostréicole d'Alex, les deux endroits me semblent relever de la compétence territoriale de la gendarmerie, non ? Et, s'agissant de Malik, je suis certaine que Malkovitch n'aurait jamais laissé la police le déposséder de l'affaire. Il faut que je l'appelle pour comprendre ce qui s'est passé.

Elle a pris son téléphone, puis elle est allée poser ses fesses sur une des ailes de la 181, comme elle en avait pris l'habitude. Je suis allé m'asseoir sur le siège passager. Je ne tenais plus debout. Quand elle a raccroché, elle était excitée comme une puce de mer.

— C'est bien ce que je pensais. Malkovitch a bien la charge exclusive de l'enquête. Il va appeler ses contacts à la Police nationale pour vérifier s'il n'y a pas une enquête parallèle en cours. Il doit me rappeler d'un instant à l'autre. Mais j'ai le sentiment qu'il ne va rien trouver.

Elle m'a regardé me tortiller comme un serpent en proie à des ennuis gastriques.

— Ça ne va pas mieux ?

— Non, pas vraiment.

— Bon dès qu'on en a fini ici, on rentre et je m'occupe de toi. Un bon massage, ça te va ?

Ça m'allait. J'ai fermé les yeux en attendant que les minutes passent et le téléphone de Lizzie s'est mis à vibrer. Je l'ai entendue échanger de nouveau avec Malkovitch, sans écouter réellement ce qui se passait. J'étais trop occupé à domestiquer les assauts que la douleur menait contre ma colonne vertébrale. La discussion à peine terminée, elle a passé la tête par la fenêtre de la 181.

— Malko vient de me le confirmer. Aucun policier n'est venu interroger Maxime. Tu vas devoir attendre pour ton massage. Je remonte immédiatement tirer ça au clair avec notre nouvel ami.

— Attends-moi, je viens avec toi, ai-je dis en essayant de m'extirper de mon siège.

Passons sur la montée de l'escalier. J'avais l'impression d'avoir cent ans. C'est assurément un des épisodes de ma vie que je souhaiterais oublier le plus vite possible avec le râteau que m'avait mis Sophie Pichon en 4e B et ma dernière visite chez le proctologue. J'étais obligé de m'arrêter à chaque marche en me tenant les reins sous le regard apitoyé de la femme que j'aimais. Parfaitement insupportable.

Maxime a été surpris quand il nous a découverts derrière sa porte.

— Encore vous, vous avez oublié quelque chose ?

Lizzie ne lui a pas laissé le temps de reprendre sa respiration.

— Ces deux policiers, vous êtes bien certain qu'ils existent vraiment ?

Maxime avait l'air d'un surfeur avec sa shortboard sous le bras dans le pédiluve de la piscine municipale.

— Mais, qu'est-ce que vous racontez ?

Lizzie m'a jeté un coup d'œil.

— OK, vous pouvez nous les décrire ?

— Un chauve taille moyenne avec un sweat rouge et un jeune plus grand avec une coupe de cheveux french crop.

Je me suis gratté la tête.

— Bon sang, c'est quoi une coupe french crop ?

— Rasé sur les côtés et une sorte de crête sur le dessus.

— Ça ne fait pas vraiment policier ! a lancé Lizzie.

— Plutôt footballeur, effectivement. Mais ils avaient chacun la carte qui va bien avec le bandeau bleu blanc rouge et le holster avec le *gun* qui dépasse de sous la veste. Je ne me suis pas posé plus de questions que ça. Et puis je ne m'attendais pas non plus à ce qu'ils ressemblent au commissaire Maigret. On est au vingt et unième siècle, je vous le rappelle.

Lizzie a fait une grimace. Maxime s'est gratté la tête à son tour.

— Pourquoi ? Vous êtes en train de me dire que ce n'étaient pas des flics ?

— Malheureusement, j'en ai bien peur, a répondu Lizzie.

— C'était qui alors ? Vous pensez qu'ils sont liés à la disparition de Malik ?

Le visage de Maxime s'est allongé comme celui d'une musaraigne géante.

— On n'en sait rien, mais je vous conseille de faire attention. S'ils reviennent, surtout vous ne leur ouvrez pas et vous appelez sans plus attendre ce numéro.

Elle a arraché une page de son carnet et y a inscrit un numéro de téléphone.

— C'est le portable du capitaine Serge Malkovitch de la Section de Recherches. C'est lui et lui seul qui est chargé de l'enquête au sujet de Malik.

Elle a marqué une pause avant de reprendre.

— Qu'est-ce qu'ils vous ont posé comme questions ?

— Ils voulaient savoir si j'avais une idée de l'endroit où il pouvait être. Ils m'ont interrogé sur ses fréquentations.

J'ai posé ma main au milieu de ma poitrine en haussant les sourcils.

— Ne me dis pas que…

Il a écarté les bras comme le Christ du Corcovado.

— Oui, je leur ai parlé de vous. Je suis désolé, je ne savais pas…

Lizzie a posé sa main sur mon épaule. Elle avait l'air à la fois excitée par la situation et inquiète pour moi. C'était difficile de savoir ce qui l'emportait.

On est restés silencieux pendant plusieurs secondes puis la main de Lizzie s'est envolée de mon épaule. Il était temps de prendre congé pour de bon et de se retaper ces foutus escaliers en sens inverse.

Pendant la descente, je me suis accroché à la rampe comme si je faisais du rappel, mais sur un plan horizontal. Enfin légèrement incliné, pour être plus précis. Il y avait quand même certaines marches qui me paraissaient aussi hautes que des petits buildings. Entre deux paliers, j'ai fait une pause et je me suis tourné vers Lizzie.

— Qu'est-ce que tu en penses ?

Elle a haussé les épaules.

— Je crois qu'il dit la vérité. Et je me demande qui sont ces deux gars. Il va falloir qu'on se penche sérieusement là-dessus. Je pense que nous tenons notre première piste sérieuse. Malik a disparu et *a priori* nous ne sommes pas les seuls à le rechercher.

Tout de suite après s'être installée derrière le volant de la 181, Lizzie a rappelé Malkovitch pour l'informer de notre découverte. J'ai noté avec plaisir les progrès qu'elle faisait en communication avec les forces de l'ordre.

— Il nous conseille de rester sur nos gardes, a-t-elle dit après avoir raccroché. Maxime leur a parlé de toi.

Il est probable que ces deux hommes vont essayer de t'interroger. Du coup, on n'aura peut-être même pas besoin de les chercher. Ils risquent de venir à nous tout seuls, comme les ruisseaux vont à la rivière.

Je ne savais pas trop si c'était une bonne ou une mauvaise nouvelle. Je me suis cramponné à ma ceinture de sécurité.

— En attendant de rencontrer ces faux policiers armés et certainement pas de bonnes intentions, tu penses que je peux enfin avoir droit à mon massage ?

Elle n'a pas répondu. Elle s'est contentée de plisser les yeux et elle a démarré. Un peu plus loin, sur la route, je m'étais presque assoupi, je n'avais pratiquement pas fermé l'œil de la nuit à cause de la douleur. J'ai entendu Lizzie qui m'appelait dans mon sommeil.

— Niels !

J'ai grogné. Elle a prononcé une nouvelle fois mon prénom. Avec plus de poids cette fois.

— Qu'est-ce qu'il y a ?

— Je crois que nous sommes suivis.

Ça tombait bien, dans la position que j'avais adoptée, plié en accordéon contre la portière, je pouvais, en ouvrant un œil, apercevoir ce qui se passait dans le rétroviseur. Au loin, derrière nous, il y avait une voiture de couleur sombre.

— Tu es sûre ? Tu as conscience qu'on n'est pas exactement tout seuls sur cette planète.

— J'ai fait plusieurs détours. Je te dis que cette voiture nous suit depuis qu'on est partis de chez Maxime.

J'ai plissé les yeux pour essayer de lire la plaque d'immatriculation, mais la voiture était trop éloignée. Je me suis contenté d'identifier le modèle. Une BMW X5 de couleur noire.

Lizzie m'a touché le bras.

— Je vais rappeler Malkovitch.

Au moment où elle saisissait son téléphone, la X5 a bifurqué à un carrefour en direction de la nationale.

— C'est bon, Lizzie, je crois que c'était une fausse alerte.

Elle a vérifié dans le rétroviseur.

— C'était bizarre quand même.

Je n'ai rien répondu. La vie entière était une chose bizarre.

CHAPITRE 10

L'automne s'approfondit
Voilà de quoi
Meubler la conversation

Hoshino Tatsuko

Je me suis réveillé un peu avant midi. Ce n'était pas dans mes habitudes, mais je devais avoir du sommeil à rattraper. Je me sentais en pleine forme et affamé. J'ai sauté sur mes deux pieds comme si j'avais vingt ans et toute la vie devant moi. C'était incroyable. Cette fille avait des doigts de fée, elle était capable de faire des miracles. En rentrant la veille, elle avait laissé ses mains chaudes galoper sur mon dos. Ma peau était devenue aussi souple que du caoutchouc. Mes muscles s'étaient mis à rouler sur eux-mêmes en ronronnant comme des chatons alanguis et j'avais fini par m'endormir. Ragaillardi par une bonne nuit de sommeil, je suis allé jusqu'au réfrigérateur en faisant des entrechats et des petits sauts de cabri. Deux, trois pirouettes plus tard, je commençais à envisager l'achat d'une paire de demi-pointes Repetto et d'un collant. Mon mal de dos envolé, le monde m'appartenait, un monde sans limites.

Pour couronner le tout, à l'intérieur du réfrigérateur, je suis tombé sur des restes de lasagnes. Je me suis demandé si je n'étais pas en train d'entrer dans une période faste. On ne sait jamais comment ça peut tourner dans la vie, ni à quelle vitesse. J'arrivais à un âge où plus grand-chose ne réussissait à m'étonner ou alors tout et tout le temps. C'était selon les jours, l'intensité de la lumière, l'humeur du moment, la présence ou pas de petites douleurs…

J'ai englouti les lasagnes avec un verre de Clos Marie. Lizzie m'avait laissé un mot sur la table basse.

Je n'ai pas osé te réveiller pour déjeuner. Tu dormais si bien. J'en ai profité pour aller faire une course. Je rentre en fin d'après-midi. Tu me manques déjà.

Ça m'a collé aussitôt un nouveau sourire aux lèvres. Une telle déclaration, c'était le genre de détail qui pouvait faire ma journée, comme disent les Anglo-saxons. J'ai profité de ce regain de forme physique et d'optimisme pour faire quelque chose qui me tenait à cœur : appeler les parents de Malik afin de les rassurer et de connaître, par la même occasion, la date de leur retour en France. J'ai composé le numéro du téléphone portable du père de Malik. Pendant que la sonnerie retentissait de l'autre côté de la Méditerranée, je me demandais s'il y avait encore quelqu'un sur cette planète qui n'avait pas de téléphone portable. Même moi, j'avais fini par succomber, rongé par la peur de manquer un appel de Lizzie. L'humanité entière était équipée, facile à joindre vingt-quatre heures sur vingt-quatre. Il s'agissait de ne rien louper de la grande orgie planétaire. C'est à des trucs comme ça que je pensais quand la voix du père de Malik a résonné depuis un des versants escarpés du massif du Djurdjura.

— Bonjour, monsieur Niels. C'est gentil d'appeler.

J'étais heureux d'entendre la voix feutrée du vieil homme. Il avait quitté ses montagnes dans les années 1960 pour devenir carreleur en France. Aujourd'hui, il était à la retraite et coulait des jours paisibles, partagés entre sa modeste villa achetée au prix de la sueur dans le sud de la France et la vieille maison familiale en pisé qu'il retapait en Kabylie. J'aimais bien aussi les traits de son visage. Chaque fois que je le voyais, j'étais saisi par sa ressemblance physique avec mon père. Avec le souvenir que j'avais gardé de lui, en tout cas. Il n'y avait que la taille et la carrure qui étaient différentes. Pour le reste… Des rides profondes sillonnant une peau mate, des yeux bleus traversés par une lumière insaisissable qui évoquaient comme une nostalgie ancestrale. Je ne manquais jamais de m'étonner des similitudes morphologiques qui pouvaient exister entre deux peuples aussi éloignés que les Berbères d'Afrique du Nord et les *travellers* irlandais. Plus que de simples hasards génétiques, je me disais que leurs points communs devaient avoir un rapport avec le goût de la liberté et du vent.

— Comment allez-vous ? Vous tenez le coup ? ai-je répondu.

— Oui, j'essaie.

— Votre femme aussi ?

— Oui, elle est très courageuse et on va bientôt rentrer en France.

J'en ai profité pour noter la date et l'heure d'arrivée de leur bateau. Je voulais à tout prix être sur le quai pour les accueillir. C'était la moindre des choses que je pouvais faire pour eux. Au bout d'un petit moment de conversation anodine, je lui ai posé la question qui me taraudait.

— Vous n'avez pas remarqué un changement chez Malik, ces derniers temps ?

Le vieil homme a marqué un temps de réflexion.

— Il avait des soucis avec son travail, mais il ne voulait pas nous raconter. Il est comme ça, Malik ! Il ne parle pas beaucoup. J'espère qu'on va le retrouver. Monsieur Niels, il nous parle souvent de vous. Vous êtes quelqu'un qu'il apprécie et qu'il respecte. Il faut nous aider.

J'ai eu un pincement au cœur.

— Vous savez que vous pouvez compter sur moi. Mais vous venez de dire qu'il avait des problèmes dans son travail, vous pouvez m'en dire plus ?

— C'est ce qu'il disait. Un souci avec un travail qu'on lui avait demandé de faire. Il disait que c'était une mauvaise chose d'avoir pris ce travail, que c'était Iblis qui l'avait poussé à mettre son nez là-dedans.

— C'est qui ce Iblis ?

— Iblis, c'est Shaytan, monsieur Niels.

— Shaytan ?

— Oui, en France, je crois que vous l'appelez le diable.

Le diable.

Il ne manquait plus que lui, je me suis dit.

J'ai remercié le vieil homme, je lui ai demandé de transmettre le bonjour à son épouse et j'ai raccroché. J'avais peut-être le début d'une piste. C'était pour son travail que Malik avait fait des recherches sur le Darknet et le milieu marseillais et la raison de sa disparition se trouvait forcément cachée dans un des disques durs de ses ordinateurs. Sans plus attendre, j'ai appelé Malkovitch pour l'informer de ce que je venais d'apprendre.

— On n'a toujours pas réussi à casser ses disques durs. On a mis nos meilleurs spécialistes sur le coup. Ils disent qu'ils n'ont jamais rencontré un système aussi sécurisé.

Malkovitch avait sa voix des mauvais jours. J'ai essayé de le mettre sur une autre piste.

— Et dans ses papiers, ses agendas, vous n'avez rien trouvé ? Un rendez-vous avec un client, une note ?

— Non rien de rien. Figure-toi qu'on n'a pas trouvé un seul bout de papier chez lui. Il n'utilise que ces fichus écrans. Crois-moi, les arbres peuvent dormir sur leurs deux oreilles avec cette génération 100 % numérique !

— Et du côté de Rolex, vous avez pu recueillir d'autres informations ?

— Pas vraiment, on a appelé nos confrères marseillais. Ils n'en revenaient pas que Rolex refasse son apparition chez nous. Pour eux, c'était un dossier classé. Mais il semblerait qu'il y ait de l'agitation chez Spartaco Licari en ce moment, des réunions de crise, de la nervosité, comme avant une guerre de famille. C'est tout ce qu'on a pu tirer d'eux.

Un silence s'est installé entre nous. Malkovitch a fini par le rompre.

— Et toi, comment ça va ? Tu tiens le coup ?

— Oui, j'essaye, mais on n'avance pas. Chaque heure qui passe réduit nos chances de retrouver Malik sain et sauf.

— Je sais, mais on va le retrouver. Je te le promets, Niels. On va le retrouver.

Quand il a raccroché, je me suis mis à avoir froid. Je suis allé chercher un pull et j'ai décidé d'aller travailler quelques heures. Une lumière poudrée avait enveloppé l'atelier. On se serait cru à l'intérieur d'une chapelle en Toscane. J'ai glissé mon corps entre les stries de lumière qui descendaient des persiennes. Dans l'air flottaient des parfums de bois et de résine, une vague odeur de sel que transportait la brise par la fenêtre entrouverte. J'ai jeté un œil sur le chemin de fer des commandes. Je n'étais pas débordé mais il fallait tout de même assurer celles des clients restés fidèles. C'étaient surtout des leurres souples que j'avais à fabriquer, des slugs, des shads, des worms. Ce n'était pas très compliqué, pas le genre de travail susceptible de monopoliser toutes mes facultés mentales. Il suffisait de couler de la résine polyuréthane dans des moules et d'attendre que ça prenne. J'ai allumé la radio et je suis tombé sur le *Winterreise* de Schubert. Au moment où Dietrich Fischer-Dieskau se lançait dans *Einsamkeit*, mon portable s'est mis à vibrer.

C'était la journée du téléphone !

— Coucou, c'est moi !

La voix de Lizzie avait été convertie en signal numérique, gravée sur des ondes porteuses, captée par des antennes relais, retransformée en ondes sonores, le tout à la vitesse de la lumière. Je ne comprenais pas comment elle pouvait me parvenir avec autant de chaleur et de sensualité après tous ces filtres.

Elle a continué avant que j'aie pu dire le moindre mot.

— Je suis allé voir Deplanche, l'employeur principal de Malik. Résultat des courses : rien, nada, nichts, walou !

— Bon sang, Lizzie. Tu aurais pu me le dire. Je serais venu avec toi.

— Je sais, mais son entreprise est au troisième étage sans ascenseur et je n'avais pas le temps d'organiser une expédition himalayenne.

Une image s'est instantanément imposée. Une plaque de marbre avec un message gravé en lettres dorées : *Souvenir de l'ascension des escaliers de l'immeuble de Maxime*. C'était certain, elle n'allait jamais me lâcher avec cette histoire. Il ne fallait jamais montrer le moindre signe de faiblesse devant des filles comme elle. Tout le monde savait ça.

— Mais je vais beaucoup mieux. Figure-toi que je n'ai plus du tout mal au dos. J'aurais pu les grimper quatre à quatre, ces foutus escaliers !

— C'est une bonne nouvelle. Tu vas pouvoir venir me retrouver, alors ! Je suis chez Alex. J'ai envie de manger des huîtres et de me retrouver en face d'un beau mec.

Je n'ai pas pris le temps de réfléchir à sa proposition. Ça se passait souvent comme ça avec Lizzie. Je n'arrivais pas à résister, surtout quand elle me prenait par les sentiments. J'ai pris ma voix la plus grave.

— OK, tu as gagné. Ton « beau mec » arrive tout de suite, le temps pour lui de sauter sur son fidèle destrier.

Elle a ri.

— Un fidèle destrier, ta baignoire à roulettes !

— …

— Et pour ce qui est du « beau mec », je pensais à Alex, imbécile.

Et son rire s'est mis à retentir de plus belle.

CHAPITRE 11

Sous un voile de lune
Ombre de fleur
Ombre de femme !

Natsume Sôseki

Lizzie était piquante. Délicieusement piquante, redoutablement piquante même. Sa langue était un piment oiseau et ça mettait du peps dans ma vie. Parfois presque un peu trop, me disais-je aux heures où je sentais le rouge me monter aux joues et les larmes poindre au coin de mes yeux.

Pour l'heure, elle était tranquillement installée à la meilleure table du restaurant d'Alex. Derrière elle, la nuit avait tiré un grand rideau mauve sur le monde. Je me suis arrêté quelques secondes pour contempler le tableau. Elle était assise sous les lampions, le dos bien droit, une coupe de champagne à la main, et regardait les lumières de la ville qui épousaient les formes du Mont Saint-Clair, loin là-bas, derrière l'étendue noire de l'étang. De là où j'étais, je pouvais voir sa nuque, la courbe de ses épaules, la cambrure de ses reins. Tout cela formait un paysage familier, le pays d'où l'on est et dont on ne s'éloigne jamais qu'à regret.

Elle a tourné la tête et elle m'a aperçu.

— Mon homme, enfin !

Je me suis assis en face d'elle.

— Ouais, mais pas un « beau mec », désolé !

— Espèce de crétin, tu sais bien que tu es beaucoup plus.

— Beaucoup plus qu'un crétin ?

— Parfois, et beaucoup plus qu'un beau mec, souvent…

Elle a ri. Je me suis penché par-dessus la table et je l'ai embrassée.

— Je t'attendais pour commander. Huîtres et Picpoul ? Une coupe de champagne pour me rattraper ?

J'ai écarté les bras comme un type qui se rend à la police. Elle me connaissait bien. Je n'ai pas eu le temps de finir mon geste, Alex était déjà debout derrière moi.

— Je ne t'ai pas entendu arriver.

— Moi non plus, figure-toi.

— Tu t'es enfin décidé à te débarrasser de ton tas de ferraille ?

Je me suis avancé pour l'embrasser.

— Non, ne rêve pas, ma 181 et moi, on est comme les deux doigts de la main ! Je me suis juste garé près de la cabane de Malik et je suis venu à pied jusqu'ici.

— Il n'y avait pas de place sur le parking ?

— Ce n'est pas ça, c'est Malik. J'avais besoin de revenir sur les lieux où on a trouvé les dernières traces de sa présence. C'est plus fort que moi, je ne peux pas m'en empêcher.

Alex a rejeté ses cheveux en arrière.

— Je te comprends. Moi, c'est pareil, je n'arrive toujours pas à réaliser, je fais le tour de sa cabane tous les soirs avant de me coucher. Je me dis qu'il va peut-être réapparaître comme par magie. C'est compliqué d'imaginer que Malik a disparu ici, pratiquement sous mes yeux. Difficile d'accepter de ne pas avoir été là pour l'aider.

J'ai mis ma main sur son épaule.

— Tu ne dois pas t'en vouloir. C'est comme ça. On n'y peut rien.

Je lui ai passé la commande. Je l'ai regardé disparaître, tête basse, dans la cuisine et je suis allé m'installer à côté de Lizzie.

— Il n'a pas l'air d'aller fort, ai-je lancé.

— C'est ce que j'ai constaté moi aussi. Il était très proche de Malik. À les voir tous les deux, aussi différents, c'était difficile à imaginer.

— Un vieux beau sur le retour et un jeune geek. *A priori*, ils n'avaient pas grand-chose en commun. Mais la mayonnaise a pris tout de suite entre eux.

— Un peu comme pour nous finalement.

Elle a ri à nouveau. J'ai poursuivi.

— Ils partagent le même goût pour la musique et les filles. Nous, c'est plutôt les crimes et les emmerdements en tout genre.

— J'espère qu'il y a quand même plus que ça, a-t-elle répondu en me caressant le dos de la main.

Je trouvais qu'elle me dévisageait d'une manière bizarre. Elle était hésitante. Il me semblait qu'elle avait une idée derrière la tête. Je voyais passer des ombres dans son regard que je ne reconnaissais pas. J'ai attrapé le bout de ses doigts.

— Ça va ?

— Oui, mais je voudrais qu'on trouve le temps un jour d'aborder un sujet qui me tient à cœur.

Je ne voyais pas du tout de quoi elle voulait parler. J'ai haussé les épaules et les sourcils en même temps. D'habitude, j'évitais. Je trouvais que c'était le truc parfait pour filer une dégaine de clown à n'importe qui. Elle s'est redressée sur sa chaise.

— Pour commencer, il faut que tu saches que je vais arrêter de partir au bout du monde pendant quelque temps et la première question que je me pose, c'est est-ce que tu arriveras à me supporter sept jours sur sept ?

— Tu plaisantes, c'est une excellente nouvelle.

Elle a eu un petit rire nerveux assez énigmatique. Un signal d'alarme s'est allumé au fond de moi.

— Et pour quelle raison tu te sédentarises enfin ? Tu en as marre de tous ces voyages, les aéroports, les hôtels, le décalage horaire ?

Elle a secoué la tête.

— Ou alors, tu es tellement folle de moi que tu n'envisages plus de vivre à moins de trente centimètres de mon corps d'athlète ?

Nouveau secouement de cheveux, mais avec sourire et plissement des yeux intégrés.

— J'abandonne, je donne ma langue au chat.

Elle a pris une profonde respiration.

— Non, c'est une envie que j'ai depuis un certain temps. En fait, plus qu'une envie, c'est un projet.

Mon sang s'est figé à l'intérieur de mes veines. Je savais ce que ces mots signifiaient chez une fille comme elle. Ils étaient synonymes de cataclysmes, de déluges, de pluies de feu et de soufre sur la terre et sur les hommes. Elle a posé son autre main sur la mienne.

— Niels, j'y pense depuis quelques semaines. C'est sûr que ça risque de changer nos vies, mais je sens que c'est le bon moment.

J'ai senti un courant d'air glacé filer sous ma chemise.

— Bon sang, mais de quoi tu parles ?

Elle a lâché mes mains et s'est redressée d'un seul coup sur sa chaise.

— Écoute, on verra ça plus tard, Alex revient.

J'ai jeté un œil derrière moi. Alex déboulait effectivement des cuisines avec deux coupes de champagne et un plateau d'amuse-gueules qu'il a disposés sur la table.

— Le champagne, c'est pour moi, je me suis permis de t'apporter une nouvelle coupe, Lizzie.

— Merci, tu es un amour.

— Je crois qu'on a besoin de petites bulles en ce moment, pour nous faire croire que la vie est légère.

— Avec ce qui arrive à Malik, je crois que tu peux apporter la bouteille entière, ai-je dit.

Lizzie a levé les sourcils.

— Je ne suis pas certainc quc cc soit la bonne solution, les garçons.

— Pourquoi, tu proposes autre chose ? ai-je demandé.

— Devant un problème, je pense qu'il vaut mieux être en pleine possession de ses moyens et affronter la réalité avec les idées claires. Ce que vous proposez, si j'ai bien compris, n'est qu'étourdissement et jeux d'esquive. Je ne crois pas qu'on retrouvera Malik comme ça.

Alex et moi, on s'est regardés. On savait qu'elle avait raison. C'était sans doute toute la différence entre les hommes et les femmes, une histoire de lucidité et de courage.

J'ai levé la coupe de champagne à la hauteur des yeux. J'ai examiné la couleur jaune paille, apprécié la finesse des bulles. Je ne comprenais pas pourquoi Alex ne repartait pas dans ses cuisines. Je brûlais d'envie de reprendre ma discussion avec Lizzie. Au lieu de tourner les talons, il s'est appuyé de tout son poids sur la table. On aurait dit un gorille civilisé et élégant, tout droit sorti d'un salon de manucure.

— En parlant de ça, vous avez des infos sur l'enquête ? Malkovitch a avancé ?

Lizzie a posé sa coupe de champagne sur la table.

— Non, pas aux dernières nouvelles. On a Malik qui semble s'être volatilisé et le fantôme de Rolex. Finalement la seule chose tangible dans cette histoire, c'est le cadavre d'Enzo Susini.

— Le fantôme de Rolex ? Mais de quoi vous parlez ? a demandé Alex.

— Oh, excuse-moi, on ne t'a pas expliqué. Rolex, c'est le surnom de l'homme qui, *a priori*, a abattu Susini. C'est un ancien tueur à gages dont on avait perdu la trace depuis plus de cinq ans. Il est certainement au courant de ce qui est arrivé à Malik.

— Alors ça veut dire qu'il faut retrouver ce Rolex.

Lizzie a acquiescé pendant qu'Alex semblait chercher d'autres perspectives dans la patine feuille d'automne de ses souliers. Il a fini par se redresser.

— Et les ordinateurs de Malik ? J'ai appris qu'ils avaient été volés par Susini et retrouvés dans le coffre de sa voiture. Ils contiennent peut-être quelque chose ?

— C'est ce qu'on pense aussi, mais ils sont protégés par des codes et pour l'instant, aucun spécialiste n'a réussi à les cracker.

— Bon, si j'ai bien compris, on n'est pas plus avancés.

Lizzie et moi, on s'est regardés en plissant les lèvres. Alex a pointé du doigt le plateau d'amuse-gueules.

— Au fait, ce sont des mini-tielles à l'encre de seiche et des moules à la catalane. Je vous apporte les huîtres un peu plus tard. Régalez-vous, les amis !

Et il nous a laissés enfin l'un en face de l'autre.

J'ai attrapé ma coupe de champagne et plongé mon regard dans celui de Lizzie. J'avais envie de reprendre notre discussion, mais je me sentais angoissé.

— Tout à l'heure, tu étais en train de m'annoncer quoi au juste ?

— Écoute Niels, on en parlera plus tard. Le moment est passé.

Elle s'était refermée. Je savais que ce n'était pas la peine d'insister. J'aurais dû crever l'abcès sans plus tarder. Ce n'était pas l'envie qui m'en manquait. Mais c'est ainsi, dans chaque homme se cache un lâche. J'ai préféré laisser tomber et revenir à notre enquête.

— Bon et ce Deplanche alors ?

Elle a haussé les épaules.

— Un gars qui dirige une grosse agence Web. Création de sites Internet, référencement, maintenance, formation, que sais-je encore. Figure-toi que tout son personnel est externalisé, comme Malik. Je m'attendais à un siège social moderne et écolo avec une armée de jeunes gens vautrés derrière des écrans, des baby-foot et des canapés pour les pauses. En réalité, quand tu pousses la porte de l'entreprise, tu tombes sur une pin-up à talons aiguilles de vingt centimètres qui prend les rendez-vous. Derrière elle, il y a une seule porte qui donne sur le bureau du boss. Trente mètres carrés, un bureau en verre, des statues d'art moderne dans tous les coins. Et le gars, aussi froid que son environnement de travail. Je suis sûre que tu adorerais. La soixantaine, un mètre quatre-vingt-dix, une mâchoire carrée, une coupe en brosse, un vrai hippopotame en costard.

— Tout à fait mon style. Je regrette encore plus de ne pas t'avoir accompagnée.

— Il m'a tout de suite prise de haut en m'expliquant qu'il avait déjà tout dit aux gendarmes. Il a fallu que je joue avec son ego disproportionné pour essayer de le faire parler à nouveau.

— J'imagine que tu as réussi.

— Ce n'était pas difficile. Malik avait deux chantiers en cours, des créations de sites pour un garage automobile et pour une agence immobilière. Rien de particulier *a priori*.

— Tu as réussi à récupérer les adresses des deux clients ?

Elle a sorti son calepin de la poche de son manteau et l'a secoué dans les airs.

— Facile !

— Et le travail sur le site d'Alex ? J'imagine que l'hippopotame n'était pas au courant…

— En effet, Malik travaillait directement avec Alex. Il avait plusieurs clients comme ça. C'est sûrement là que se situe la clé de l'énigme.

— On en revient toujours à ces ordinateurs qui ne veulent pas parler… On tourne en rond… Pendant ce temps, Dieu seul sait où est Malik !

Lizzie s'est mise à fixer l'étang derrière mon dos en réajustant son écharpe sur ses épaules.

— On pourrait rencontrer les deux clients de Malik demain. On ne sait jamais. De toute façon, nous n'avons pas d'autre piste. On appellera Malkovitch aussi pour voir où il en est ?

— Je l'ai appelé tout à l'heure. Il fait du surplace comme nous.

Lizzie a fait une grimace. Elle semblait réfléchir à quelque chose, puis au bout de quelques secondes, elle a haussé les épaules.

— À l'encre ! C'est bizarre, tu ne trouves pas ?

— Quoi à l'encre ? ai-je demandé.

— Les tielles… Elles sont à l'encre de seiche, c'est la première fois que je vois ça.

J'étais en train de terminer ma coupe de champagne. J'ai failli la renverser sur ma chemise. Elle a conclu.

— Bon, on attaque alors ?

Quelqu'un prendra-t-il la peine un jour de m'expliquer ce qui se passe dans la tête des filles ?

CHAPITRE 12

Lune blême
Un trou de néant
Se creuse dans mon crâne

Shono Takeshi

On a rapidement compris qu'il n'y aurait rien à tirer de nos visites chez le garagiste et l'agent immobilier. C'était deux entreprises locales sans histoire et sans grandes aspérités, comme il y en avait des tonnes à chaque coin de rue et à travers tout le pays. J'en ai profité pour faire contrôler les niveaux de la 181 et jeter un œil sur l'évolution du marché immobilier dans la région. C'était en train d'atteindre des niveaux inédits. Les programmes de construction se succédaient. Les gens devenaient totalement dingues. Tout le monde voulait sa petite place au soleil. Moi, je flottais entre deux sentiments : la joie rassurante d'avoir mon petit chez-moi dans une zone inondable totalement inconstructible et le dégoût pour cette humanité qui proliférait à vue d'œil et se jetait sur le moindre brin d'herbe, la plus petite poignée de poussière. Quand je pensais à ça, j'avais l'impression d'étouffer.

À midi, nous sommes allés retrouver Malkovitch dans une brasserie du centre-ville. Il a fallu affronter les bouchons et faire trois fois le tour du quartier avant de trouver une place de stationnement. Rien qui était susceptible de dissiper mon irritabilité du jour.

— Salut les amis ! a crié Malkovitch depuis une table isolée dans le fond de la salle.

Lizzie l'a embrassé.

— Je te préviens, il est d'une humeur massacrante.

— J'ai l'habitude. Encore une crise de misanthropie galopante ?

J'ai attrapé sa main en serrant les dents.

— Je vais prendre un café.

— Tu ne préfères pas un déca ? m'a demandé Lizzie en souriant.

J'ai poussé un grognement.

Malkovitch s'est extirpé de sa banquette en skaï rouge et a posé ses deux coudes sur la table.

— Venons-en au fait, nos techniciens ne parviennent toujours pas à déverrouiller les ordinateurs de Malik.

— Bon sang, comment est-ce possible ? Je croyais que tu avais les meilleurs spécialistes.

— Il faut croire que Malik est encore un cran au-dessus. D'après ce que j'ai compris, c'est un système de cryptage de dernière génération. Ces gamins ont toujours un temps d'avance.

J'ai pensé que Malkovitch avait raison. Nous nous débattions dans le présent, empêtrés dans les fils du passé, pendant que tous ces jeunes caracolaient déjà dans le futur, comme des chevaux sauvages.

Lizzie est intervenue.

— Bon, reprenons dans l'ordre. Premièrement, la disparition de Malik est sans doute liée à la recherche qu'il menait sur le milieu corso-marseillais. Deuxièmement, d'après ce qu'a dit le père de Malik à Niels hier au téléphone, il semble avoir effectué cette recherche à la demande d'un client. Troisièmement, Malik a de toute évidence travaillé directement avec ce mystérieux client...

Malkovitch lui a coupé la parole.

— Toi, si je ne m'abuse, tu es allée parler avec Deplanche.

— Effectivement, on a travaillé sur les missions qu'il avait confiées à Malik et on est arrivés à la conclusion que ce n'était pas de ce côté-là qu'il fallait creuser.

On a avalé nos cafés en silence. Chacun cherchant intérieurement un moyen de débloquer la situation. Finalement, Malkovitch a posé ses mains à plat sur la table.

— Bon, en attendant que nos techniciens parviennent à entrer dans ces ordinateurs, on va continuer d'enquêter sur le passé de Malik. J'ai aussi mis des gars sur les deux pseudo-policiers et d'autres sont en train de creuser la piste des revendeurs de cannabis de la Mosson. On va retourner aussi chez Maxime pour essayer d'affiner les portraits-robots des deux hommes. Et vous, que comptez-vous faire de votre côté ?

Lizzie et moi, on s'est regardés. Interdits.

— Bon, on se connaît bien maintenant, a continué Malkovitch. Je sais parfaitement que vous n'allez pas vous arrêter là, surtout s'agissant de Malik. Alors autant que je sois informé. Je préfère savoir où vous êtes, si d'aventure vous avez besoin de moi.

Effectivement, Malkovitch nous avait déjà sauvé la mise par le passé. On ne pouvait pas balayer ça du revers de la main. Lizzie a ramené une mèche rebelle derrière son oreille.

— OK, de mon côté, je vais reprendre toutes les informations que j'avais accumulées quand je faisais mon papier sur le milieu marseillais, et je vais relancer certains contacts. Je pense aussi qu'il faudrait interroger Maxime sur le cryptage des ordinateurs de Malik. Il travaillait avec lui, il a peut-être une idée pour les cracker. Mais ça, tu peux t'en occuper puisque tu as prévu de passer le voir.

Malkovitch est resté figé pendant quelques secondes.

— Merci, je ne te demande pas non plus de prendre les choses en main et de me dresser mon emploi du temps. Dis-moi simplement ce que vous comptez faire. Ce sera amplement suffisant.

— Tu as parlé d'une collaboration, il me semble. Il va donc falloir te départir de ton orgueil de capitaine de gendarmerie. Je ne t'impose rien. J'essaie simplement de nous éviter de nous marcher sur les pieds.

Les yeux de Malkovitch se sont enfoncés d'un seul coup dans les replis compliqués que formaient ses paupières et ses poches. Puis il a hoché la tête.

— Je vous demande de m'informer immédiatement des résultats que vous pourriez obtenir et des décisions que vous pourriez prendre. Je ferai bien évidemment de même de mon côté. Nous allons mettre toutes les chances de notre côté pour retrouver Malik…

Ses yeux sont réapparus d'un seul coup, comme par magie. Son regard était intense et déterminé. Il a ajouté.

— Et le retrouver vivant.

Après avoir salué Malkovitch, nous sommes repartis vers la 181. Lizzie brûlait de commencer ses recherches. Elle voulait aussi mettre ses contacts sur le coup sans attendre. Le temps pressait. C'est au moment de démarrer que j'ai aperçu Malkovitch qui courait dans notre direction en agitant les bras comme une éolienne par un jour de grand vent.

— Je viens de recevoir un appel de Deplanche, a-t-il crié.

Lizzie a fait un geste avec son menton.

— Et alors ?

— Il m'a expliqué qu'il venait de recevoir la visite d'une femme un peu trop curieuse.

Elle a tourné la tête de mon côté en souriant.

— Je vois à peu près qui ça peut être.

— Et cinq minutes plus tard, deux policiers se sont pointés dans une BMW X5 noire. Un chauve avec un sweat rouge et un jeune avec une drôle de coupe de cheveux.

Cette fois-ci, plus aucun doute n'était possible. Des gens marchaient bien sur nos traces et ils avaient l'air déterminés. Malkovitch était nerveux. Ce n'était pas quelque chose d'habituel chez lui.

— Il va falloir faire très attention. Je ne pense pas que nous ayons affaire à des rigolos. Je crois que le mieux, c'est que vous preniez la tangente pendant quelques jours.

J'ai soufflé en gonflant mes joues.

— C'est ça et on abandonne Malik à son sort.

— Je suis là pour faire avancer l'enquête. Je vous rappelle que c'est mon métier. Et puis le boulot que Lizzie propose de faire peut être réalisé depuis n'importe quel endroit avec une connexion Internet. Non, prenez quelques affaires et allez vous mettre au vert. On restera en contact.

Lizzie a levé la main.

— Et si nous profitions plutôt de la situation ? La présence de ces deux types est notre seule piste et, coup de bol, ils semblent s'intéresser à nous.

Malkovitch s'est raclé la gorge.

— Toi, je te vois venir avec tes gros sabots, mais je te le dis tout de suite, je ne vais pas risquer de vous perdre tous les deux. Prendre une chèvre comme appât, ce n'est pas dans mes habitudes. Je vous rappelle qu'on parle de types comme Spartaco Licari et Rolex. Pas vraiment des enfants de chœur.

— Malkovitch a peut-être raison, ai-je tempéré. On se choisit une maison d'hôtes dans l'arrière-pays. On en profite pour travailler sur tes notes et on revient l'esprit frais dans quelques jours.

— Ouais, j'en connais un qui risque d'être beaucoup moins frais, dans quelques jours !

Je savais au fond de moi qu'elle avait raison. On ne pouvait pas prendre le risque. J'ai posé ma main sur le coude de Malkovitch.

— On va prendre le temps de réfléchir à tout ça. En attendant, on reste sur nos gardes. Tu peux nous faire confiance.

Et j'ai lancé le moteur pour bien marquer la fin de la discussion.

Sur la route, je n'ai pas décollé le regard du rétroviseur, à l'affût d'une BMW X5 noire. Lizzie se retournait aussi, régulièrement. Une tension s'était installée entre nous et bien évidemment, j'ai commencé à sentir à nouveau quelque chose se nouer autour de ma colonne vertébrale.

— Ça ne va pas ? m'a demandé Lizzie au bout de quelques kilomètres.

— Mon mal de dos, ça recommence.

— Ce doit être psychosomatique. Trop de stress. Je vais te refaire un massage. En rentrant, je passerai chez mon père récupérer un flacon d'huile d'arnica.

— Si tu trouves un fusil de chasse et une boîte de cartouches, je suis preneur aussi, on ne sait jamais.

Elle n'a rien répondu. Elle s'est contentée d'allumer la radio juste au moment où Miles Davis se lançait dans l'introduction de *So What*. On roulait décapotés, rien ne pouvait empêcher les notes cuivrées de grimper directement vers le ciel. On peut dire qu'elles ne se sont pas gênées. Et on a semé du jazz modal partout sur notre chemin ce jour-là. C'était une façon comme une autre de remettre un peu d'ordre et de beauté dans tout ce bazar.

Quand on est arrivés à la cabane, Lizzie a posé un baiser aussi léger qu'une plume sur ma joue, puis elle est partie en direction de chez son père. Je suis resté assis dans la 181 avec Miles, John, Bill et les autres. J'observais sa silhouette fine et racée qui dessinait comme un point d'exclamation sur la ligne de mon horizon et je me disais qu'il fallait que je fasse attention. J'avais déjà failli la perdre une fois, je ne tenais pas à revivre un truc pareil. Je me souvenais de l'angoisse qui m'avait broyé le cœur à l'époque, ce sentiment que le sol se dérobait sous mes pieds à chacun de mes pas, cette chute vertigineuse.

Elle venait de disparaître au bout de l'allée quand j'ai senti soudain une ombre arriver en planant derrière mon dos. Je n'ai pas eu le temps de me retourner, une masse est venue percuter violemment l'arrière de mon crâne. La dernière image dont je me souviens, c'est le tableau de bord de la 181 qui basculait et dans mes oreilles, il y avait le début d'un solo de Coltrane. Je crois bien que c'était celui de *Blue in green*. Après, il y a eu un nouveau choc, encore plus fort, plus sec et j'ai basculé en avant dans ce qui m'a semblé être alors quelque chose comme une sorte de bleu.

CHAPITRE 13

Pas après pas
J'avance
Prisonnier sous la lune
Hirahata Seito

Je me suis réveillé avec une sensation de froid. Immédiatement après, une langue de feu m'a traversé la tête. J'ai essayé d'ouvrir les yeux, mais il y avait comme un voile. Je crois que j'ai à nouveau perdu connaissance. Quand je suis revenu à moi, il y avait toujours cette douleur térébrante au niveau du crâne, cette impression que mon sang bouillonnait à l'intérieur de mon cerveau. J'ai voulu bouger mes mains, mais je n'y arrivais pas. Il y avait de la lumière qui dansait à travers mes paupières et un air frais qui caressait mon visage. Sous mes pieds, le sol. J'ai tenté de me relever. Mon corps pesait des tonnes. Les muscles de mon dos me faisaient mal. J'ai pris conscience qu'il y avait quelque chose de solide derrière moi. J'ai pris appui dessus et j'ai poussé sur mes cuisses. J'ai essayé de crier, d'appeler au secours, mais aucun son ne sortait de ma bouche. Je sentais mes lèvres bouger, j'étais incapable de déplacer une quantité d'air suffisante pour faire vibrer mes cordes vocales. Au bout d'un moment, j'ai enfin réussi à ouvrir les yeux, et j'ai reconnu, dans cet univers flou, des arbres et des buissons qui s'agitaient dans le vent.

Une nouvelle éternité est passée. J'ai compris que j'étais assis, adossé à un arbre, au milieu d'une forêt. Mes mains étaient liées derrière le tronc. J'ai écarté mes pieds pour trouver une position plus stable, soulager mon dos et mes épaules. Et je me suis mis à penser à Lizzie. J'ai regardé autour de moi. J'ai été rassuré de voir qu'elle n'était pas là. J'ai fait un point rapide de la situation. Du sang avait coulé sur ma chemise et ma tête était sur le point d'exploser. Mon corps était perclus de courbatures. Du côté de mon dos, ce n'était pas brillant non plus. Une plaque de verre sous tension prête à se briser à tout moment. J'ai essayé de secouer mes bras, mais j'étais solidement attaché et les liens me cisaillaient les poignets.

— Ce n'est pas la peine, Valerio a été boucher-charcutier. C'est le champion du ligotement de gigot.

J'ai tourné la tête. Un type chauve avec un blouson en daim et un sweat rouge accompagné d'un autre plus jeune avec le même genre de gilet matelassé que portait le cadavre de Susini et une coupe de cheveux dans le plus pur style iroquois.

— Du ligotage, ai-je lâché dans un souffle.

— Super, on a affaire à un spécialiste de la langue française ! Ça tombe bien, on a plein de questions à te poser.

Il s'est planté devant moi avec des yeux pleins de haine.

— On m'appelle Kauff.

Et il a envoyé directement son poing dans mon estomac. Mes poumons se sont vidés d'un seul coup. Je me suis affaissé sur moi-même. Je n'arrivais plus à reprendre ma respiration. Je voyais juste ses chaussures, un de ses trucs italiens avec un cousu Blake et une forme pointue qui les faisait ressembler à des poulaines médiévales. Je ne pouvais pas m'empêcher de trouver ça ridicule et un peu vulgaire. S'attacher au détail, c'était la manière que j'avais trouvée pour déconnecter mon cerveau. Valerio, lui, portait des sneakers en cuir marron, toile imprimée à motif tartan et semelles micro cellulaires bicolores. Une marque de grand couturier que j'ai bien eu le temps d'identifier pendant qu'il me mettait de grands coups de pied dans les côtes.

Ils se sont amusés comme ça avec moi pendant d'interminables minutes, puis ils ont fini par se lasser. Je les entendais vaguement parler entre eux et s'esclaffer pendant que j'essayais de regrouper les maigres forces qui me restaient. J'ai tenté un coup d'œil. Ils étaient en train de fumer. Puis Kauff s'est approché à nouveau.

— Valerio a été avant-centre dans l'équipe des Caillols, un spécialiste des coups francs, un grand espoir contrarié. Il y en a beaucoup du côté de Marseille. C'est triste, mais l'OM ne fait pas confiance à ses jeunes. Il a encore une belle frappe, tu ne trouves pas ?

Je n'aimais pas le sens de l'humour de ce gars. Et même si ça avait été le cas, j'aurais eu du mal à éclater de rire. Je devais avoir des côtes cassées. J'avais toutes les peines du monde à respirer. Il s'est accroupi devant moi et un couteau à cran d'arrêt est apparu, comme par magie, dans sa main.

— Bon, passons aux choses sérieuses, mon ami.

Il a fait un geste avec son poignet, élégant, comme s'il traçait une virgule dans les airs et ma joue gauche s'est enflammée. J'ai senti la douleur aiguë et un filet de sang a commencé à me couler dans le cou.

— Bon sang, mais qu'est-ce que vous me voulez ?

Kauff a rigolé.

— Je suis sûr que tu le sais parfaitement.

Ma joue s'est mise à gonfler. J'avais l'impression d'un fruit trop mûr gorgé de sucre qui s'apprêtait à s'ouvrir en deux.

— Écoutez, il va falloir m'aider parce que sinon je crains qu'on y passe la journée. Je vous dis que je ne vois pas du tout de quoi vous parlez !

— Pendant que tu étais dans les vapes, on a joué aux poulets, Valerio et moi. On a relevé tes empreintes et on les a comparées. On sait que tu n'es pas Rolex. Bon, pour tout te dire, on n'y a jamais vraiment cru, mais il fallait bien évacuer l'hypothèse. Rassure-toi, on n'est pas déçus, tu vas quand même nous être utile.

— Rolex ? Mais qu'est-ce que c'est, cette histoire ? Je n'ai rien à voir avec ce type. Il y a deux jours, je ne connaissais même pas son existence… Je vous jure… Je ne comprends rien à rien.

— Ce n'est pas grave. Puisque tu n'es pas Rolex, tu vas au moins nous dire qui il est. Je suis sûr que tu le connais.

— Vous êtes dingue. Je viens de vous dire que je n'en ai pas la moindre idée.

Il m'a regardé attentivement. Il semblait jauger la situation.

— Et ce Malik ? Il est planqué où ? Lui au moins, on est certains qu'il pourra nous en dire davantage sur notre vieil ami et je parie qu'il sera plus loquace que toi.

J'ai essayé de trouver une position plus confortable qui me permette de mieux respirer et d'éloigner au maximum mon visage de la lame que brandissait Kauff. Mais c'était impossible.

— Je le cherche depuis une semaine. Je ne sais pas où il est.

— Tu as eu le temps de te faire une petite idée, non ? On sait que tu traînes avec des flics et des journalistes. Tu dois avoir quelques pistes.

— Rien. Il s'est évaporé. Je comptais justement sur vous pour me dire…

Kauff s'est retourné vers Valerio.

— Je crois que c'est un comique. Un *piccolo burlone*, comme tu dis ! Allez fais-lui voir ce que tu vaux !

Valerio s'est reculé de trois pas. On aurait dit un footballeur qui s'apprête à tirer un penalty. Dans un mouvement de tête, il a fait craquer ses vertèbres cervicales, puis il s'est élancé. J'ai juste eu le temps de voir les petits nuages de poussière que soulevait chacune de ses foulées et le balancement de ses bras pour équilibrer sa frappe. Après j'ai fermé les yeux.

Je ne sais pas combien de temps je suis resté inconscient. Quand je suis revenu à moi, j'avais l'impression que mon corps entier était passé dans une broyeuse. J'étais affalé comme un sac vide au pied du tronc d'arbre, les mains toujours retenues dans le dos. J'ai ouvert un œil, puis deux. Mes deux bourreaux n'étaient plus là. J'ai entendu une voix, lointaine. J'ai reconnu Kauff, il parlait mais je ne comprenais pas ce qu'il disait. J'ai pensé qu'il téléphonait car ses phrases étaient entrecoupées de longs silences. Il était derrière le rideau d'arbres qui me faisaient face. Je devinais, à travers le feuillage, les reflets métalliques d'une voiture sombre. À cet instant précis, Valerio a traversé mon champ de vision. Il rejoignait Kauff derrière le bosquet. J'ai pris le moment pour ce qu'il devait être : une accalmie avant le déchaînement final.

Ma vie allait donc se terminer ainsi.

J'ai fait un bilan. Rapide. Je m'étais beaucoup amusé, j'avais ri, parcouru la planète, croisé des regards, enlacé des corps, j'avais nagé et pêché dans des mers, des rivières et des lacs, j'avais rêvé. J'avais surtout eu la chance d'aimer et d'être aimé. Il me semblait que j'avais existé. J'avais réussi à profiter au maximum de cette parenthèse un peu absurde qu'est la vie. À la fin, tout le monde ne mourrait-il pas ? J'allais perdre quoi ? Quelques années supplémentaires ! Qu'était-ce au regard de l'éternité ? Et puis, j'ai pensé à Lizzie. Le plus beau ne restait-il pas à venir ? Alors, je me suis mis à imaginer tout ce que je n'avais pas encore vécu : des voyages avec Lizzie, des projets avec Lizzie, un quotidien avec Lizzie… Un enfant avec Lizzie… Car à présent, je n'avais plus aucun doute. Ce qu'elle voulait m'annoncer l'autre jour chez Alex, ce qui promettait de bouleverser nos existences et qui me faisait si peur, c'était forcément ça. Un enfant à venir que je ne connaîtrais jamais.

J'ai ouvert les yeux et j'ai regardé autour de moi. Non, ce ne pouvait pas être la fin. Il fallait se battre. Jusqu'au bout. Ne jamais s'avouer vaincu, jusqu'au dernier souffle.

Never Surrender.

Je me suis redressé et soudain je l'ai aperçu. Posé dans l'herbe, juste à côté de moi. Mon couteau japonais avec sa belle lame damasquinée soigneusement repliée. Je l'avais toujours sur moi, dans le fond d'une poche. Une habitude de pêcheur. Qu'est-ce qu'il faisait là ? Ils l'avaient sûrement pris quand ils m'avaient fouillé et avaient dû le laisser tomber pendant qu'ils me rouaient de coups.

C'était ma seule chance. Miraculeuse chance. Je me suis mis à pivoter autour du tronc. J'ai fait abstraction de la douleur. À l'aveuglette, j'ai fouillé le sol avec mes mains liées. Le couteau n'était pas loin. Je le savais. J'ai senti le contact avec le manche en bambou. Un dernier effort pour ouvrir la lame d'un mouvement du pouce et je l'ai enfoncée sans plus attendre entre mes poignets. Le lien a fini par céder. J'ai eu l'impression subitement que mes deux bras s'envolaient comme des oiseaux qu'on libère d'une cage. Je me suis frotté les poignets et je suis parti à moitié accroupi dans la direction opposée. Pour courir, j'étais obligé de soutenir ma cage thoracique avec une main. À chaque respiration, quelque chose se déchirait et faisait des bulles à l'intérieur de mes poumons. Je suis parti tout droit, à travers les branchages qui me griffaient le visage, en serrant les dents, comme un sanglier blessé. Blessé, mais déterminé à vivre.

CHAPITRE 14

Suspendues dans la nuit
La poche de perfusion
La lune blanche

Sumitaku Kenshin

J'ai débouché sur une route et je me suis jeté sur la première voiture qui passait. Une jeune femme était au volant. Je ne lui ai pas laissé le choix. J'ai ouvert la portière côté passager, je suis monté à l'intérieur et je lui ai hurlé de redémarrer. Je me souviens de ses yeux apeurés et de l'enfant qui dormait à l'arrière sur le siège bébé. Après ça… Le trou noir.

Plus tard, quand je me suis réveillé, j'étais dans un lit d'hôpital, une perfusion dans le bras. À côté, il y avait Lizzie.

Lizzie !

— Espèce d'imbécile, tu m'as fait peur, a-t-elle dit en réinstallant les coussins derrière ma tête.

J'ai essayé de répondre, mais j'avais la bouche pâteuse. Elle a planté son regard dans le mien.

— N'essaie pas de parler. Il faut que tu dormes.

J'ai réellement émergé plusieurs heures plus tard. Vieux Bob et Malkovitch avaient rejoint Lizzie. Ils se tenaient de chaque côté du lit comme Joseph d'Arimathie et Nicodème lors de la Descente de la Croix. Lizzie caressait ma main.

— Regardez, je crois qu'il se réveille.

Vieux Bob s'est penché au-dessus de moi. Ses yeux cobalt étaient un pays de brume.

— Alors mon pote, comment tu te sens ?

J'ai essayé de sourire mais ma joue me tirait. Un gros pansement me masquait la moitié du visage. J'en ai profité pour faire un check-up rapide. J'étais perclus de douleur, mais j'avais l'air d'être à peu près entier. Lizzie a dressé le bilan.

— Trois côtes fêlées, quatre points de suture sur le crâne, six autres sur la pommette et pour ce qui est des contusions, je t'ai vu torse nu, tu as tellement de bleus qu'on dirait un Schtroumpf, mais ne me demande pas lequel.

J'ai étouffé un juron dans ma barbe. Malkovitch a levé l'index.

— Le Schtroumpf grognon, je dirais.

Il a étouffé un début de rire dans ses mains avant de continuer.

— Je dois t'avouer qu'on est heureux de t'avoir récupéré en un seul morceau. C'est un vrai soulagement. Tu te sens en état de répondre à deux ou trois questions ?

J'ai commencé à secouer la tête pour dire que j'étais OK, puis je me suis ravisé quand la douleur a commencé à s'élancer à l'intérieur de mon crâne. Je me suis contenté de susurrer mon approbation, en essayant de ne surtout plus bouger. Alors, je leur ai raconté ma promenade dans les bois avec Kauff et Valerio. Malkovitch avait ouvert son carnet à spirales. Il notait soigneusement tout ce que je disais, sans m'interrompre. Lizzie et Vieux Bob étaient restés au fond de la pièce, assis sur leurs chaises, les mains sur les genoux, compatissant et grimaçant à l'évocation des sévices que j'avais endurés. Quand j'ai terminé mon histoire, j'ai remarqué tout de suite que le visage de Malkovitch était encore plus plissé que d'habitude.

— La jeune femme qui t'a emmené à l'hôpital a déclaré t'avoir trouvé pas très loin du ruisseau du Coulazou sur la départementale qui mène à Valmalle. J'ai envoyé des hommes parcourir les lieux, mais on n'a pas encore pu retrouver l'endroit exact où tu étais retenu. Tu as une idée de la distance que tu as parcourue à pied quand tu t'es enfui ?

— Non, je suis incapable de te dire si j'ai fait cent mètres ou dix kilomètres. Je courais comme à l'intérieur d'un cauchemar dans un état de semi-conscience.

Il m'a demandé ensuite de lui décrire avec le maximum de détails les traits et les habits des deux hommes. Ça, je m'en souvenais parfaitement, c'était même quelque chose que je craignais de ne jamais réussir à oublier. Je lui ai dressé le signalement complet de mes deux tortionnaires.

— Merci Niels, ça concorde avec les portraits-robots que nous avons réalisés avec l'aide de Maxime. Je vais diffuser ces éléments. On va leur mettre la main dessus, tu peux me faire confiance. On sait qu'ils roulent dans une BMW X5 noire. Ils ne peuvent pas nous échapper.

— Au passage, n'oublie pas aussi de retrouver Malik, s'il te plaît.

— Ouais, tout est lié. En tout cas, ce qui est sûr, c'est qu'ils ne l'ont pas encore attrapé.

— Il faut prendre ça comme une bonne nouvelle, a ajouté Lizzie. Ça signifie qu'il est sans doute encore en vie, caché quelque part en train de soigner ses blessures.

On s'est regardés tous les quatre pendant un petit moment, immobiles, comme pour bien évaluer le poids de la situation. Puis Malkovitch a commencé à se mettre en mouvement.

— Ce qu'on a appris aussi, c'est qu'ils recherchent Rolex. *A priori*, ils ne connaissent toujours pas son identité mais ils pensent que Malik est capable de les aider à l'identifier et à le retrouver.

Lizzie s'est redressée.

— On en revient toujours à la même question, comment Malik a pu se trouver mêlé à cette histoire ?

Un nouveau silence s'est posé sur la chambre. Il était pesant. Une nouvelle fois, Malkovitch a réagi le premier.

— Ne vous inquiétez pas. Je ne vais rien lâcher. Je laisse un de mes hommes devant la porte. Je ne pense pas qu'ils vont revenir, mais on n'est jamais trop prudent. On se revoit demain matin. Repose-toi bien, Niels.

Il a appuyé sa main sur mon épaule puis il a salué Lizzie et Vieux Bob, avant de disparaître dans le couloir. Je me suis tourné vers Lizzie en passant mes doigts sur le pansement qui recouvrait ma joue.

— Six points de suture, tu disais. Je vais avoir une vilaine cicatrice.

— Je l'ai vue tout à l'heure quand ils ont changé ton pansement, c'est impressionnant, mais elle est bien située. Elle va souligner le dessin de ta pommette et accentuer ton charme de vieux baroudeur. Dans ton malheur, tu peux dire que tu as de la chance.

— De la chance ?

— Tu vas avoir la gueule d'Albator, a ajouté Vieux Bob en s'esclaffant.

On est partis dans un fou rire général. Ce n'était pas la chose la plus indiquée avec trois côtes fêlées. J'essayais de contenir les vagues qui montaient et me déchiraient la poitrine. Mais ce n'était pas facile. On avait besoin tous les trois de relâcher un peu de pression. J'ai repensé alors à cet instant où j'avais été à deux doigts de lâcher l'affaire, dans l'attente de la mort qui s'annonçait. C'était la vision d'un futur auprès de Lizzie qui m'avait fait me ressaisir. La promesse d'une vie entière passée à ses côtés… J'ai attrapé sa main et je l'ai serrée très fort. Soudain, je me suis souvenu de cette histoire d'enfant qui m'était venue en tête pendant que j'étais attaché à mon arbre. Je ne savais pas s'il s'agissait d'un rêve ou d'une réalité. Allait-elle réellement m'annoncer qu'elle voulait un enfant ? Peut-être était-elle même déjà enceinte. La chambre s'est mise à tourner autour de moi. J'ai réalisé tout à coup que ça signifiait aussi autre chose. Devenir père. Et ça, je ne m'en sentais pas du tout capable. Je me suis penché sur le côté pour repositionner mon oreiller. C'est le prétexte que j'avais trouvé pour lâcher la main de Lizzie, essayer de tenir à distance le flot de sentiments contradictoires que je sentais monter en moi.

Le lendemain matin, Lizzie, Vieux Bob et Malkovitch se sont pointés à la première heure. Vieux Bob a posé un bocal sur la table de chevet.

— C'est pour le soutien des troupes.

— Merci l'ami. C'est quoi ?

— Des chipirons, pêchés et préparés par ton beau-père préféré.

J'ai levé les yeux au plafond en plissant les lèvres de plaisir.

Malkovitch, lui, m'a tendu un bouquin à la couverture défraîchie. J'ai reconnu tout de suite *Des poissons si grands* de Pierre Clostermann.

— Super ! Où l'as-tu dégoté ? Il est introuvable, ce bouquin ! Je le cherche depuis des années.

— Un bouquiniste sur les bords de Seine à Paris. J'avais prévu de te l'offrir pour ton anniversaire. Mais comme tu vas avoir un peu de temps pour lire, j'ai pensé que tu serais content de l'avoir sans plus attendre.

J'ai jeté un œil du côté de Lizzie qui venait de sortir un calepin de la poche de sa veste.

— Moi, mon cadeau, c'est le pedigree complet de tes deux nouveaux amis. Je me suis rapprochée de certains de mes contacts et quand j'ai prononcé le nom de Kauff, ils ont percuté tout de suite. Pierre Kauffmann, surnommé Kauff, un des lieutenants de Spartaco Licari. Et devine quoi ? Il travaille en binôme depuis quelques mois avec un jeune qui s'appelle Valerio Lanfredi.

Malkovitch a hoché la tête avec un air désappointé.

— J'ai eu la confirmation par mes collègues marseillais. Lizzie a raison, ce sont à coup sûr les deux hommes qui t'ont retenu prisonnier.

J'ai regardé à nouveau Lizzie. Elle avait vraiment le chic pour offrir de drôles de cadeaux. Je me suis demandé ce que j'allais avoir pour la Saint Valentin. Ça m'a collé des frissons. Je me suis péniblement redressé dans mon lit.

— Alors c'est quoi la suite des événements ?

Malkovitch s'est avancé d'un pas.

— J'ai déclenché le plan immédiat d'intervention, ce qu'on appelait avant le plan épervier. Toutes les unités sur le terrain sont mobilisées. On a installé des barrages sur les nœuds de circulation stratégiques. On fait le tour des lieux où ils pourraient se cacher. On ne devrait pas tarder à leur mettre la main dessus. C'est une question d'heures, crois-moi.

J'admirais l'optimisme de Malkovitch. Moi, je m'en sentais incapable. Il faut dire que le plus souvent, c'était le verre à moitié vide que j'avais entre les mains. J'ai pris sur moi pour fabriquer un truc qui ressemble vaguement à un sourire.

— De mon côté, j'ai vu le médecin, je ne sortirai pas avant samedi. On ne peut pas dire que je sois super frais, mais si je peux aider, n'hésitez pas. Il faut qu'on mette les bouchées doubles si on veut avoir une chance de retrouver Malik vivant.

Lizzie a toussé.

— Si tu veux nous aider, commence par bien te retaper.

Elle n'avait pas tort. J'étais dans un tel état de délabrement que, si j'avais été un bâtiment, j'aurais assurément déjà fait l'objet d'une procédure de péril imminent. Je n'avais pas d'autre choix, pour l'instant, que de subir les événements en espérant que Malkovitch et ses hommes fassent preuve d'efficacité.

J'en étais là de mes réflexions, quand j'ai soudain entendu le déclenchement en mode rafale d'un appareil photo déchirer le silence. Une espèce de type, une épaule appuyée contre le chambranle de la porte de la chambre, était en train de nous mitrailler en tirant la langue. Malkovitch s'est immédiatement jeté sur l'homme qui s'est mis à brandir une carte de presse.

— Hé, on se calme ! Je fais juste mon boulot.

Malkovitch l'a attrapé par le col de son blouson en cuir.

— Vous êtes qui vous ?

— Vincent Massaud, journaliste.

Malkovitch a inspecté la carte de presse.

— Vous avez une pièce d'identité ?

Le gars a sorti sa carte de la poche de son blouson. Malkovitch ne desserrait pas les dents. Il a attrapé l'appareil photo.

— Je vais devoir supprimer vos photos. C'est un lieu privé, vous n'êtes pas censé l'ignorer.

— Et la liberté de la presse alors ! Vous n'en avez rien à foutre ?

Malkovitch a effacé les photos de la carte mémoire en serrant les dents.

— Rien à foutre, c'est précisément ça. Et maintenant, vous dégagez de là avant que je vous fasse arrêter.

Juste à ce moment-là, un gendarme est arrivé, haletant. Ses yeux roulaient dans leurs orbites comme ceux d'une truite dans une épuisette. Malkovitch ne lui a pas laissé le temps de reprendre son souffle.

— Macé, nom de Dieu, vous étiez où ?

— Aux toilettes. Je suis désolé. Je m'occupe de le raccompagner jusqu'à la sortie, mon capitaine.

Le journaliste a repoussé le gendarme qui venait de l'attraper par un bras.

— C'est bon, je suis encore capable de marcher tout seul. « Notre liberté dépend de la liberté de la presse et elle ne saurait être limitée sans être perdue », Thomas Jefferson. Est-ce que ça vous parle ?

— « Dans la presse, seules les publicités disent la vérité. » Jefferson aussi. Chacun ses références !

Malkovitch est revenu dans la chambre avec sa tête des mauvais jours, celle qui était froissée comme la chemise d'un représentant de commerce. J'étais amusé de cette habitude qu'il avait de répondre à des citations par d'autres citations. Ça trahissait sa culture et nourrissait son sens de la repartie. Une jolie manière de faire d'une pierre deux coups.

— Ces journalistes, je ne vous dis pas ! De véritables sangsues.

Lizzie a fait semblant de s'offusquer.

— Je me permets de te rappeler que j'en suis une moi aussi.

Il a esquissé un sourire.

— Oui, mais toi, ce n'est pas pareil !

Elle lui a rendu son sourire. C'est vrai que Lizzie n'était pas pareille. Différente de tout le reste de l'espèce humaine. Un jour, Vieux Bob, en évoquant son enfance, m'avait dit que petite déjà, elle semblait être une extraterrestre. Je l'observais et je voyais exactement ce qu'il voulait dire. Cette fille ressemblait à une créature étrange venue du fin fond de l'espace, avec ses grands yeux bleus en amande, son menton fièrement dessiné, la douceur invraisemblable de sa peau. Avec son fichu caractère aussi, sa grâce d'un autre temps, son esprit d'un autre monde. Pour Lizzie, vivre ne suffisait pas. Il fallait être aussi. Être en vérité, être en profondeur. Je me suis mis à imaginer alors l'enfant qu'elle pourrait porter, ce mélange d'elle et moi. C'était une image très douce et colorée. J'ai fermé les yeux et je me suis vite repris quand j'ai réalisé que c'était la troisième fois en même pas vingt-quatre heures que je me laissais aller à ce genre de billevesées. Bon sang de bonsoir, mais que m'arrivait-il donc ? Tout cela était-il la conséquence des coups que j'avais reçus sur le crâne ? Étais-je en train de perdre irrémédiablement la raison ? J'allais attendre la visite du médecin et exiger qu'on me fasse un scan cérébral plus poussé. Un machin avait dû péter à l'intérieur. Ce n'était pas possible autrement. Non, pas possible autrement…

CHAPITRE 15

Lui un mot
Moi un mot
Au vif de l'automne

Takahama Kyoshi

Des haricots verts fluorescents bouillis, aussi raides que des cierges, avec un goût de plastique, en accompagnement d'une prétendue escalope milanaise. C'était avec des menus de ce genre qu'ils nourrissaient leurs patients dans cet hôpital. Deux jours à peine et je n'en pouvais déjà plus. En un après-midi, j'avais englouti le bocal de chipirons de Vieux Bob en lisant *Des poissons si grands*, et maintenant, je comptais les heures. Heureusement, j'avais mes visites. Régulières, animées, chaleureuses. Lizzie bien sûr, mais aussi Vieux Bob et Malkovitch. Cet après-midi-là, c'était le tour d'Alex.

— Tadam !

Il a sorti une bouteille de Meursault blanc de sous sa veste en coton huilé.

Dans une de ses poches, il y avait un fuet. Il l'a brandi dans les airs comme la statue de la liberté éclairant le monde.

— Tadam tadam !

J'ai posé mes deux mains sur mon cœur.

— Alex, tu ne peux pas savoir à quel point je t'aime.

— Je connais trop les hôpitaux et je sais ce que c'est de souffrir.

Un tire-bouchon est apparu dans sa main. Quelques secondes après, la bouteille poussait un petit cri étouffé.

— Je n'ai qu'un seul de ces fichus verres en plastique, ai-je lancé vaguement dépité, en cherchant du côté de la table de nuit.

— Tu crois quoi ? On ne va quand même pas s'envoyer un Meursault de 2012 dans un de ces machins fabriqués avec du pétrole !

Il s'est remis à fouiller dans la poche carnier de sa veste pour en extraire un coffret en poirier contenant deux verres à pied.

— Cristal sans plomb, soufflés à la bouche et fabriqués à la main par un maître verrier autrichien. Seulement 0,3 millimètre d'épaisseur au buvant. Je ne sais pas si tu te rends compte.

— Tu as encore beaucoup de choses dans cette veste magique ? ai-je demandé.

— Si tu savais ! On dit bien que si on supprimait tout l'espace vide contenu dans nos corps, l'humanité pourrait tenir dans un dé à coudre, alors dans des poches aussi vastes, je ne te dis pas.

— Tu as raison. Alors dépêchons-nous de combler les vides tant qu'il y en a encore.

J'ai tendu mon bras vers la bouteille. Le vin était frais avec une belle robe dorée. J'imaginais qu'Alex était venu avec sa fourgonnette frigorifique. J'ai pris le temps de bien l'aérer puis j'ai collé mon nez à l'intérieur du verre. Des notes de fruits jaunes et de fleurs blanches ont fait naître instantanément un sourire sur mon visage.

— Ouaw, ça change des odeurs d'éther et d'eau de Javel qu'on croise par ici.

Alex a fait tinter son verre contre le mien.

— Allez santé, mon pote.

Pendant qu'il découpait le fuet en fines rondelles sur un coin de la table de nuit, je me suis fait la réflexion que j'avais de la chance d'avoir des amis aussi fidèles. C'était quelque chose d'assez nouveau pour moi finalement, l'amitié. J'avais bien quelques amis du temps de mon enfance mais, en grandissant, mon goût pour la solitude s'était renforcé. Il m'arrivait de m'envoyer des verres avec certains et même de me marrer avec d'autres. Ça n'allait jamais au-delà de la bonne camaraderie. S'ils étaient là, c'était bien. Mais s'ils venaient à disparaître d'un seul coup de ma vie, ça ne me faisait ni chaud ni froid. Pas doué pour l'amitié et pas beaucoup plus pour l'amour. J'avais connu des aventures sans lendemain et une seule histoire que j'avais essayé de conjuguer au futur. Mais l'imparfait me semblait être alors le seul temps de l'amour. C'était ainsi que je poussais ma vie, jusqu'au jour où j'avais débarqué dans ce coin du sud de la France. J'avais rencontré Vieux Bob et bien des choses avaient changé. Je m'étais attaché rapidement à lui. Il avait le don de me calmer, d'apaiser la tempête qui se levait régulièrement à l'intérieur de mon crâne. Après, il y avait eu Malik. Lui, c'était la mouche du coche. Toujours en train de vous aiguillonner. J'adorais m'exaspérer contre sa fausse indolence. Enfin, ma route avait croisé celle d'Alex. J'avais l'impression qu'on se ressemblait un peu tous les deux. J'aimais ce mélange de légèreté et de gravité qui le caractérisait. Discuter avec lui me donnait souvent des clés sur moi-même. Il m'apprenait à composer avec ma part d'ombre et me poussait volontiers vers la lumière. Je me suis surpris à faire le compte. Ça faisait trois amis en un peu moins de six ans. Et encore je ne comptais pas Malkovitch qui prenait de plus en plus de place. Il s'était pointé avec sa gueule toute fripée et je voyais bien que je pourrais difficilement me passer de sa bienveillante délicatesse. Il avait toutes les caractéristiques pour rejoindre le petit groupe que nous formions. D'ailleurs, ne l'avait-il pas d'ores et déjà rejoint ? J'ai terminé mon verre de Meursault en me disant que j'étais vraiment un sacré veinard et quand je pensais à l'histoire que je vivais avec Lizzie, ça devenait presque indécent. L'amour composé à tous les temps, l'amour enfin. Elle avait allumé de grands feux tout autour de moi, bousculé mes certitudes. Elle était spontanée et exigeante, généreuse et engagée, puissamment femme sans jamais être amazone. Forte mais d'une délicate subtilité. Simple et complexe en même temps. C'est sûr, je ne comprenais pas toujours tout, mais ce que je savais, c'est que, grâce à elle, je ne m'étais jamais senti aussi vivant.

— Bon alors, tu sors quand ?

La voix d'Alex m'a tiré de ma douce réflexion.

— Demain en fin d'après-midi.

— Il va donc falloir que je pense à recharger ma veste. Qu'est-ce qui te ferait plaisir ? Je peux voir avec Vieux Bob. Ce serait dommage de ne pas profiter de ses talents d'ancien chef étoilé. Je suis sûr qu'il va nous dégoter quelques bocaux de derrière les fagots. De mon côté, il me reste une bouteille d'un Coteaux d'Aix-en-Provence blanc. Tu vas voir, épicé, floral, gourmand. Tu vas adorer.

— Adjugé vendu ! me suis-je écrié en riant.

Alex s'est assis dans le fauteuil. Il a étiré ses jambes. Après avoir examiné le ciel derrière la fenêtre pendant quelques secondes, il a fait craquer la jointure de ses doigts.

— Et Malko, il avance ?

Je lui ai expliqué que les deux salopards avaient été identifiés grâce à Lizzie et que Malkovitch était sur la brèche nuit et jour.

— Je ne comprends pas que ça n'avance pas plus vite. Je me fais du souci pour Malik.

Je ne savais pas quoi répondre. J'étais inquiet, moi aussi. Malik avait disparu depuis plus d'une semaine. On s'est abîmés tous les deux dans un long silence, puis Alex s'est redressé sur sa chaise. Il n'était pas du style à se morfondre trop longtemps

— Dis-moi, cette Lizzie, elle est carrément incroyable ! Tu sais que tu es un sacré veinard qu'elle ne m'ait pas rencontré avant toi.

— Ouais, t'as pas intérêt à t'approcher trop près. Je t'ai à l'œil.

Je l'ai observé un moment. C'est vrai que sur le papier, je ne pouvais pas lutter. Grand, athlétique, le teint mat, les cheveux longs. Il était un cauchemar pour les types de mon genre. Je me demandais souvent comment je m'étais débrouillé pour séduire Lizzie. Un mystère dont je me félicitais tous les jours.

— D'ailleurs, comment ça se fait que tu ne sois pas encore casé ? Un mec comme toi.

D'un coup de tête, il a balancé ses cheveux en arrière.

— Moi casé ? Tu rigoles. Je suis bien trop attaché à ma liberté.

Je pouvais comprendre. Pendant longtemps, j'avais partagé cette même conception de l'amour : une cage avec des barreaux peints en rose. Mais depuis Lizzie, j'avais évolué. Ma vision de la vie s'était élargie.

— C'est que tu n'as pas encore rencontré la bonne.

Il m'a lancé un regard amusé.

— Ça, si je ne me trompe pas, c'est le discours d'un homme amoureux.

— Tu as peut-être raison. Tu sais quand j'étais attaché à cet arbre et que je croyais que ma dernière heure était venue, c'est à Lizzie que je pensais. Et je crois bien que j'ai trouvé la force pour m'échapper grâce à elle.

— Wow, c'est beau l'amour !

Alex faisait tourner le vin dans son verre. Il observait les remous se former et il me semblait identifier une pointe de tristesse dans son regard. Je ne sais pas ce qui m'a pris, mais j'ai soudain eu envie de le pousser gentiment dans les cordes.

— Je vois bien que sous tes dehors joyeux, il y a une fêlure en toi. Alors, elle s'appelait comment ?

Alex a sorti d'un seul coup son nez du verre et il a laissé échapper un rire nerveux.

— S'il te plaît, Niels, ne joue pas au docteur Freud avec moi. Il n'y a aucune fille à l'origine de quoi que ce soit. Je suis construit comme ça, c'est tout.

J'ai regardé Alex du coin de l'œil. J'avais déjà perçu sa mélancolie à plusieurs reprises. Mais c'était dans des moments brefs. Il n'était pas du genre à se laisser aller et d'habitude, il embrayait rapidement avec un éclat de rire ou un solo de basse. Était-ce l'ambiance froide de l'hôpital ou le fait que je sois allongé en kit à côté de lui ? En tout état de cause, cette fois-ci, il a poussé la discussion un peu plus loin.

— Si tu veux vraiment savoir, c'est quelque chose qui a plutôt à voir avec une trop grande lucidité. Comme au spectacle, quand tu connais tous les tours du magicien. Tu comprendras que c'est difficile après ça de s'enflammer à tout bout de champ.

— Qu'est-ce que tu me racontes encore ?

— Écoute, tu trouves que la vie a un sens, toi ?

Je me suis mis à réfléchir en examinant les dalles parfaitement ajustées du faux plafond. Il n'a pas pris le temps d'attendre ma réponse.

— Eh bien moi, je ne trouve pas. On vient au monde et puis on meurt. Entre ces deux moments, une succession de hasards heureux ou malheureux qui nous ballottent comme des fétus de paille sous un ciel vide. Un jeu de dupes à grande échelle. Et à la fin, tout ça conduit irrémédiablement au même néant, froid et obscur. Non, la vie, l'univers et tout le tintouin, Niels, rien n'a de sens. Tout n'est qu'illusion.

Un ange est passé. Alex a avalé une gorgée de vin. Il a fait un mouvement de la tête comme s'il venait de recevoir un direct au menton.

— Il est super, non ?

J'ai compris que je ne devais pas répondre tout de suite. De toute façon, je ne m'en sentais pas capable. J'étais le genre de type qui avait besoin de temps pour organiser ses pensées. Je me suis réinstallé dans mon lit. J'ai aplati l'oreiller en donnant des petits coups avec mon occiput puis j'ai remonté soigneusement le drap sur ma poitrine.

— OK, partons du principe que tu as raison, même si ça se discute. Mais ne pourrait-on pas considérer justement cela comme une chance ? Une extraordinaire possibilité qui nous serait offerte ?

Il a levé un sourcil. J'ai poursuivi.

— Si la vie n'a aucun sens, qu'est-ce qui nous empêche de lui donner l'orientation que nous souhaitons ?

Il a poussé un soupir qui se voulait clairement désapprobateur.

— Et quelle orientation tu veux lui donner ?

— Je ne sais pas moi, celle que tu auras choisie. Alex, tu ne vois pas que je suis tout bonnement en train de te parler de liberté ? Tu ne m'as pas dit tout à l'heure que tu y étais très attaché ?

— Encore faudrait-il que nous soyons en mesure de choisir. Tu ignores donc que nous vivons sur une terre de fausses libertés, nous sommes des bêtes sauvages qui tournons sans fin à l'intérieur d'un parc entouré de hautes murailles.

— Tu ne vas pas me faire le coup du fatalisme ou du déterminisme ? S'il te plaît, pas toi. Chacun est maître de son destin, mon pote, chacun choisit librement sa vie. C'est nous qui avons les cartes en main et personne d'autre. Il n'y a pas de parc, pas de murs, seulement les barrières derrière lesquelles nous nous enfermons nous-mêmes. Et crois-moi, je suis bien placé pour t'en parler.

Il a levé la tête en souriant puis il s'est animé d'un seul coup comme s'il sortait d'un léger somme.

— Nom de Zeus, qu'est-ce qu'on peut bien raconter comme conneries ! Allez, on arrête avec cette philosophie de comptoir et on finit notre boutanche. Ça te va ?

Je connaissais bien Alex. Je savais que notre discussion n'irait pas plus loin. Quand il avait décidé que c'était terminé, ça ne servait plus à rien de s'entêter. Son *faux self* avait repris le dessus. Chacun allait pouvoir se cacher à nouveau derrière son masque social. Mais pour cela, encore fallait-il en posséder un. Le mien, je l'avais balancé par-dessus mon épaule il y a longtemps déjà. Depuis l'époque où j'étais venu m'installer dans le secteur. Je ne savais pas encore si c'était une bonne ou une mauvaise chose. Mais c'était bien là tout le sens que je voulais donner à ma vie.

CHAPITRE 16

La danse des hommes
Pour apaiser le Dieu du Vent
Ressemble à la tempête

Arima Akito

Malkovitch a coupé le moteur de la Saab. Il s'est tourné vers moi, avec son visage de clown lunaire. Il était hilare.

— Alors qu'est-ce que tu dis de ça ?

J'ai regardé par la fenêtre. Je n'ai pas reconnu tout de suite ma cabane. Sur le coup, je me suis demandé s'il ne s'était pas trompé d'adresse. Il y avait des gens partout, depuis la terrasse jusque sur les berges de l'étang. Certains s'étaient assis sur le ponton, d'autres étaient regroupés en petites grappes comme des fourmis qui boulottent le cadavre d'une bestiole. Tous avaient un verre à la main. Et ça jacassait, ça riait, ça gesticulait sous la lune. Il y avait des guirlandes de lampions multicolores qui sautaient d'arbre en arbre et sur une table, un gigantesque buffet encadré de deux grosses enceintes noires. Elles crachaient une samba endiablée et les notes s'enroulaient sur elles-mêmes comme des flammèches sonores avant de disparaître dans la nuit noire, emportées par les vents froids d'altitude. J'ai balayé la scène du regard une nouvelle fois. J'ai remarqué que les flamants roses, qui avaient pris l'habitude depuis quelques semaines de se rassembler devant la cabane, avaient déserté les lieux. Et avec eux, j'étais prêt à le parier, les aigrettes, les hérons et les avocettes élégantes.

Au milieu de la mêlée, deux bras se sont soudain tendus vers moi en brandissant des verres à moitié vides. J'ai porté mon regard quelques centimètres en dessous pour découvrir les sourires béats d'Alex et de Vieux Bob. Ils étaient entourés de gens que je connaissais de vue, des voisins, des types qui m'achetaient parfois des leurres. Ils se sont tous mis à lever leurs verres au-dessus de leurs têtes. Dans le lot, j'ai reconnu le coiffeur, le boucher et deux ou trois commerçants du village. Les autres ? Dans le meilleur des cas, j'avais l'impression d'avoir déjà vu leur visage au détour d'une allée du supermarché ou dans une file d'attente à la Poste. La plupart n'était pour moi que des étrangers, des ombres, de malheureuses chicanes mobiles dressées sur mon chemin. Au sein de cette foule compacte, j'ai fini par repérer Lizzie. Elle voltigeait de groupe en groupe, un plateau chargé de petits fours dans une main, une bouteille de vin rosé dans l'autre. Aérienne, incandescente, belle à en crever. Quand elle m'a vu, elle a fendu la foule, comme Moïse la mer Rouge.

— Coucou !

J'ai respiré un bon coup.

— Bordel, c'est quoi ?
— Une petite fête pour célébrer ton retour.
— Bordel, c'est qui ?
— Que des amis, tu vas voir, je vais te présenter.
Et elle m'a attrapé par le bras.

Ça a été une soirée magnifique. Deux types qui travaillaient aux services techniques de la mairie avaient fait un feu et lancé une paella géante. Le moins qu'on puisse dire, c'était qu'ils n'avaient pas lésiné sur les calamars, les langoustines et les cuisses de poulet. À ma troisième assiette, j'ai traversé la pelouse pour aller me jeter dans leurs bras, la larme à l'œil. Les pêcheurs pros des cabanes du Pilou étaient venus aussi. Jusque-là, je ne leur avais jamais trop adressé la parole. J'étais persuadé qu'avec mon activité de fabricant de leurres, ils me voyaient comme un visage pâle qui vend des fusils aux Indiens. Finalement, c'étaient des putains de grandes gueules, mais ils étaient aussi attachants que des épagneuls bretons. Plusieurs m'ont fait la promesse de m'acheter quelques leurres. « Histoire de tester ces foutues conneries en plastique. » Lizzie avait aussi invité une brassée de gitans qui étaient venus des Saintes-Maries-de-la-Mer avec leurs guitares. Ils étaient installés, timides, un peu à l'écart, une assiette de paella dans la main, mais quand Lizzie a coupé la sono, ils sont sortis d'un seul coup de leur réserve et ont commencé à jouer *Yo te quiero ma* et *Od ebra do dunava*. Tout le monde était là. Seule ombre au tableau, il manquait Malik et je ne risquais pas d'oublier cet espace vide et froid au milieu de ma poitrine, à l'endroit précis où battait mon cœur.

Au bout d'un moment, à force de trinquer, j'ai commencé à avoir la tête qui tournait. Le vent était tombé, mais on entendait encore le bruit lointain des vagues sur la plage. Je me suis assis sur un rocher pour faire une pause. Je ressentais l'envie de prendre l'humanité entière dans mes bras, et c'était quelque chose dont je savais qu'il fallait se méfier. J'ai cherché Lizzie du regard. Elle était en train de discuter avec le maire. Je me demandais comment elle faisait. Elle habitait ici depuis à peine plus d'un an, elle passait la moitié de son temps à l'étranger, et elle connaissait déjà tout le village. Je l'observais rire avec le curé, filer des petits coups de coude au toubib, raconter Dieu seul sait quoi à la directrice de l'école primaire. Cette fille était incroyable. Je mesurais la chance que j'avais en me demandant encore ce qu'elle pouvait bien faire avec un ours comme moi. Cette histoire entre nous tenait du miracle.

J'ai jeté un nouveau coup d'œil pour embrasser tout ce cirque. Chacun s'était donné le mot pour se coller un sourire un peu niais sur le visage. Dans l'ensemble, je devais reconnaître que ça leur allait plutôt bien. Soudain, j'ai senti une présence se matérialiser dans mon dos.

— Bonsoir.

Je me suis retourné. C'était une jolie brune dans la quarantaine, très bronzée avec des yeux verts et de très longs cils. Son visage ne me disait rien. Je me suis dit que Lizzie ne s'était pas arrêtée en si bon chemin. Elle avait dû socialiser avec les galaxies voisines.

— Bonsoir, vous vous amusez bien ? ai-je demandé.

— L'ambiance est super. Il y a des soirs magiques où tout est réuni.

Elle s'est assise sur le rocher d'à côté. Elle avait la voix grave et un léger accent.

— Espagnole ? ai-je demandé.

— Catalane, a-t-elle répondu.

J'ai hoché la tête avec un visage de marbre. Je savais qu'il ne fallait pas rigoler avec ce genre de détail.

— Alors c'est vous que nous fêtons ?

J'ai montré du doigt mes cicatrices.

— Plutôt mon retour à la vie ou quelque chose dans le genre.

— On m'a dit que vous aviez été agressé.

— Il faut croire qu'on n'est en sécurité nulle part.

Elle m'a tendu la main.

— Je m'appelle Isadora Muntaner.

— Niels Hogan, ai-je répliqué en saisissant délicatement ses doigts.

Le contact de nos peaux a libéré aussitôt une décharge d'électricité statique. Elle a eu un éclat de rire très sonore qui s'est perdu dans la nuit. J'ai remarqué qu'une fossette s'était creusée sur le côté droit de son visage. J'ai ri à mon tour, mais c'était plus pour me donner une contenance.

— Vous habitez au village ?

— Non, je suis dans la région pour quelques jours en remplacement d'une infirmière de Montpellier qui vient de perdre son père.

— Ah, c'est marrant, je dois justement trouver quelqu'un pour mes pansements.

La phrase m'avait échappé. Je l'ai regrettée sur-le-champ. Elle a fait comme si elle n'avait rien vu et a sorti un petit carnet de son sac à main. Elle a écrit son numéro, arraché la page avant de me la tendre.

— Eh bien, on peut dire que vous êtes un sacré veinard. Vous venez de trouver votre bonheur.

Sa fossette s'est creusée, plus profonde encore.

Je ne sais pas ce qui m'arrivait, cette fille me collait une sensation étrange. Il se dégageait d'elle une sensualité animale très intense. Les lignes de son corps étaient aussi agressives que celles d'un muscle car. J'avais l'impression que ses seins étaient constamment pointés vers moi.

— Je vous appellerai demain. Ce sont juste deux petites plaies, ai-je précisé, comme si je voulais ramener tout ça à une plus juste mesure. Je crois qu'il y a aussi une piqûre à faire, cela ne vous prendra pas beaucoup de temps.

— Je ne suis pas du genre à bâcler le travail. On fera les choses bien. Il faut toujours faire les choses bien.

Elle a ri à nouveau en portant sa main à ses lèvres, comme si elle essayait de retenir les chevaux. Je pouvais presque entendre le feulement rauque du moteur, le bruit des pistons qui s'agitaient dans les cylindres, quelque part dans le fond de son ventre. Elle est partie en direction du champ où étaient garées les voitures. Je l'ai regardée s'éloigner au milieu des capots et des toits qui étincelaient sous la lune, comme une mer de métal. Et elle a disparu d'un seul coup, happée par une coulée d'acier en fusion.

Lizzie est arrivée à ce moment-là.

— C'était qui, celle-là ?

— Une infirmière. Catalane, ai-je précisé comme si ça avait une quelconque importance.

— Ce doit être le maire. Il a parlé de la fête à toute la population de la commune. C'est inévitable, il y a toujours des gens qui s'incrustent dans ce genre de soirée.

Je voyais bien qu'elle faisait une drôle de tête.

— Qu'est-ce qu'elle te voulait ?

— Rien. Pourquoi, tu es jalouse ?

— Non, ce n'est pas le genre de la maison, mais si je la vois s'approcher à nouveau, je lui arrache les yeux, a-t-elle dit en souriant.

Je lui ai rendu son sourire. Je n'ai pas trouvé le courage de lui dire qu'elle allait s'occuper de mes pansements. J'ai préféré changer de conversation. J'ai fait un mouvement du bras pour balayer la foule.

— Au fait, pourquoi tout ça ?

— Parce qu'on vit sur une planète habitée.

C'était quelque chose que j'avais remarqué moi aussi. Et tout d'un coup, je n'ai plus du tout eu envie de serrer tous ces gens dans mes bras. J'ai levé les yeux vers les étoiles. Ça clignotait dans tous les coins. Il y avait tellement d'autres possibilités. J'imaginais des planètes avec de grandes plages désertes dans des tons pastel, une eau douce transparente et fraîche comme il fallait, avec des vagues parfumées à la papaye verte, d'autres, à la fraise des bois, une température bloquée sur 28 degrés et Lizzie courant vers moi, nue. Dans mon rêve, on n'avait pas besoin de combinaison spatiale, ni de se coller la tête dans un putain de bocal à poissons rouges pour respirer. C'était un monde idéal. Tout à sa juste place. Pas de bruit, pas de gens, pas de moustiques. Le soleil était doux, l'air pur et quand vous faisiez l'amour sur la plage, aucun grain de sable curieux ne venait s'inviter à la fête.

CHAPITRE 17

Dans le port
De l'été finissant
Les souvenirs me lancinent

Akio Bin

À perte de vue, il n'y avait qu'une seule couleur posée sur le monde, un camaïeu blond que réchauffait la lumière mordorée des premières lueurs matinales. Après Aigues-Mortes, la route est devenue droite et blanche, et c'était tout à coup comme si les rizières peignées par le vent portaient la raie au milieu. L'accostage du ferry des parents de Malik à Marseille n'était prévu qu'en fin de journée. J'avais du temps devant moi, j'en avais profité pour donner rendez-vous à Gianni.

« Midi, chez Tania, calanque de Figuerolles. »

Au téléphone, il s'était mis à rire. « Finalement, on n'a pas fait beaucoup de chemin depuis le collège », avait-il conclu avant de raccrocher. Ce n'était pas la vérité, nous le savions bien, le chemin avait été long et semé d'embûches, pour l'un comme pour l'autre. Nous nous étions rencontrés en quatrième. Il avait deux ans et une tête de plus que moi. À l'époque, il volait des cyclos et je faisais le guet. Il sortait avec les plus belles filles pendant que j'amusais leurs copines. Il était un jeune homme lumineux, j'étais celui qui restait tapi dans l'ombre. Après le lycée, on a pris des routes différentes. Je suis allé à Paris faire du droit, il a multiplié les séjours aux Baumettes. Sans doute avais-je eu l'intuition que le poids du destin serait moins écrasant en m'éloignant du soleil.

La vie est belle, le destin s'en écarte
Personne ne joue avec les mêmes cartes...

Une vieille chanson d'IAM passait à la radio. L'accent et le timbre de la voix d'Akhenaton me ramenaient toujours à Gianni.

Je me suis arrêté dans une station-service, j'ai commandé un café. Le gars avait une salopette bleue, trouée et couverte de taches de graisse. Il a sorti une vieille cafetière de sous le comptoir. Avec le paysage monotone tout en lignes horizontales qui s'étalait derrière la baie vitrée, on se serait cru sur une highway aux États-Unis. J'étais Jack Kerouac et je traversais le pays pour aller retrouver Neal Cassady. J'ai pris mon café et je me suis installé dehors sur une table haute.

J'en ai profité pour appeler Isadora Muntaner, l'infirmière. J'avais déjà loupé un soin. Le médecin à l'hôpital avait insisté sur l'importance de changer mes pansements tous les jours. Je ne pouvais plus reculer. Elle avait toujours cette même voix grave et curieusement incarnée. On a fixé l'heure. Je ne me suis pas attardé. J'ai cru déceler une sorte d'ironie dans sa manière de me dire au revoir. Je me suis efforcé d'oublier ça le plus vite possible.

À mesure que j'approchais d'Arles, les automobiles et les zones commerciales ont commencé à remplacer les chevaux et les mas camarguais. Puis je me suis retrouvé d'un seul coup sur une autoroute bleue. Direction ma jeunesse.

La calanque de Figuerolles était à la fois minuscule et grandiose. Un lieu hors du temps, hors du monde, une plage de galets cernée de falaises en poudingue rouge qui semblait être posée là depuis la création de l'univers. En surplomb, un restaurant, « Chez Tania », érigé en République Indépendante par une famille de Russes excentriques arrivés là dans les années 1950. Ils s'étaient dotés d'une Constitution, imposaient une heure de décalage avec la France et la conduite à gauche à l'intérieur de la calanque alors même qu'elle était interdite à toute circulation motorisée. Ils avaient aussi créé une monnaie locale, la figue, valable du 1er août au 1er septembre et dont cent grammes équivalaient à un euro. Parfois les clients de « Chez Tania » jouaient le jeu et payaient avec des paniers remplis de fruits. La patronne ne se démontait pas. Elle encaissait les figues et en faisait des tartes qu'elle proposait ensuite au menu du jour.

Quand on était ados, c'était un de nos endroits préférés, à Gianni et à moi. Nous n'avions pas assez d'argent pour aller au resto mais en été, on se retrouvait régulièrement sur les galets, accompagnés de jolies vacancières. Elles étaient souvent hollandaises ou danoises, Gianni avait un penchant pour les blondes aux accents nordiques. On mangeait des sandwiches américains sur des serviettes de bain puis on allait nager dans l'eau turquoise autour du rocher du lion. On avait l'impression de voyager un peu et de caresser du bout des doigts cette vie fastueuse qui ne serait jamais vraiment la nôtre.

Quand je suis arrivé, Gianni était installé en terrasse avec un verre et une bouteille de vodka. Blouson de cuir, chino, lunettes de soleil sur le front. Quand il m'a aperçu, il a levé son verre. Son visage était éternellement grêlé mais il avait l'œil qui frise et exactement le même sourire que Robert de Niro dans la scène finale d'*Il était une fois en Amérique*.

— Oh collègue, ça fait plaisir de te voir.

On s'est embrassés. Il m'a attrapé par les épaules et a tendu les bras pour mieux me regarder.

— Tu t'es mis à la boxe ? Marre de ta belle gueule ?

J'ai porté la main sur le pansement qui me masquait la joue.

— C'est rien, je t'expliquerai. Si je me souviens bien, c'était plutôt toi la belle gueule de la bande…

— Couillon va ! Tu n'as jamais eu conscience du succès que tu avais avec les filles. C'est un truc qui m'arrangeait bien à l'époque. Tu leur mettais le feu et je jouais les pompiers de service. Je vois que tu ne changeras jamais. Qu'est-ce que tu deviens ? Ça fait un bail qu'on ne s'est pas vus.

— Je suis installé près de Montpellier depuis six ans, je fabrique des leurres pour la pêche.

Gianni a fait une grimace.

— Toi tu m'étonneras toujours. Et ta carrière de grand monsieur dans les assurances ?

C'était mon tour de faire une grimace. Il a poursuivi.

— Tu aurais quand même pu venir me voir avant, espèce d'encatané.

— Tu sais comment c'est… Et toi, toujours dans les affaires ?

Gianni s'était spécialisé un temps dans l'attaque de fourgons blindés. Mais la dernière fois que je l'avais vu, il s'était rangé et avait acheté un restaurant du côté de Hyères.

— Je viens d'ouvrir un deuxième resto, sur le port de Cassis cette fois. Il faut que tu viennes un de ces jours. Mon chef aura bientôt une étoile.

— Et les tirelires, c'est définitivement terminé ?

Gianni a levé la main droite et l'a portée à son cœur.

— Sur la vie de ma mère.

Il m'a servi un verre de vodka et on a trinqué à la santé du rocher du capucin qui nous saluait de l'autre côté de la calanque en inclinant poliment sa tête de pic-vert mal coiffé.

— Alors qu'est-ce qui t'amène ? a-t-il demandé.

— Déjà, j'avais envie de te voir depuis longtemps et aussi j'aimerais en profiter pour te poser quelques questions sur le milieu marseillais.

Il s'amusait à faire glisser son verre sur la table entre ses deux mains.

— Tu sais, j'ai pris mes distances avec tout ça.

— Je suis sûr que tu as toujours tes entrées.

Il a vidé son verre et s'en est resservi un nouveau aussi sec.

— Et pourquoi tu t'intéresses à ça tout à coup ? Je crois me souvenir que ce n'était pas vraiment ton délire.

— J'ai un ami qui a disparu et il semble être impliqué dans une histoire à laquelle est mêlé Spartaco Licari.

Gianni a pointé un doigt vers le pansement placardé sur ma joue.

— Ne me dis pas que ta tête au carré a un rapport avec Licari ?

— Ce n'est pas impossible.

— Putain, explique !

Alors, je lui ai raconté la disparition de Malik, le cadavre dans la cabane, mon enlèvement. Il n'a pas dit un mot. À la fin, il a juste levé la main pour appeler le garçon.

— Je vais prendre un pavé de thon Rossini.

J'ai jeté un œil à la carte.

— Saint-Jacques à la plancha sauce corail d'oursins et deux verres de Fontblanche pur jus de gouttes.

Quand le garçon est reparti vers les cuisines, Gianni m'a attrapé le bras.

— Licari, c'est du gros gibier doublé d'un vrai fada. Trop dangereux, trop imprévisible, retourne à Montpellier et occupe-toi de tes leurres. C'est le conseil que je te donne.

— Je veux juste que tu me rencardes. Malik est un ami et je ne vais pas l'abandonner. Ne me dis pas que tu as oublié ce que signifie l'amitié ?

Gianni m'a fixé longuement en caressant la croix qu'il portait autour du cou. Il a attendu que le garçon revienne avec les verres et qu'il reparte dans la cuisine. Il a pris sa respiration et il s'est lancé.

— C'était vers la fin des années 1990. On avait eu le Grand, le Belge et le Mat, et après eux, on a eu le bordel, mon pote. Un sacré bordel même, encore plus grand, plus saignant que d'habitude. Ce n'était pas simple, la fin d'une époque. Tous les gros bras gonflés d'ambition sont sortis du bois en même temps et ça a commencé à partir en biberine. Au bout de quelques années, il n'y en avait plus qu'un qui restait debout, Spartaco Licari. Le milieu traditionnel a fini par se ranger derrière lui, mais ce n'était que le début de l'engatse. Les minots des quartiers avaient profité de ces années de flottement pour se découvrir des envies d'indépendance. À cette époque, plusieurs petits caïds ont pointé le bout du nez. Ils ont mis la main sur le trafic de cannabis avec le Maroc. Tu sais Niels, ce ne sont pas des gars comme nous. Je veux dire avec des valeurs, un code de conduite. De mon temps par exemple, il était interdit de s'attaquer aux vieux ou aux ouvriers. Eux, ils frappent sur tout ce qui bouge et même sur ce qui ne bouge pas. Ils tuent pour rien, pour un regard de travers, un mot de trop. Ce sont des sauvages imprévisibles, des sadiques. Ce sont eux qui ont mis les barbecues à la mode.

— Les barbecues ? De quoi tu parles ?

— Ils se débarrassent de leurs ennemis en les enfermant dans une voiture puis ils y mettent le feu. Des sauvages, je te dis.

J'ai jeté un regard penaud vers mes Saint-Jacques que le cuisinier venait d'installer sur la plancha.

— Comment ça s'est terminé ?

— C'est simple, Marseille est sorti d'une guerre de succession pour entrer directement dans une guerre de sécession, encore plus violente, plus sanglante. Kalach contre 9 mm, les années de plomb, je ne te dis pas le nombre de morts dans les deux camps. Licari s'en est une nouvelle fois bien sorti. Il a fait le ménage.

Il faut dire que la plupart de ces minots n'étaient pas très malins, des amateurs même, pas attachés à la vie. Leur devise, c'était « tuer ou se faire tuer ». On a fait en sorte de leur simplifier le choix.

Gianni s'est mis à ricaner.

— Et tu as participé à ce massacre ?

— Bah, à l'époque, j'avais encore des intérêts. J'ai fait deux ou trois expéditions, pas plus. Depuis, je te l'ai déjà dit, je suis à la retraite.

J'ai balancé la tête pour marquer ma désapprobation. Gianni a bu une grande gorgée de vin en observant une barquette qui glissait sur le fil de l'horizon. Quand le bateau a disparu derrière la falaise en direction du Mugel, il a continué.

— Je te disais que Licari avait fait le ménage, mais manifestement pas partout. Il croyait en avoir fini, mais il y a quelques années de ça, un nouveau venu est sorti de dessous le tapis. Abdelkader Bencheikh. Lui, ce n'était pas la même limonade. Il avait fait des études de droit à Aix. Un type avec plus d'envergure, un teston comme on dit chez nous. Contrairement aux autres, il était organisé et réfléchi. Il s'est rapidement mis les politiques dans la poche en leur vendant la paix sociale dans les quartiers en échange de subventions versées à des associations fictives. Il a pris le contrôle des cités les unes après les autres, Frais-Vallon, la Busserine, la Castellane, Bassens… Avec lui, ça a été la fin de l'amateurisme et des règlements de comptes à la kalach dans les entrées d'immeuble. Il menait une opération d'indépendance contre le milieu traditionnel en limitant la prise de risque au maximum. S'il voulait éliminer quelqu'un, il engageait des tueurs sur Internet et communiquait avec eux via des e-mails codés.

— Rolex ? ai-je avancé.

— Bien sûr, c'était un de ceux-là, le plus redoutable. On n'a jamais su qui c'était, ni d'où il venait, mais je peux te dire que son ombre a plané sur Marseille pendant plusieurs années. Une balle dans la tête et une dans le cœur, c'était sa signature. Tu sais Niels, il a fait pas mal de veuves et d'orphelins entre Lyon et Bonifacio. Il a même refroidi Scipio, le jeune frère de Spartaco. Bencheikh contrôlait déjà la route du cannabis entre le Maroc et Marseille, mais il en voulait encore plus. Il avait des vues sur le trafic de cocaïne entre la côte d'Azur, l'Espagne et le Venezuela. Il a commencé aussi à s'intéresser d'un peu trop près aux machines à sous et aux nuits aixoises. Tout ça, c'était le pré carré de Scipio. Ça s'est passé le jour de Noël, devant le portail de sa villa au Roucas blanc, une balle dans la tête et une dans le cœur, je ne te fais pas un dessin. Un mois après, Licari s'est fait Bencheikh en personne à l'Estaque au 9 mm, à l'ancienne. Depuis, il recherche Rolex pour parfaire sa vengeance.

— La police pensait qu'il lui avait mis la main dessus. Il faut dire qu'on a plus entendu parler de Rolex depuis plus de cinq ans.

— Eh bien, la volaille se trompait, comme d'habitude. Rolex s'est évaporé dans la nature juste avant la mort de Bencheikh, mais Licari n'y était pour rien. Il n'a jamais cessé de le chercher depuis toutes ces années. C'est même devenu une obsession. Moi, j'ai toujours pensé que Rolex avait changé d'air, qu'il était en train de se dorer la pilule sur une plage à Caracas ou à Bahia. Et tu m'apprends qu'il vient de réapparaître du côté de Montpellier.

Gianni s'est reculé sur sa chaise. Le Fontblanche pur jus de gouttes était frais et iodé.

— Et Kauffmann et Lanfredi ?

— Je connais Kauff, un des lieutenants de Licari, une vraie bordille. Lanfredi, je ne le connais pas. Ce doit être un minot. Je te l'ai déjà dit, ça fait longtemps que j'ai décroché. Je m'occupe de mes restos à présent. Tu sais, je vis avec une femme depuis trois ans et je vais avoir un enfant. J'ai changé de vie, Niels.

— Tu vas devenir papa, toi ?

Je n'en croyais pas mes oreilles. Jamais je ne l'aurais imaginé en père de famille. La vie était imprévisible.

— On n'est plus tout jeune, mon pote. Il faut penser à se ranger, à laisser derrière soi autre chose que du sang et des larmes. Ma femme, mon minot et mes restos. Le reste, je ne veux plus en entendre parler.

On a terminé nos verres de Fontblanche puis on en a commandé deux autres. Les plats sont arrivés en même temps. Je connaissais bien Gianni. Je savais quand il mentait et quand il disait la vérité. Là, il n'y avait aucun doute possible, mon vieil ami s'était trouvé une nouvelle philosophie de vie. Il avait tourné définitivement la page. Oublié le poids du destin, les errances du passé, le goût du sang et du désespoir. Il voulait regarder droit devant. Il avait mûri, rencontré l'amour et il allait devenir père.

CHAPITRE 18

Vent d'automne
Les eaux sombres
Du sombre pays natal

Suzuki Shin'ichi

J'ai récupéré les parents de Malik sur un trottoir, quai de la Joliette. Ils tenaient à bout de bras deux grands cabas à carreaux écossais bleus et blancs attachés avec des ficelles et une vieille valise en carton bouillie. J'ai mis leurs bagages dans le coffre avant de la 181 et sur la banquette arrière et on est repartis sur-le-champ. Sur la route, on n'a pas beaucoup parlé. Ils étaient fatigués, intimidés. Ils étaient surtout morts d'inquiétude. J'ai essayé de les rassurer autant que j'ai pu, mais je me suis rapidement rendu compte que je n'avais aucune bonne nouvelle à leur annoncer. Nous n'avions pas avancé d'un centimètre depuis la disparition de Malik et je n'avais à disposition que des sourires un peu vains à leur servir. Au bout d'une dizaine de kilomètres, j'ai allumé l'autoradio.

Un type racontait une histoire qui se passait chez les Grecs. Une nana avec une corne d'abondance dans les mains, enfermée dans une jarre ou je ne sais trop quoi. J'écoutais d'une oreille distraite. À un moment, il y a eu une embrouille avec Zeus, rien que ça. Et puis le type a dit cette phrase définitive sur la condition humaine. Que tout était foutu d'avance, qu'il n'y avait pas l'ombre d'un espoir. J'ai regardé dans le rétroviseur. La mère de Malik faisait une grimace en écoutant la radio. Son père, à côté de moi, tordait ses doigts nerveusement. Si je devais choisir une couleur pour illustrer ce moment, ce serait un gris tirant légèrement sur le mauve.

Je les ai déposés devant leur petite villa. Le père de Malik s'est arrêté longuement devant la porte du studio de son fils qui avait été mis sous scellés. Il a examiné la rubalise jaune et s'est tourné vers moi.

— Ramenez-moi mon fils, monsieur Niels, je vous en supplie, ramenez-moi mon fils.

Après il s'est mis à pleurer doucement, comme un enfant. Je l'ai pris dans mes bras. Je me sentais désarmé. Je n'avais même plus de sourires à lui offrir.

Je suis remonté dans la 181 avec le cœur lourd. Je m'en voulais de n'avoir pas pu trouver les mots, d'être resté impuissant face à leur douleur. J'avais été nul. Ça m'arrivait souvent. Un problème récurrent avec les émotions et le réel, un goût trop prononcé pour la fuite. Je me suis mis à penser à toutes les erreurs que j'avais faites au cours de ma vie, la liste de mes petites lâchetés, mes abandons. Je n'étais pas meilleur que les autres et si ça se trouve, même, très en dessous de la moyenne. Je passais mon temps à critiquer une société robotisée et égoïste alors que je n'étais moi-même que froideur et égocentrisme. Je me vantais d'avoir eu le courage de tout quitter pour mener une existence plus simple. Je crachais sur le côté factice et absurde du quotidien qu'on nous proposait mais la vérité n'était-elle pas plutôt que j'avais tout simplement peur de vivre ? Je m'étais planqué dans une cabane au bord d'un étang en pensant que c'était la meilleure chose à faire, s'anesthésier avec la beauté de la nature, emplir ses oreilles de silence, se saouler de solitude. Mais la vie n'avait pas dit son dernier mot et l'amour était venu me débusquer au plus profond de ma tanière. Lizzie avait débarqué dans mon quotidien sans crier gare et m'avait fait lâcher prise peu à peu. Je me mettais à rouler des yeux devant elle, je faisais des régimes, je commençais même à songer à la paternité. En réalité, j'étais pétri de contradictions. Malgré tout ce que je racontais, je n'étais pas plus avancé que les autres. Je ne déchiffrais aucun message caché dans les cieux, personne ne venait me souffler de salutaires vérités dans les oreilles. Pas plus qu'eux, je n'avais la moindre idée de la route qu'il fallait prendre, il m'arrivait même de douter plus souvent qu'à mon tour. J'étais perdu. Malgré Lizzie qui éclairait mes nuits comme un phare, la brume et l'obscurité ne cédaient rien à la lumière.

Quand je suis arrivé à la cabane, il était un peu plus de minuit. La terrasse était allumée comme un stand de fête foraine. Dès que j'ai ouvert la portière, j'ai entendu les voix, les éclats de rire de Lizzie, les exclamations de Vieux Bob et puis surtout, recouvrant tout, cette voix si caractéristique, cet accent que je ne pouvais pas oublier, ces grondements de tonnerre qui cascadaient à l'envers sous la voûte céleste. J'ai monté les marches au ralenti. Lizzie et Vieux Bob étaient allongés sur des chaises longues. Assis sur la table, en face d'eux, se retournant vers moi alors que je faisais un premier pas sur le plancher, il y avait mon père.

CHAPITRE 19

Au large est mon père
Au large une fois par jour
Le soleil se couche

Takayanagi Shigenobu

Il en imposait. Pas loin d'un mètre quatre-vingt-dix, des épaules carrées, un torse disproportionné, des mains larges comme des crosses de hurling. Et un visage tout en angles et en rides, taillé à la serpe. Au milieu de tout ça, des yeux bleus, très bleus. Les fines cicatrices qui couraient sur son visage et ses avant-bras, bleues elles aussi. C'étaient les stigmates du temps où il travaillait au fond d'une mine du pays de Galles. Chaque coupure avait dessiné sur sa peau un tatouage en s'imprégnant de poussière de charbon. Je me souvenais de cette histoire, je ne sais pas pourquoi, je ne sais pas comment, je ne l'avais pas vu depuis des années. Il n'était même pas venu à l'enterrement de ma mère. Il apparaissait soudain puis il disparaissait tout aussi vite. À présent, il était là devant moi et j'observais son visage bleu.

— *Hi my dear son.*

Je crois que c'est ce qu'il a crié en me voyant. Il avait toujours cette saleté d'accent *traveller*. Même pas un vrai accent irlandais. Voilà ce que je me suis dit en me jetant sur lui les deux poings en avant.

Il a esquivé mes premiers coups en rigolant puis quand il en a eu assez, il m'a mis un crochet au foie. Je suis tombé à genoux sur le plancher.

— Mais à quoi vous jouez ? a crié Lizzie en s'accroupissant auprès de moi. Et toi, Niels, tu ne trouves pas que tu es assez amoché avec ta gueule cassée et tes côtes en miettes ?

— *Bare-knuckle boxing*, a répondu mon père. Mais ne vous inquiétez pas, j'ai vu tout de suite qu'il n'était pas frais, j'ai retenu mon coup.

Lizzie a froncé les sourcils.

— Boxe à mains nues, ai-je précisé en reprenant mon souffle. La plupart de ces dégénérés pratiquent ce sport débile. Ils organisent des combats dans des lieux secrets et font des paris.

— Champion du Munster pendant trois saisons, que des victoires et sans jamais mettre un genou à terre, a précisé fièrement mon père en levant ses poings en l'air et en gonflant ses biceps.

Je me suis relevé en me frictionnant le ventre.

— Je ne fais pas les présentations, je vois que vous ne m'avez pas attendu.

Paddy s'est mis à rire de nouveau. Il a tendu sa main vers moi. J'ai fait comme si je ne la voyais pas.

De l'autre côté de la table, Vieux Bob m'a proposé sa chaise longue. J'ai préféré aller m'appuyer sur le rebord de la fenêtre. Je n'avais pas envie de m'installer, pas la moindre envie que cette soirée s'éternise.

— Qu'est-ce que tu fous ici ?

— Tu sais, ton père est un grand mannequin maintenant. Senior model, ils appellent ça. On me demande partout, dans toute l'Europe, Milan, Berlin et Dieu sait où. Là, je viens de Barcelone, des putains de photos pour une marque de vêtements. Des journées entières à faire de la moto et du cheval. Ils prennent les photos et je prends le cash. La belle vie, comme vous dites en France. Là, je rentrais à *Rilantu*, mais avant de prendre l'avion, je me suis dit, hey Paddy, t'as pas un fils par ici ? Alors j'ai fait un petit détour pour venir te voir et me voilà !

Je l'ai scruté attentivement. Un mannequin. Avec la gueule qu'il se payait et ses presque soixante-dix balais, je n'aurais jamais pu penser qu'il finirait sur les podiums. Mais après tout pourquoi pas ? Il avait une certaine beauté, il fallait en convenir. Non, ce qui m'étonnait le plus, c'était de le voir planté là devant moi, droit et massif comme un chêne.

J'en étais là de mes réflexions quand Lizzie a demandé :

— C'est où *Rilantu* ?

— L'Irlande, c'est l'Irlande dans leur saleté de dialecte.

— Leur dialecte ?

— C'est du *Shelta* ou du *Cant*, je ne sais plus comment ils appellent ce charabia.

— *Nidesh*, Niels, tu te trompes comme ils se trompent tous. Nous autres, c'est le *Gammon* qu'on parle, pas le *Cant*. Notre famille vient du sud-ouest de *Rilantu*, tu as perdu la mémoire ou quoi ?

Je l'ai regardé une nouvelle fois.

— Notre famille ? Tu oses parler de « notre famille » !

Paddy n'a pas baissé les yeux, il n'a même pas cillé.

— C'est toujours la famille, le clan, même si chacun a pris un chemin différent. Avec ta mère, on ne s'entendait plus, mais je l'ai aimée autant qu'un homme peut aimer une femme.

— Tu vas me faire croire que tu n'as pas reçu ma lettre quand elle était mourante ?

— *Hey dear son*, tu sais bien que je ne sais pas lire.

— S'il te plaît, pas à moi, tu sais lire quand ça t'arrange.

Il y a eu un silence au bout duquel Vieux Bob, gêné, s'est levé.

— Bon, si ça ne vous dérange pas, je crois que je vais aller me coucher.

Paddy lui a serré la main, puis s'est tourné vers moi. Il a montré du doigt mon kayak rangé contre la terrasse.

— Je peux dormir dans le petit bateau. Il ne fait pas froid dans ton pays.

Ce n'était pas une mauvaise idée. Il me suffisait de lui jeter une couverture comme à un chien errant. J'étais en train de tourner les talons quand j'ai croisé le regard courroucé de Lizzie.

— Tu ne vas quand même pas…

J'ai pris une profonde inspiration et j'ai indiqué le canapé d'un mouvement de la tête.

— Tu peux dormir là, mais je te préviens, c'est seulement pour une nuit.

CHAPITRE 20

Ce matin l'automne
Dans le miroir
Le visage de mon père

Murakami Kijô

On ne savait pas grand-chose de leurs origines. Certains disaient qu'ils descendaient des paysans irlandais jetés sur les routes par la grande famine de 1845. D'autres prétendaient que leur apparition remontait à la période préceltique, qu'ils étaient le fruit d'un croisement entre les premiers habitants de l'Irlande et des gitans venus d'Europe de l'Est. En réalité, personne ne savait rien des *travellers*, si ce n'est qu'ils étaient un ramassis de brutes épaisses, d'une malhonnêteté congénitale, et réfractaires à toute espèce d'autorité. Une énigme anthropologique doublée d'un casse-tête social.

— Je comprends mieux l'attrait que tu exerces sur moi, ce charme mystérieux qui me fait tourner la tête, s'est exclamée Lizzie en rigolant.

Nous étions allongés sur notre lit. Par la fenêtre, le soleil commençait à apparaître de l'autre côté de l'étang. Je laissais les minutes s'étirer. Je redoutais le moment où il faudrait retrouver Paddy dans la salle à manger.

— Rassure-toi, je ne pense pas avoir beaucoup de choses en commun avec lui.

— Ça, je n'en suis pas sûre. De gabarits différents certes, mais la même gueule, le même charisme. On ne peut pas se tromper.

Elle s'est tournée vers moi et s'est mise à me dévisager avec son fameux regard scalpel.

— Juste quelques rides en moins de ton côté. Tu sais, j'ai eu le temps de bien parler avec ton père, de l'observer attentivement.

— Je préfère que tu l'appelles Paddy, si ça ne t'embête pas.

— Si tu veux. J'ai discuté avec lui et, sous des dehors un peu brusques, il est vraiment adorable. Il nous a même fait rire aux éclats à plusieurs reprises en nous racontant ses histoires. Il a tout de suite accroché avec mon père, tu sais.

— Adorable ? Vous ne le connaissez pas. Tu as vu comme il m'a allongé d'un seul coup de poing hier soir ?

— Je te rappelle que tu t'es jeté sur lui.

— OK, mais est-ce qu'il t'a raconté qu'il avait pratiquement tué quelqu'un lors d'un combat de boxe à mains nues ? C'est à cette époque, qu'il a quitté l'Irlande pour la première fois. Il n'avait même pas vingt ans et il était déjà recherché dans tout le pays par la Garda Sìochàna. Il a grimpé comme un rat dans la soute d'un cargo à Waterford et il n'a revu le soleil qu'en descendant sur un quai à Marseille.

— Il ne nous a pas donné tous les détails, mais il nous a raconté sa rencontre avec ta mère et à ce moment-là, je te garantis qu'il avait des étoiles dans les yeux.

— Ce devait être des étoiles filantes, alors. On ne les a pas vues briller longtemps dans notre ciel.

Lizzie s'est serrée contre moi.

— Je ne veux pas minimiser ta souffrance. Je comprends tes blessures mais la vie vous propose peut-être une nouvelle chance pour vous rencontrer enfin, vous rencontrer pour de vrai.

Je me suis levé d'un bond comme si les draps venaient de prendre feu.

— Lizzie, quand il nous a abandonnés, ma mère et moi, je n'avais pas dix ans. Depuis, il réapparaît dans ma vie de temps en temps comme un fantôme. Je ne le connais pas ce type et je ne veux pas le connaître. Tu comprends ce que je te dis ?

Elle ne comprenait pas. Elle ne voulait pas comprendre.

— J'ai eu moi aussi un père qui a disparu du jour au lendemain. Quand je suis devenue adulte, j'ai décidé de le retrouver et de passer l'éponge. Je ne te dis pas que ça a été facile. Mais aujourd'hui, je sais que c'est une des choses les plus sages que j'ai faites dans ma vie.

— Lizzie, je…

Elle a disparu dans la salle de bains comme elles le font souvent, en nous laissant avec un début de phrase suspendu au coin des lèvres, des interrogations dans la tête comme des arbres couchés en travers d'un chemin.

Quand je suis entré dans la salle à manger, Paddy était en train de faire des pompes, suant à grosses gouttes sur le plancher. Il s'est redressé sur les genoux quand il m'a vu.

— C'est bon pour la forme. Il faut savoir rester acteur, a-t-il lancé.

— Actif, ai-je répondu.

— Actif ?

— Oui on dit plutôt actif, mais acteur, ça te va bien aussi.

Il a rentré son Marcel dans son pantalon et réajusté sa ceinture.

— Je suis heureux de voir que tu as enfin compris la vie.

— Je te demande pardon ?

— Tu as arrêté ce stupide boulot avec le costume, la cravate, le cartable et tout et tout. Tu as quitté la ville et tu t'es trouvé une belle *donar*.

— Ne va pas tirer de conclusions trop hâtives. Ne t'imagine surtout pas que j'avance dans tes pas.

— En plus, vu les difficultés que tu as rencontrées dans la vie, tu peux être vraiment fier de ton parcours.

Je l'ai regardé droit dans les yeux. Il n'allait quand même pas me parler de mon enfance. Il y avait certaines choses que j'avais décidé d'oublier et j'y étais presque arrivé.

Il m'a observé, a semblé hésiter puis il a fait claquer sa main sur un des murs de bois de la cabane.

— Tu sais, quatre roues là-dessous et ça ferait presque une bonne roulotte.

Il a éclaté de rire. J'étais soulagé qu'il ait décidé de changer de sujet. Je ne sais pas comment j'aurais réagi s'il avait continué. J'avais toujours cette envie folle de l'étrangler. Il s'est adossé contre le mur.

— Tu fabriques des leurres pour la pêche, c'est ce qu'a dit ta *donar*.

— Arrête de l'appeler comme ça. Son nom, c'est Lizzie.

— C'est bien. Au moins, c'est un vrai métier où on travaille avec ses mains. Et ça ne t'oblige pas à rester entre quatre murs avec des moitiés d'hommes qui te regardent par en dessous toute la sainte journée. Lizzie m'a dit aussi que tu allais souvent dans la nature. Je suis heureux de te voir comme ça, tu sais. Cette fille est très bien.

— Je sais, merci.

— Et tes cheveux aussi.

— Quoi, mes cheveux ?

— Ils sont très bien comme ça, vivants. On voit qu'ils connaissent enfin le vent.

J'ai essayé d'aplatir mes cheveux qui rebiquaient. Je n'avais jamais vu de *travellers* autrement qu'hirsutes. C'était un truc qui m'avait longtemps insupporté. Aujourd'hui, je n'en faisais plus grand cas, je ne me ruinais plus en cire, crème, spray et autre gel coiffant fixation extra forte et il n'y avait même pas un peigne dans ma salle de bains. Ça faisait partie des choses que j'avais abandonnées en changeant de vie.

Lizzie est arrivée avec un plateau chargé de tasses et de pots de confiture.

— Je reviens avec du café. C'est bon pour vous, Paddy ?

— *Perfect*, ma belle ! a-t-il répondu en frottant ses grosses mains.

Et il a commencé à esquisser quelques pas de danse. On aurait dit Baloo dans *Le Livre de la jungle*. Lizzie riait à gorge déployée en démarrant la cafetière.

Plus tard, on a emporté nos cafés sur la terrasse pendant que Lizzie finissait de s'habiller. Devant nous, il y avait l'étang et, posé au-dessus, un ciel bleu acier qui s'estompait dans des tons roses en s'approchant de l'horizon.

— C'est un bon endroit pour vivre, on dirait *Rilantu* du côté de la *Joyce country*.

J'ai commencé à faire tourner mon mug entre mes mains.

— Tu es retourné vivre là-bas ?

— J'ai vécu quelques années au pays de Galles et en Écosse pour le travail puis j'ai fini par rentrer. J'ai acheté un nouveau camion et je suis allé retrouver mes frères et mes sœurs. Enfin ceux qui restent. Tu sais bien qu'on ne fait pas de vieux os dans la famille.

L'espérance de vie chez les *travellers* n'était pas la même que celle des autres Irlandais. Moins de cinq pour cent d'entre eux atteignaient les soixante-cinq ans. C'était certainement dû à leur hygiène de vie, l'alcool, la violence.

— Il reste qui ? Michael ?

— Parti l'hiver dernier.

— Tommy ?

Il a secoué la tête en faisant une grimace.

— Non, il n'y a plus que John, Chrissie et Mary. C'est moi le plus vieux à présent, le prochain sur la liste.

Il a souri et j'ai vu soudain sa beauté. J'ai compris ce qu'ils recherchaient, les autres, avec leurs appareils photos, ce qu'ils puisaient en lui pour vendre leurs saletés de fringues, leurs parfums, leurs automobiles. Cela avait à voir avec la liberté, l'authenticité, la pureté peut-être. Des choses qui n'étaient pas à la portée du premier venu, et pour lesquelles personnellement je devais encore me battre tous les jours.

— *Shadeog.*

— Qu'est-ce que tu dis ?

Paddy a tendu son bras vers la voiture de Malkovitch qui pénétrait sur le chemin.

— Un flic. Ça, c'est un putain de flic.

Je ne savais pas comment il avait fait pour deviner. La voiture était banalisée et les gendarmes ne sont pas les plus gros consommateurs de Saab. De là où on était, on voyait à peine le visage de Malkovitch. Ces *travellers* avaient vraiment de l'instinct. Ils étaient reliés à des courants d'énergie qui nous échappaient. Il n'y avait rien à comprendre, c'était comme ça.

Malkovitch est descendu de sa voiture et est venu nous rejoindre sur la terrasse.

— Paddy Hogan, ai-je dit en écartant le bras.

— Paddy, je te présente Serge Malkovitch, un ami qui est aussi capitaine de gendarmerie.

Malkovitch a avancé la main.

— Hogan ? Je parie que vous êtes son père. Qu'est-ce que vous pouvez vous ressembler !

Paddy a craché dans sa main et lui a tourné le dos. Il est allé s'accouder à la rambarde en faisant semblant d'observer un groupe de flamants roses qui dormaient, le bec caché sous les plumes. Malkovitch est resté avec son bras tendu, le visage figé comme une statue.

— Ne t'inquiète pas, ce n'est rien.

Je l'ai attrapé par l'épaule et je l'ai entraîné à l'intérieur de la cabane.

On passait le seuil quand Paddy s'est retourné d'un seul coup. Il m'a interpellé.

— Eh, au fait, Niels, je suis content aussi pour ta tête. Le pansement, les coupures, l'œil au beurre noir et tout. C'est bien, je vois que tu te bats. Tu es un vrai *traveller*, un guerrier. C'est dans ton sang. S'en prendre plein la gueule et rester debout, c'est très important. Chaque coup que tu reçois, c'est un cadeau que te fait la vie, une leçon pour la suite. Oui, je suis fier de toi, *son*, il faut que tu le saches. Très fier de toi.

Puis il a ajouté en jetant un regard noir vers Malkovitch.

— Même si, en qualité de père, je me dois de te dire que tu as de drôles de fréquentations.

CHAPITRE 21

Fourmi !
Tu as beau grimper à la rose
Le soleil est encore loin

Shinohara Hôsaku

Malkovitch venait nous faire un point sur la situation. En fait, rien n'avait changé. Ils n'avaient pas réussi à mettre la main sur Kauff et Valerio, Malik restait introuvable. Les spécialistes en informatique de la gendarmerie ne parvenaient toujours pas à cracker ses ordinateurs. Rien de nouveau sous le soleil.

Lizzie a poussé un long soupir.

— Et Maxime ? Tu as pensé à demander à Maxime pour les ordinateurs ?

Malkovitch a posé son mug sur la table.

— Oui, mais il est loin d'avoir le niveau de Malik. On le fait venir à la gendarmerie pratiquement tous les jours. Il travaille avec nos gars, mais pour l'instant, ça n'a rien donné, si ce n'est qu'il a réussi à les convertir à la préparation d'une boisson marronnasse totalement imbuvable. Le Kombucha, je crois que ça s'appelle. Et vous de votre côté ?

J'ai raconté la discussion que j'avais eue avec Gianni.

— Ça ne fait que corroborer ce que nous savions déjà, a conclu Malkovitch.

— Moi, j'ai réactivé mes contacts, a dit Lizzie. On m'a confirmé que Spartaco Licari ne parle que d'une chose en ce moment, mettre la main sur Rolex. À Marseille, c'est l'ébullition. Tout le monde est sur les nerfs. Et Licari a décidé d'employer les grands moyens.

Elle a fait une pause. Tout d'un coup, l'air n'avait plus la même densité.

— Je viens d'avoir au téléphone un ami journaliste qui a toujours de très bonnes informations. Il m'a appris que Licari venait de mettre Patek sur le coup.

Malkovitch a dégluti bruyamment avant de se laisser tomber lourdement sur une chaise.

— Patek ? Bon ce n'était déjà pas reluisant, mais là, on peut dire que c'est de pire en pire.

— C'est qui encore celui-là ? ai-je demandé.

— Ni plus ni moins que le successeur de Rolex. La nature a horreur du vide. Quand Rolex a disparu de la circulation, un nouveau tueur fantôme a fait son apparition. Tout aussi insaisissable, mais encore plus impitoyable. Il semble s'être mis au service exclusif de Licari. Déjà plus de vingt morts à son tableau de chasse.

Lizzie a poursuivi.

— Patek, comme Rolex, n'a jamais pu être identifié. Et le concernant, on n'a même pas une empreinte ou une trace ADN. La seule chose qu'on connaisse de lui, c'est son mode opératoire. Il tue ses victimes en leur enfonçant une lame très fine à la base de la nuque. Certainement un stylet. Il paraît que c'est Licari lui-même qui lui a donné son surnom. Peut-être parce que les aiguilles de ces montres de luxe sont aussi effilées que des stylets ou c'est tout simplement un clin d'œil morbide à Rolex. On n'en sait rien.

J'ai passé une main sur ma cicatrice.

— Et ça ne pourrait pas être Kauff, ce fameux Patek ? Je crois me souvenir qu'il manie plutôt bien le couteau.

— Aucune chance, a dit Malkovitch. Il n'a pas l'envergure. Patek, c'est vraiment le haut du panier. Certains journalistes ont parlé du Mozart du crime, d'autres l'appellent le prince noir de l'horreur.

— Vous me promettez encore pire, si je comprends bien. C'est un cauchemar sans fin, cette affaire.

Il y a eu un nouveau moment de silence puis une voix puissante s'est élevée entre les murs de la cabane.

— Il y a une *donar* qui se ramène.

Paddy venait de passer la tête par la fenêtre.

— Une *donar* ? a questionné Malkovitch.

— Oui une femme. C'est du *gammon*, une langue très ancienne qu'utilisaient les druides celtes, la langue de ma famille.

Cette dernière phrase m'avait échappé. J'espérais qu'elle était passée inaperçue. J'ai levé la tête vers Paddy. Un large sourire barrait son visage.

Quand Isadora Muntaner est entrée, Lizzie s'est levée d'un bond. Elle m'a jeté un long regard glacé. J'ai eu la sensation d'être propulsé d'un seul coup en short de bain sur une banquise balayée par le blizzard.

— C'est madame Muntaner, l'infirmière. Elle vient pour mes soins, ai-je bredouillé.

— Mademoiselle, a précisé Isadora en tendant sa main vers Lizzie.

Lizzie a serré la main, les dents aussi, et elle a attrapé son ordinateur portable.

— Je file, j'ai du boulot.

Je n'ai même pas eu le temps de lui dire au revoir. Elle avait déjà disparu. Malkovitch lui a emboîté le pas.

— Je t'appelle dans la journée.

Il est passé devant Paddy qui m'a interrogé du regard.

— C'est bon, va faire un tour toi aussi. Je ne pense pas que nous en ayons pour longtemps.

— *Laisiuil Talosc !*

— C'est ça, bonne journée à toi aussi.

Quand on s'est retrouvés seuls, l'infirmière a déballé son matériel. Des rouleaux de bandes Velpeau, des sparadraps, des ciseaux, des bouteilles de désinfectant. Et une petite seringue enveloppée dans un sachet en plastique.

— Vous allez commencer par me montrer vos fesses.

— Vous ne pouvez pas m'injecter ça dans le bras ?

— Les fesses, j'ai dit, vous n'allez pas faire votre pénible.

J'ai baissé légèrement mon pantalon. Elle l'a tiré plus bas et m'a piqué sans même me prévenir.

— Voilà, c'est déjà fini, ce n'était pas la peine d'en faire toute une histoire. Des fesses, j'en vois toute la journée. Mais je vous accorde qu'elles ne sont pas toutes aussi musclées et sexy que les vôtres.

Je me suis senti rougir. Cette femme me faisait un drôle d'effet. J'avais l'impression de retomber en adolescence, cette incapacité à tenir la distance, à soutenir un regard, cette propension à se laisser submerger par la moindre émotion. Elle est allée chercher une chaise et s'est assise face à moi.

— Je vais changer votre pansement.

Pendant qu'elle s'occupait de ma joue, ses seins se balançaient devant mes yeux. Son décolleté était aussi profond que le grand canyon. Je me suis demandé si elle l'avait fait exprès, si elle avait pensé à moi en s'habillant ainsi le matin. La réflexion d'un gamin de quatorze ans, voilà très exactement à quoi j'en étais réduit.

— Vous cicatrisez bien. Il n'y a déjà plus d'hématome. Il reste juste une petite inflammation qui devrait passer rapidement. On va désinfecter tout ça. Le médecin vous a dit combien de temps il préconisait avant le retrait des sutures ?

— Cinq jours.

— Bien, je reviens demain à la même heure ?

J'ai dit oui en fixant mes chaussures. Elle est partie se laver les mains avec un curieux sourire dessiné sur les lèvres.

— Vous n'êtes pas très loquace. On dirait que je vous intimide.

Elle criait presque pour couvrir le bruit de l'eau. Elle était penchée au-dessus de l'évier et je n'arrivais pas à quitter des yeux la chute de ses reins. Elle avait un jeans. J'avais toujours eu du mal à résister à une fille en jeans. Mais il y avait Lizzie au-dessus de tout.

Lizzie avec ses jambes d'un kilomètre de long et je me disais que cette infirmière pouvait faire tout ce qu'elle voulait, elle ne lui arrivait pas à la cheville. Tout à coup, je me suis senti mieux. Ça faisait un moment que j'étais cramponné à l'image de Lizzie comme un forcené et je commençais à trouver des prises de plus en plus confortables. L'infirmière a dû comprendre que quelque chose était en train de lui échapper car elle s'est retournée, les sourcils froncés.

— Vous êtes mariés ?

Je me suis rendu compte que je ne lui avais pas réellement présenté Lizzie. L'instinct de survie avait joué. L'une était une flamme, l'autre un bâton de dynamite. N'importe qui comprenait qu'il valait mieux ne pas favoriser les rencontres.

— Pas encore, mais c'est prévu pour le printemps prochain.

Je ne sais pas pourquoi j'ai raconté ce mensonge.

Je sentais qu'il fallait que je me protège toujours plus. Quelque chose comme l'idée d'un danger mortel semblait flotter à l'intérieur de la pièce.

Isadora Muntaner m'a présenté ses félicitations d'un seul mot en faisant un mouvement de tête comme un boxeur qui esquive un crochet. Puis elle a rangé son matériel dans sa sacoche. Elle avait toujours ce sourire qui ne quittait plus son visage. Je me faisais la réflexion qu'il était beaucoup plus proche d'un rictus. Plus tard, sur le pas de la porte, quand j'ai tendu le bras pour la saluer, elle a examiné ma main comme si c'était un truc totalement nouveau pour elle, une coutume étrange venue d'on ne sait quelle civilisation oubliée. Elle a relevé la tête, plissé les yeux et soudain elle a fait un pas. J'ai reculé contre le mur.

Elle m'a embrassé sur la joue. Pas sur la pommette. Peut-être à cause du pansement qui prenait toute la place. Non, elle avait ciblé une zone plus au sud, un endroit que j'ai trouvé dangereusement proche de la commissure de mes lèvres.

CHAPITRE 22

Me contemplant
Elle se renfrogne
La grenouille

Kobayashi Issa

Lizzie est rentrée tard dans la nuit. Je l'attendais, assis sur le canapé. Je faisais semblant de lire un article sur les leurres à hélices que remettait au goût du jour un de mes jeunes concurrents.

— S'ils continuent, ils vont finir par réinventer la roue, ai-je annoncé sans ambages.

Je n'étais pas du genre à reculer devant le danger, pas un de ces types qui prennent des gants ou qui essayent sans cesse de noyer le poisson. Non, je n'étais pas de ceux qui préfèrent se cacher derrière leur petit doigt. J'ai continué.

— Tu vas voir, ils vont bientôt leur coller des Leds dans le cul. Ils ne savent plus quoi inventer.

Lizzie n'avait toujours pas dit un mot. Elle a jeté négligemment son trousseau de clés dans le vide-poche et s'est éloignée vers la chambre sans se presser. Elle m'avait à peine regardé. Je me doutais bien qu'elle n'allait pas se jeter dans mes bras, mais bon, j'espérais quand même autre chose. J'ai lâché le magazine et je me suis levé. J'ai commencé à tourner en rond sur le tapis. Je savais qu'il fallait que je fasse quelque chose. Mais quoi ? J'essayais de me souvenir de ce que *L'Art de la guerre* de Sun Tzu préconisait dans pareil cas. On était clairement dans un *stratagème du fil du rasoir*, celui qui correspondait aux batailles les plus incertaines. J'aurais dû me contenter d'une position d'attente stratégique. *Contempler l'incendie sur la berge d'en face*, proposait le sage ouvrage plus de deux fois millénaire. J'ai fait exactement l'inverse, j'ai arrêté de faire des ronds sur le tapis et je suis allé me jeter dans les flammes.

— Je peux entrer ?

Elle n'a pas répondu, j'ai quand même ouvert la porte.

Dix minutes plus tard, je ressortais de la chambre avec ma couette et mon oreiller sous le bras. Direction le canapé. Paddy s'était absenté jusqu'au lendemain. Dans mon malheur, j'avais de la chance. Ça se passe souvent comme ça dans la vie. J'avais remarqué qu'on nous fait rarement avaler notre pain noir en une seule bouchée. On se débrouille toujours pour nous laisser le temps de souffler, nous éviter de nous taillader les veines trop vite.

Ainsi, un peu plus tôt dans la journée, quand il était rentré de sa balade au bord des étangs, Paddy m'avait annoncé qu'il avait des copains gitans à voir du côté des cabanes de Beauduc. Des gens qu'il avait rencontrés, lors d'un pèlerinage qu'il avait effectué quelques années auparavant, je ne sais où.

— Et tu vas y aller comment ?

— T'inquiète, *my dear son*, m'avait-il répondu, prête-moi seulement ton portable.

Deux heures plus tard, une grosse Mercedes noire s'engageait sur le chemin. À son bord, deux malabars couverts de chaînes en or. Quand ils ont vu Paddy, ils se sont jetés dans ses bras avant de mimer quelques mouvements de boxe. On aurait dit Haddock rencontrant le capitaine Chester.

— Je ne rentrerai pas avant demain. *Laisiuil Talosc.*

Voilà pourquoi je pouvais profiter de mon canapé, un matelas de quinze bons centimètres d'épaisseur avec une densité de plus de trente kilogrammes par mètre cube. J'ai tiré la couette sous mon menton. J'étais bien. Par la fenêtre aux volets ouverts, je pouvais voir dans le ciel la Voie lactée et de temps en temps, passant une tête pour me faire un clin d'œil, le flash iridium d'un satellite ou le feu clignotant d'un avion de ligne.

Le lendemain matin, j'avais de nouveau le dos coincé. Je n'avais pas fermé l'œil de la nuit. Je m'étais calé entre deux gros coussins. Lizzie s'est approchée avec le jour qui se levait.

— Tu vas pouvoir demander un massage à ton infirmière. Elle arrive à quelle heure ? Je n'ai pas envie de gêner.

— Lizzie, arrête, s'il te plaît. Qu'est-ce que tu reproches à cette fille, à la fin ?

— Rien, tout. Je ne la sens pas, voilà. Si on te demande, tu n'auras qu'à dire que c'est l'intuition féminine ou une méchante humeur qui revient tous les vingt-huit jours.

— Bon sang, passe-moi mon portable, j'annule tout de suite. Je ne veux pas d'histoire.

Elle n'a rien dit. Elle s'est levée pour aller chercher le téléphone. Elle ne s'est pas fait prier, elle n'a même pas fait semblant de rechigner. Ça faisait partie des choses que j'aimais chez elle, avec son intelligence vive, son sens de l'humour et les courbes émouvantes de ses hanches.

Je suis tombé directement sur le répondeur de l'infirmière. On peut dire que ça m'arrangeait. J'ai simplement dit que j'annulais mon rendez-vous. Pas d'autres explications. J'ai raccroché et j'ai fixé les mains de Lizzie.

— Bon, maintenant, il va falloir que tu t'occupes de moi.

— Je vais te masser, mais après il faut que je file. J'ai rendez-vous avec Vincent Massaud.

J'ai eu l'impression de dégringoler sans fin, comme Alice dans le terrier du lapin.

— Tu déconnes ? Vincent Massaud, tu veux parler du journaliste qui m'a photographié quand j'étais à l'hôpital ?

— Oui, j'ai besoin d'un binôme fiable. Hier après-midi, je suis retourné chez Alex pour jeter à nouveau un œil sur les lieux et je suis tombée sur Vincent Massaud qui faisait des photos. On a discuté. C'est un vrai pro doublé d'un bel homme, ce qui ne gâche rien.

Je savais que Lizzie n'était pas le genre de fille à faire des cadeaux, mais là, elle y allait un peu fort.

— Bon sang, Lizzie, on ne va pas faire comme les autres, s'épuiser dans des luttes sans fin, abîmer notre amour dans des jeux à la con.

— Je n'ai jamais dit que je jouais à quoi que ce soit.

— Bien sûr, tu me fais une crise de jalousie à cause de cette infirmière et le jour même tu me sors un bellâtre de ton chapeau. Tu vas me raconter que c'est le fruit du hasard.

— Bon, mets-toi sur le ventre, je vais essayer de te remettre dans le bon sens, et je peux te dire qu'il y a du boulot.

Je me suis tourné lentement comme si j'étais en cristal. En cristal avec une longue fêlure à l'âme.

— Je ne savais pas que tu étais aussi jalouse.

— Écoute, l'infirmière qui se ramène avec un jeans moulant en pointant des obus de 105, c'était difficile de ne pas la voir venir, difficile de ne pas réagir non plus. Et puis, je te l'ai déjà dit, je n'aime pas son style.

— Pas fan non plus du style de ton photographe, si tu veux savoir.

Elle a enfoncé ses doigts dans le creux de mes reins. J'ai poussé un cri.

— Ton portable est sur la table, je crois que tu as, toi aussi, un coup de téléphone à donner. Le pauvre, ce serait dommage qu'il ait le temps de se faire des idées.

— Écoute, il ne m'intéresse pas, cet homme. C'est connu, je n'aime que les vieux cons. On doit aller ce matin à la gendarmerie rencontrer les spécialistes qui essaient de cracker les disques durs de Malik. Je lui ai promis qu'il pourrait faire quelques photos. Malkovitch nous a donné son accord. Point barre.

— OK, dans ce cas, je viens avec vous.

— Tu sais bien que je ne peux rien te refuser.

Il y a eu un long silence. Tout semblait être enfin rentré dans l'ordre. Je sentais ses doigts qui galopaient sur ma peau. L'air était redevenu plus léger. Dehors, j'entendais piailler les moineaux. Il ne me manquait presque rien pour être bien. Il y avait juste ce truc que j'avais dans la tête. J'ai pensé que c'était le bon moment. J'ai pris une bonne respiration.

— Pendant qu'on y est, tu ne devais pas m'annoncer quelque chose l'autre jour ?

— Je ne sais pas, je ne sais plus. De toute façon, ça n'avait pas d'importance.

Et elle a appuyé de tout son poids sur ma colonne vertébrale. J'ai entendu un craquement sinistre puis j'ai enfoncé ma tête dans le coussin. Je crois bien aussi que je me suis mordu les lèvres.

J'arrivais à tenir debout, mais il ne fallait pas m'en demander beaucoup plus. Vincent Massaud nous attendait avec son appareil photo en bandoulière près de la médiathèque Federico Garcia Lorca. Quand il m'a aperçu sur le siège passager de la 181, j'ai bien vu qu'il accusait le coup. Il m'a salué vaguement, a fait la bise à Lizzie puis a grimpé sur la banquette arrière. Je l'observais du coin de l'œil. C'était ce qu'on pouvait appeler un bel homme, mais avec un visage sans caractère. Lisse, avec un nez qui était juste un nez, des yeux, deux, des oreilles de chaque côté du crâne, rien de vraiment marquant, rien qui accrochait la lumière. On aurait pu croire qu'il était né dans la semaine, qu'il n'avait rien enduré, qu'il s'était débrouillé pour toujours passer entre les gouttes. J'étais prêt à parier qu'il n'avait jamais pleuré des larmes de sang pour une fille, ni contemplé le fond d'un verre pendant des heures ou même envoyé valdinguer une table à travers une pièce. À part Lizzie, ça ne nous faisait pas beaucoup de points en commun, tous les deux. La journée promettait d'être longue. Très longue.

On s'est garés le long d'un trottoir, en face de la caserne Lepic. Un gendarme dans une guérite nous a indiqué, à l'autre bout de la place d'armes, un bâtiment. Rectangulaire dans des tons de gris avec une partie vitrée pour faire encore plus froid et austère. À l'intérieur, on a suivi des flèches dessinées au sol. Vincent n'arrêtait pas de prendre des photos. Je ne comprenais pas ce qu'il pouvait bien shooter. Il n'y avait que des murs gris et des extincteurs, une succession de bureaux à moitié désertés. Après un énième interminable couloir, on est arrivés devant une porte. Une simple feuille A4 était scotchée dessus, avec une inscription : *Cellule N-Tech*. Lizzie a frappé. Personne n'a répondu. Elle a frappé à nouveau avec plus de force. Toujours le même silence. Quand on a ouvert la porte, on est tombés sur le premier corps. Il était allongé en travers, sur le carrelage. Le deuxième corps avait glissé sous un bureau. Le troisième était affalé sur une chaise. Ça ronflait dur là-dedans. Je ne sais pas pourquoi, j'ai pensé à une caverne remplie d'ours en hibernation.

CHAPITRE 23

Puisqu'il le faut
Entraînons-nous à mourir
À l'ombre des fleurs

Kobayashi Issa

On a envoyé Vincent chercher de l'aide. Pendant ce temps, Lizzie en a secoué un ou deux.

— Ils dorment profondément. Ils ont été drogués.

— C'est quoi encore cette histoire ? ai-je demandé comme si elle était omnisciente.

— Ce n'est pas un hasard. Je suis certaine que les disques durs de Malik ne sont plus là.

J'ai examiné les bureaux. Je ne savais même pas à quoi ça ressemblait, un disque dur, mais je sentais qu'elle était dans le vrai. J'ai soulevé quelques papiers pour faire genre, tâté un truc ou deux, elle s'est tournée d'un seul coup vers moi.

— Et Maxime, il est où Maxime ? Malko nous a dit qu'il avait été intégré à l'équipe chargée de travailler sur les disques durs.

Elle a jeté un regard circulaire autour d'elle.

— Il n'était peut-être pas prévu aujourd'hui.

Elle s'est approchée d'un des bureaux et a brandi un machin brillant et fuselé comme une petite torpille.

— Sa thermos, c'est la thermos qu'il utilise pour son Kombucha. Il était là, c'est sûr.

Elle a ouvert le bouchon et a plongé son nez dedans.

— Ça sent bizarre.

— Ouais, ça je le sais.

— Non, je veux dire qu'il y a une autre odeur. Je suis certaine que c'est là-dedans que le produit qui les a endormis a été versé.

On s'est regardés. Quelque chose s'est allumé dans ses yeux.

— Tu crois que…

— On fonce.

Dans le couloir, on a croisé Vincent qui revenait avec une cohorte de gendarmes. Il a demandé ce qui se passait. Lizzie lui a crié qu'on n'avait pas le temps de lui expliquer, mais qu'on lui laissait la responsabilité de l'enquête à la caserne.

On a filé à toute vitesse sans même laisser le temps aux gendarmes de réagir. Je courais, quelques mètres derrière Lizzie, avec toutes mes douleurs qui se réveillaient. Je serrais les dents en soutenant mes côtes d'une main, j'avais décidé que je ne la lâcherai plus d'un centimètre. Une poignée de secondes plus tard, on passait la barrière de la caserne. Encore quelques minutes et Lizzie faisait crisser les pneus de la 181.

Quand on est arrivés devant l'immeuble de Maxime, mon mal de dos s'était réveillé. Rester assis avait dû refroidir mes muscles. Je n'arrivais presque plus à lever la jambe. J'essayais de pivoter sur le siège, Lizzie trépignait déjà devant l'entrée.

— Bon, j'y vais, tu me rejoins quand tu peux.

J'ai voulu lui crier de m'attendre, mais elle avait déjà disparu dans l'escalier. Elle avait du vif-argent dans les veines. Du plomb coulait dans les miennes. Au prix de mille efforts, j'ai fini par m'extirper de la 181 et je me suis lancé à mon tour dans l'ascension. À mon rythme. Je commençais à bien connaître chacune des marches. J'avais le temps de bien les observer. Je reconnaissais le moindre chewing-gum fossilisé, la plus petite ébréchure dans le granito. Tout un monde caché se dévoilait sous mes pas mal assurés. J'allais passer devant le paillasson *Home sweet home* du voisin en dessous de chez Maxime quand soudain j'ai entendu un cri. C'était Lizzie. J'ai accéléré autant que j'ai pu, mais il y avait encore au moins douze bonnes marches. Quand je suis arrivé, la voix d'un homme a résonné. Je l'ai reconnue tout de suite. La porte d'entrée était ouverte. Je me suis caché derrière le chambranle et j'ai passé la tête. Il y avait Kauff avec la même veste en daim et le même sweat rouge que la dernière fois. Devant lui, Maxime était assis par terre, bâillonné, les mains attachées dans le dos. Plus loin, Valerio était en train de ligoter Lizzie avec une cordelette.

— Valerio, je vais informer Patek qu'on a les disques durs. Tu finis le boulot et tu me retrouves à la voiture.

Kauff s'est retourné. Moi aussi. J'ai vu la porte du vide-ordures collectif entrouverte. J'ai juste eu le temps de me glisser à l'intérieur, de rentrer mon ventre, j'avais à peine la place. Le battant était plaqué contre ma poitrine. J'ai retenu ma respiration pendant que Kauff passait devant moi. Dès que j'ai entendu le bruit de ses pas décroître dans l'escalier, je suis sorti. J'imaginais parfaitement ce que Valerio allait faire à Lizzie et à Maxime avant de rejoindre Kauff. Mais comment lutter ? J'arrivais à peine à marcher, Valerio avait une vingtaine d'années et une carrure de sportif. Il ne me restait qu'une solution, la déstabilisation, refuser d'endosser le rôle de la proie, faire douter le prédateur, casser le schéma attendu. J'ai soufflé un bon coup et je suis entré dans la pièce en agitant les bras comme si je retrouvais un vieux copain.

— Salut, Valerio, comment vas-tu ?

Il m'a regardé, bouche bée. Je n'ai pas attendu qu'il réagisse. J'ai fait une espèce de pirouette, bras tendus au-dessus de la tête, avec l'impression terrible d'avoir une pile d'assiettes en porcelaine à la place des côtes. J'ai serré les dents. Je sentais que j'avais la bouche sèche, mais il fallait que j'enchaîne les questions sans lui laisser le temps de réfléchir.

— Tu as vu le match de l'Olympique de Marseille hier soir ? Moi, je l'ai raté. Tu sais qui a gagné ?

Il a hésité. Pas longtemps. Je comptais sur ses réflexes de supporter de foot.

— Il n'y avait pas de match hier soir. C'était dimanche.

— Oui c'est ce que je voulais dire, dimanche, contre Saint-Étienne.

— Non, c'était Nice.

— Tu as raison, Nice. Alors qui a gagné ?

Nouvelle pirouette suivie d'un saut de chat et d'une sale grimace. J'ai aperçu son visage. Il était figé comme celui d'une statue.

— L'OM.

— Super ! Et qui a marqué ? Thauvin ?

— Non Sanson.

— Du droit ou du gauche ?

Tentative d'arabesque. Pas facile avec mon dos en compote et mes côtelettes qui jouaient des castagnettes.

— Un tir du gauche à la 42e minute sur un centre de Bouna Sarr.

J'ai compris qu'il était à point. Je n'ai pas attendu plus longtemps et je me suis jeté sur lui. Maintenant, je pouvais profiter pleinement de l'effet de surprise. Au début, j'ai réussi à prendre le dessus. Ce n'était pas difficile. Il était totalement sidéré. Rapidement, il a repris du poil de la bête et je me suis retrouvé plaqué au sol. J'ai compris que ma ruse n'allait pas suffire. Il m'a balancé deux trois coups de poing dans le ventre. Ça m'a coupé direct la respiration. J'ai réussi à le repousser et à glisser en arrière. Et là, je l'ai vu, comme dans un film au ralenti, sortir son pistolet de sous son gilet. Il avait un genou à terre. Il a tendu le bras. J'étais à moins de trois mètres. Je m'étais toujours demandé si on avait le temps d'entendre la détonation avant de se prendre la balle qui nous ôtait la vie. Le coup de feu a claqué, sec. J'ai même eu le temps de percevoir l'écho rebondir contre les murs de l'appartement. La balle a dû entrer au niveau de la tempe gauche. Je n'ai pas entendu la détonation de la seconde balle. J'avais perdu connaissance depuis longtemps.

CHAPITRE 24

Maintenant
Sous la lune d'automne
Il n'est plus d'ennemis

Takahama Kyoshi

La mort. Qu'est-ce qu'il y a après la mort ? Foutue bonne question. On pourrait en parler pendant des heures, écrire des bouquins entiers sur le sujet. Certains en ont d'ailleurs fait leur grand œuvre. Mais aucune réponse n'est vraiment satisfaisante. Personne, à ma connaissance, n'est revenu de ce mystérieux voyage. Et je tiens les expériences de mort imminente pour ce qu'elles sont, un balbutiement, un avant-goût, dans le meilleur des cas, une simple mise en bouche. Comment prétendre connaître un pays dont on a été refoulé à la frontière et se parer des attributs du champion quand on ne figure même pas sur la feuille de match ? Quand j'ai rouvert les yeux, c'est le visage de Lizzie que j'ai vu. Pas un tunnel obscur. Aucune entité lumineuse n'est venue me prendre par la main, je ne baignais pas dans un sentiment d'amour infini, jamais je ne me suis senti flotter au-dessus de mon corps. Il y avait le visage de Lizzie et ma joue gauche qui me brûlait parce qu'elle me donnait des gifles. Je me suis redressé. J'étais assis par terre dans le studio de Maxime. En face de moi, il y avait ce qui restait du visage de Valerio. C'est-à-dire pas grand-chose. Quelqu'un a mis sa main sur mon épaule. Je me suis retourné, c'était Malko. Je voyais ses lèvres bouger mais je n'entendais rien. Dans sa main, un pistolet. Après, ils m'ont expliqué.

Quand Malkovitch avait été informé de ce qui s'était passé à la caserne, il avait eu la même illumination que nous et avait foncé chez Maxime avec deux gendarmes. En les voyant arriver, Kauff a dû comprendre que la partie était perdue d'avance, il s'est enfui sans demander son reste. En tout cas, telle était la supposition de Lizzie. Malko était arrivé dans l'appartement à l'instant précis où Valerio s'apprêtait à appuyer sur la détente. Il avait été plus rapide. Ça s'était certainement joué au dixième de seconde près, mais à présent c'était bien les restes de la cervelle du grand espoir de l'équipe des Caillols qui maculaient le mur et le futon, et non les miens. Une bonne chose.

— Merci Malko… Ce n'est pas la première fois que tu nous sauves la vie.

— Ce n'est rien, mon ami. Ce n'est rien, mais cette fois, il s'en est vraiment fallu de peu.

Ses yeux se sont retirés aussitôt à l'intérieur de leurs poches, comme deux petits mollusques timides.

Un des gendarmes venait de détacher Maxime. Dès qu'il lui a enlevé son bâillon, il s'est mis à crier.

— Je suis désolé, ils m'ont obligé.

Il était surexcité, au bord de la crise de nerfs. Il s'est mis à pleurer.

— Ils ont enlevé ma petite sœur. Ils ont dit qu'ils allaient la tuer si je ne faisais pas exactement ce qu'ils me demandaient.

Malko lui a attrapé les mains et les a serrées avec force.

— Ne vous inquiétez pas pour votre sœur. J'ai reçu un appel il y a quelques minutes. Elle a été retrouvée sur une départementale vers Teyran. Elle est saine et sauve.

Maxime a levé la tête vers le plafond.

— Oh merci, merci… Ils m'ont fourni le somnifère. Ils m'ont assuré que les gendarmes ne seraient qu'endormis. Je devais les retrouver ici et leur apporter les disques durs.

— À l'heure qu'il est, les gendarmes sont déjà réveillés. Tout va bien pour eux aussi.

Malkovitch s'est tourné vers Lizzie et moi.

— Et les disques durs, ils sont où ?

Lizzie a répondu que Kauff les avait emportés.

— Ce n'est pas possible ! Ils devaient être envoyés demain au département Informatique – Électronique du Pôle Judiciaire de la Gendarmerie Nationale à Cergy-Pontoise.

Lizzie a soupiré.

— Ce n'était pas loin d'être notre seule piste pour remonter jusqu'à Malik.

— On va rebondir. On rebondit toujours.

Malkovitch s'est approché de moi. Il a sorti son téléphone portable.

— Niels, j'appelle une ambulance. Tu vas retourner à l'hôpital te faire examiner.

J'ai sauté sur mes deux pieds. En fait, je me suis plutôt relevé comme un boxeur à moitié sonné qui cherche à s'agripper aux cordes du ring.

— Hors de question, ai-je annoncé avec la voix la plus assurée que j'avais à disposition. Ça va aller.

Je ne sais plus si ce qui m'animait était une rémanence du courage dont je venais de faire preuve ou un sursaut d'orgueil. Peut-être le souvenir du goût des haricots verts fluorescents bouillis qu'ils servaient là-bas. Mais malgré mes côtes qui sifflaient, j'ai bombé le torse. Je m'étonnais moi-même. J'avais la sensation d'avoir pris une nouvelle dimension. J'espérais que ça allait se traduire aussi dans le regard de Lizzie.

D'ailleurs, ne s'approchait-elle pas déjà de moi ? Je me suis mordu doucement les lèvres.

— Félicitations pour le numéro de tout à l'heure. C'était original, très artistique, je ne suis pas sûre qu'à ta place Jason Bourne aurait fait la même chose, mais ça m'a beaucoup plu.

Ensuite, elle m'a embrassé. Et quand les voitures de la gendarmerie et l'ambulance sont arrivées, elle m'a embrassé encore. Je regardais les secouristes trimballer leur matériel dans les escaliers en serrant Lizzie dans mes bras. J'observais ses lèvres délicatement ourlées, ça valait bien tous les masques à oxygène du monde. J'en ai repris une bouffée avant de partir.

On a entendu les chants dès que Lizzie a coupé le moteur. J'ai reconnu les paroles de *Molly Malone*. Ça venait de la cabane de Vieux Bob.

Alive, alive, oh

Alive, alive, oh...

Quand on s'est approchés, on les a vus. On ne pouvait pas les manquer. Vieux Bob et Paddy dansaient bras dessus, bras dessous en hurlant plus qu'en chantant.

... *Crying cockles and mussels, alive, alive, oh...*

On a grimpé les marches de la terrasse. Sur la table, les restes d'un repas pantagruélique. J'ai commencé à compter les bouteilles de vin vides, mais très vite, j'ai préféré arrêter.

— Papa, a crié Lizzie.

Il s'est retourné, et Paddy avec lui. Ils avaient chacun une jambe en l'air. Leurs belles gueules étaient sillonnées en tous sens de rides et de sourires. Je sentais bien que ça allait être difficile de leur en vouloir.

— Venez, a dit Paddy, Bob a fait de la tarte aux couilles. On vous en a laissé.

— De la tourte aux cailles, a précisé Vieux Bob.

Lizzie et moi, on s'est regardés. L'après-midi promettait d'être long.

On les a ramenés parmi nous à grand renfort de mugs remplis de café noir. Le fait de leur raconter que nous venions d'échapper de peu à la mort nous a aidés aussi à les dégriser. Ils s'étaient calmés, mais on n'échappe jamais longtemps à sa nature.

— Je jure que si j'attrape ce Kauff, je le réduis en bouillie, a beuglé Paddy.

Il a tapé du poing sur la table. Il inspirait bruyamment comme dans mes souvenirs d'enfant. À l'époque, je me souviens que j'avais l'impression d'être aux côtés d'un géant si grand qu'il emplissait le ciel entier. Il aspirait l'air frais tout autour et rejetait à la place un souffle chaud. Il respirait si fort que parfois, il ne restait plus assez d'oxygène pour moi et je me mettais à étouffer. Mes crises d'asthme ont cessé le jour où il est parti.

Vieux Bob en a rajouté une couche.

— La famille, c'est sacré. Il n'aurait pas dû s'attaquer à vous. On va lui faire voir de quel bois on se chauffe.

J'ai jeté un œil vers Lizzie. Ils ne manquaient pas de culot tous les deux. Ne se souvenaient-ils pas qu'ils nous avaient abandonnés alors que nous n'étions encore que des enfants ? De grands absents, des courants d'air, voilà ce qu'ils avaient été pour nous. Lizzie comme moi, on avait dû grandir sans figure paternelle. C'était d'ailleurs un des points qui nous avait certainement rapprochés. Aujourd'hui, ils se la jouaient pères protecteurs et ça me mettait en rage.

— Non, mais vous êtes sérieux là ? Vous osez parler de famille ?

Lizzie a compris tout de suite où je voulais en venir.

— Niels, c'est bon. On a d'autres chats à fouetter. Il faut que tu passes à autre chose. Je te l'ai déjà dit cent fois.

— Tu as raison, je passe à autre chose.

Je me suis levé et je les ai plantés là tous les trois.

J'avais eu mon compte pour la journée. Je suis reparti vers ma cabane sans même me retourner. Susceptibilité, fierté mal placée, amertume, blessure d'enfance… Je cochais toutes les cases.

En plus, avec toutes ces histoires, je travaillais en pointillé. Je n'avais même pas eu le temps de relever mes commandes depuis au moins une semaine.

Il fallait que je me retrouve seul avec mes bouts de bois. C'était une urgence. Je me suis dit que si je mettais les bouchées doubles, je pourrais même dégager un peu de temps pour aller à la pêche en fin de soirée. J'avais besoin de retrouver ma routine, celle qui me tenait éloigné de la folie des hommes.

J'ai allumé l'ordinateur, je suis entré dans le back office de mon site. Je n'arrivais pas à y croire, j'ai rafraîchi au moins trois fois la page. Aucune nouvelle commande. La dernière remontait à sept jours. C'était la première fois qu'un truc pareil m'arrivait. Même quand je m'étais lancé, j'avais rapidement réussi à me faire ma place. Il ne se passait pas une journée sans que je ne reçoive une demande pour un stickbait, un popper ou un jig. Le problème était encore plus grave que je ne le pensais. Mes jeunes concurrents ne se contentaient pas de me ringardiser, ils étaient tout bonnement en train de me rayer de la surface de la terre. J'ai été pris de sueurs froides.

J'étais doué pour donner des leçons à tout le monde. Je passais mon temps à blâmer ceux qui perdaient leur vie en essayant de la gagner. Je faisais le malin en expliquant dès que je le pouvais que moi, je n'étais pas dupe de tous ces mensonges. J'étais celui qui refusait d'aliéner sa liberté en échange d'un salaire, celui qui ne céderait pas un pouce de terrain contre une place bien au chaud dans la société. Je voulais être indépendant, choisir ma vie, prendre mon risque. Et je prouvais depuis plusieurs années que c'était possible. On pouvait vivre de ses passions, on pouvait vivre sans chaînes autour du cou, on pouvait vivre tout simplement. Il suffisait de le vouloir, ne jamais baisser les yeux devant quiconque, ne jamais faire la moindre concession. Mais là, j'étais peut-être allé trop loin. Je me sentais tellement libre de mes choix que j'avais fini par me croire invincible. Je n'avais pas vu venir le retour de bâton. Zéro commande, zéro euro. Comment allais-je pouvoir continuer ? Étais-je condamné à finir dans le ruisseau ? Mes rêves allaient-ils se fracasser les uns après les autres contre le mur de la réalité ? J'avais voulu prendre seul en main ma destinée, mais j'étais rattrapé par ma condition d'homme social. Finalement, je n'étais qu'une fourmi parmi les autres, totalement liée aux autres, en situation d'interdépendance. Pour la liberté, on verrait plus tard. Tout à coup, ma vie que je voulais si simple m'est apparue très compliquée. Le travail, l'amour, l'amitié, la famille. Toutes ces choses relevaient d'équilibres fragiles. Finalement, on en était tous rendus au même point. On était emberlificotés dans les mêmes fils. On faisait ce qu'on pouvait pour essayer de se sortir de ce merdier, mais tout était vain, tout était inutile. Des hommes parmi les hommes, voilà ce que nous étions. Ce n'était pas difficile à comprendre.

J'ai décidé de rejoindre les autres à la cabane de Vieux Bob. C'était ce qu'il y avait de mieux à faire. Avant d'y aller, j'ai choisi dans la réserve une bonne bouteille pour la soirée, quand les deux autres zouaves auraient décuvé et que le temps serait venu pour moi de me faire pardonner. J'ai hésité quelques minutes et j'ai repéré un rayon de soleil qui tombait directement depuis la lucarne sur une des bouteilles. C'était un blanc avec une robe lumineuse et des reflets ambrés. J'ai jeté un œil à l'étiquette, je n'ai pas pu m'empêcher de sourire. Un Cassis, Domaine du Paternel, cuvée Esprit de Famille.

CHAPITRE 25

Voile de lune
Une grenouille
Trouble l'eau et le ciel

Yosa Buson

Le lendemain matin à la première heure, nous avions rendez-vous à la gendarmerie. Malkovitch nous attendait avec des traits encore plus en désordre qu'à l'accoutumée. On aurait dit qu'il s'était endormi dans une clairière et qu'une harde de sangliers lui avait piétiné le visage toute la nuit. Il nous a fait asseoir et, comme à son habitude, il nous a proposé du café.

— Je vais prendre vos dépositions. Je vais commencer par toi, Niels. Lizzie, tu peux patienter dans le couloir ? J'imagine que vous commencez à connaître la chanson.

Effectivement, j'aurais pu la chanter par cœur. Nom, prénom, adresse, profession… J'ai raconté l'histoire à Malkovitch pendant qu'un gendarme, assis devant une table près de la porte d'entrée, transcrivait ma déposition sur un ordinateur portable. Quand je suis arrivé au dénouement, je me suis tu. Il y avait toute une partie de la scène qui m'avait échappé, celle qui s'était déroulée pendant que j'étais dans les vaps. Malkovitch a pris le relais. Lui n'avait rien loupé, et pour cause.

— Quand je suis arrivé, j'ai découvert la scène. Valerio Lanfredi pointait son pistolet dans ta direction, Niels. Il s'apprêtait à presser la détente. J'ai tiré immédiatement.

Malkovitch a levé la main pour interrompre le gendarme.

— J'ai tiré pour tuer. Je n'ai pas eu le choix. Tête et poitrine. Ça s'est joué à rien.

Pendant un moment, plus personne n'a osé parler. Chacun essayait de fixer son regard sur un objet quelconque. Par la fenêtre, on pouvait entendre les voitures qui passaient, les klaxons, la rumeur de la rue. Malkovitch a fait un nouveau geste en direction du gendarme avant de reprendre le cours de l'interrogatoire. C'étaient des questions dont il connaissait déjà les réponses, mais c'était la procédure. Les doigts du gendarme couraient de plus belle sur le clavier. Chaque touche enfoncée créait un petit cliquetis sourd et leur enchaînement rapide au rythme de nos phrases faisait comme une petite musique expérimentale. Ça a encore duré quelques minutes, puis le gendarme, avec un air habité et satisfait, a relevé la tête et les deux mains dans un même mouvement. Le concerto pour AZERTY venait de prendre fin. Ou plutôt, c'était l'entracte, le tour de Lizzie venait d'arriver. On a échangé nos places. Lizzie dans le fauteuil en face de Malko, moi, naufragé sur le banc qui courait le long du couloir.

Rien.

Pendant tout ce temps, je n'ai pensé à rien. Je n'étais pas entré en méditation. Il s'agissait juste d'une absence. Une interminable absence. Quand la porte s'est ouverte et que Malko m'a invité à rejoindre Lizzie, j'ai été presque surpris. Comme si une gigantesque bulle de savon éclatait soudain autour de moi, comme s'il me fallait naître une nouvelle fois à cette sordide histoire.

— Qu'allez-vous faire à présent ? nous a-t-il demandé après avoir fait signe au gendarme qu'il pouvait disposer.

Je venais à peine de m'installer.

— Continuer notre enquête et retrouver Malik, a répondu Lizzie.

— Vous n'êtes pas passés bien loin hier, et toi, Niels, c'est la deuxième fois en moins de huit jours. Ça ne vous fait donc pas réfléchir ?

Lizzie et moi, on se jetait des coups d'œil furtifs. Malkovitch a attrapé un stylo et s'est mis à le faire valser entre ses doigts.

— J'imagine qu'un petit séjour dans l'arrière-pays, ça ne vous dit toujours pas.

Je me suis redressé sur ma chaise.

— Tu imagines bien, Malko. Et toi, c'est quoi le programme ?

— Maintenant que nous n'avons plus les disques durs, il ne nous reste plus qu'à tout reprendre à zéro. Il faut qu'on se concentre sur ce Rolex. Lui doit savoir où se trouve Malik.

— Ça ne va pas être facile, on ne sait pratiquement rien de lui.

Lizzie m'a interrompu.

— On sait que c'est un professionnel, un tueur qui a arrêté son activité depuis cinq-six ans. On sait qu'il travaillait pour Abdelkader Bencheikh. Il a tué le frère de Spartaco Licari qui ne rêve que de se venger. On sait aussi que Malik est au cœur de l'histoire. Licari et ses hommes sont persuadés qu'il va les conduire jusqu'à Rolex. Ce qu'on sait enfin, c'est que Malik ne peut pas être Rolex. C'est une certitude. Il est trop jeune. Ce qui a dû se passer, si on remet toutes les pièces dans le bon ordre, c'est qu'il a dû découvrir l'identité de Rolex. Mais les disques durs envolés, nous n'avons plus aucun moyen de remonter la piste. On en revient à notre point de départ.

J'ai frotté mes mains sur mes cuisses. Elle avait parfaitement résumé la situation. Malkovitch continuait à jouer avec son stylo. Soudain il l'a posé sur la table.

— Bon, j'ai du boulot. Je vais commencer par retourner à la cabane de Malik. C'est le dernier endroit où il a laissé une trace de vie. Et je sais pour y avoir été à plusieurs reprises avec lui que c'est un lieu qu'il adorait. Il y a peut-être laissé un indice qui nous est passé sous le nez.

Je me suis levé, Lizzie aussi. Par la fenêtre, on voyait la lumière qui bouillonnait. Ça donnait envie d'être dehors, d'écarter les bras dans le soleil. On a salué Malkovitch en se faisant la promesse de se tenir au courant. Puis on est repartis.

Sur la route, Lizzie est restée curieusement silencieuse. Comme souvent, je ne savais pas par quel bout la prendre.

— Ça ne va pas ? ai-je tenté du bout des lèvres.

Elle ne m'a même pas regardé.

— Je ne sais pas. Il y a un truc qui me contrarie et je n'arrive pas à savoir ce que c'est.

— Et si c'était tout simplement le fait d'avoir frôlé la mort ?

— Ah ça ! Non, il y a autre chose.

J'aimais cette expression, « Ah ça ! », et le ton badin avec lequel elle l'avait prononcée. Cela posait bien les choses. Cette fille n'était vraiment pas faite du même bois que les autres. On venait de nous coller le canon d'un pistolet sous le nez et elle était déjà passée à autre chose. L'épisode, qui en aurait bouleversé plus d'un, avait été aussitôt rangé au rayon « péripéties et autres bagatelles ». Cette fille, c'était la mort assurée de tous ces métiers en lien avec l'accompagnement psychologique. Ils lui étaient aussi utiles qu'un gilet de sauvetage lancé à un touareg au milieu du Sahara.

Puis, je me suis rappelé de cette chose qui était restée en suspens entre nous.

— L'autre fois, tu avais une annonce à me faire. Tu ne crois pas que c'est ce qui te tracasse ?

Elle a tourné rapidement la tête vers moi.

— Non je ne crois pas.

— Tu ne penses pas que le moment est venu d'en parler ?

— On verra ça plus tard, Niels, et puis je ne suis plus sûre d'en avoir toujours envie.

Elle n'a plus rien dit. Elle s'est concentrée sur la route. Moi, je ne savais plus quoi penser. J'étais partagé entre le bonheur de ne plus avoir à me projeter dans ce rôle de père que je redoutais tant et une étrange sensation que je connaissais mal et qui me semblait s'apparenter à de l'amertume.

Quand on est arrivés devant la cabane, j'ai capté immédiatement l'agitation, les cris, la poussière qui volait, mais je n'arrivais pas à analyser ce qui se passait. Une nouvelle fois, Lizzie a été la plus rapide.

— J'ai l'impression que ton père nous a préparé une animation surprise. Quelque chose entre le chamboule-tout et la course en sac.

Je suis descendu. Paddy lançait des jurons en *gammon*. Ce n'était pas beau à entendre. Devant lui, Isadora Muntaner avait le visage tout rouge.

— Bon sang, mais qu'est-ce qu'il se passe ici ? ai-je demandé.

Paddy a levé ses bras puissants dans les airs.

— J'ai trouvé cette *donar* qui rôdait autour de la maison.

— Je ne rôdais pas, je venais prendre de vos nouvelles, Niels, et ce sauvage m'est tombé dessus sans crier gare.

L'infirmière semblait bouleversée. Lizzie s'est approchée, goguenarde.

— Niels va bien et son père est en pleine forme lui aussi. Je crois que vous avez pu vous en rendre compte par vous-même.

— Ce ne sont pas des manières, tout de même. Il m'a pratiquement jetée par terre.

— Elle regardait par la fenêtre, s'est justifié Paddy. Je l'ai seulement attrapée par le bras. Elle a de la chance. Si elle avait été un homme, à l'heure qu'il est, elle serait en train de ramasser ses dents.

J'observais Lizzie du coin de l'œil. Elle souriait. D'habitude, je n'arrivais jamais à traduire ses sourires. Pour une fois, je voyais bien ce qui se cachait derrière. J'ai décidé de prendre les choses en main.

— Bon, l'incident est clos. Mademoiselle Muntaner, je vais vous raccompagner à votre voiture. Je suis désolé, c'est un malentendu. Mon père est irlandais. Il a sans doute mal interprété vos intentions.

J'ai posé ma main sur son épaule. Elle s'est dégagée d'un geste vif qui m'a un peu surpris.

— Ça ira merci, je vais pouvoir retourner à ma voiture toute seule. Vous êtes tous plus bizarres les uns que les autres dans cette famille.

Elle a adressé un dernier regard noyé de colère à l'attention de Paddy et de Lizzie, puis elle a tourné le dos en faisant claquer ses talons. Une fois que sa voiture a disparu au bout du chemin, il y a eu un moment hors du temps. Les particules de lumière, les molécules de l'air se sont réorganisées doucement dans un ballet d'une incroyable précision. Bientôt, il n'y a plus eu aucune trace. J'étais étonné par ce côté inéluctable. C'était comme le sillage qui s'efface après le passage d'un bateau. À peine quelques secondes et tout était revenu à sa juste place.

— Paddy, je vous offre un café ? a proposé Lizzie.

Il a levé un sourcil canaille.

— Dites-moi, ce n'est pas plutôt l'heure de l'apéritif ?

— C'est quoi ces conneries ? C'était juste une infirmière.

Il buvait sa bière au goulot. C'était déjà la deuxième.

— Je te l'ai déjà dit. Elle regardait par la fenêtre. Elle est pas claire, cette *donar*.

Lizzie a appelé Paddy depuis la cuisine.

— Je vous fais de nouvelles tartines à la tomate et aux anchois et je vous ramène une bière. Ça vous va ?

— Super, Lizzie, elles sont trop bonnes, ces tartines. J'en mangerais des kilomètres.

Je les ai regardés tous les deux. Ils n'arrêtaient pas de s'envoyer des sourires et des clins d'œil, quand ils ne se mettaient pas des petites bourrades ou des tapes sur les épaules.

— Bon sang, vous n'avez pas bientôt fini avec toutes ces simagrées ?

Paddy a fini sa bière et il a fait claquer la bouteille vide sur la table.

— Je te l'ai dit, j'en avalerais des tonnes de ces... Comment tu dis déjà ? Simagrées ?

Je ne comprenais pas l'entente qui s'était créée d'emblée entre Lizzie et Paddy. Ils me semblaient être pourtant aux antipodes. Un vieux *traveller* bagarreur et hâbleur qui trimballait sa belle gueule de shooting photos en casting et une journaliste hyperactive qui mettait toujours son nez là où il ne fallait pas. J'imaginais que ce qui les reliait était une histoire de souffle, une façon d'être au monde. J'ai réfléchi encore quelques minutes, et j'ai décidé de me concentrer sur ma bière. Je commençais à bien me connaître. Ce dont j'avais le plus besoin, c'était de redescendre dans mon corps. Certainement pas de me mettre le cerveau à l'envers pour une chose ou pour une autre.

C'est à ce moment que la porte de la cabane s'est ouverte. Vieux Bob est apparu sur le seuil. Derrière lui, se découpant sur un fond de ciel bleu, une silhouette s'est dessinée, celle d'un homme qui avançait tête baissée.

— J'ai trouvé ce zèbre devant ma porte. Il voulait te voir, Lizzie, a annoncé sans ambages Vieux Bob.

Vincent Massaud s'est avancé de quelques pas.

— Je ne veux pas vous déranger. Je peux repasser plus tard.

— J'ai préféré vous l'amener. Je lui ai dit que tu étais chez ton fiancé.

Vieux Bob a lancé un coup de menton dans ma direction. C'était un geste que je ne lui connaissais pas, un mouvement très sec, presque militaire, qui hésitait entre le salut et la mise en garde. J'ai compris instantanément ce qui était caché derrière ça. Il passait son temps à se moquer de la relation que j'entretenais avec sa fille, mais finalement il n'était pas mécontent de la situation. J'ai regardé au fond de ses yeux. J'ai reconnu ce scintillement pudique qui signifiait beaucoup pour moi. Mais au-delà de cette preuve d'amitié, Vieux Bob m'apportait aussi autre chose, sans le savoir. L'occasion de reprendre la main. J'ai levé la tête vers Lizzie, sûr de mon effet.

— Décidément, c'est la journée des visites surprises. Vous voulez peut-être que je vous laisse ? ai-je balancé avec un faux air innocent.

Elle a compris séance tenante ce que je mijotais, le fameux plat qui se mange froid. Elle ne m'a pas laissé le temps de parfaire ma mise en place, ni de rectifier mes assaisonnements.

— Niels, parfois tu n'es vraiment pas à la hauteur. Non, tu vas rester, et vous Vincent, vous allez venir vous asseoir avec nous.

Elle a apporté d'autres bières qu'elle a déposées sur la table. Elle en a collé une d'autorité dans la pogne de Vieux Bob. Quand elle est passée devant moi, elle m'a envoyé du regard, une longue volute de feu. Au vu de la couleur bleue de la flamme, je dirais dans les 1 500° celsius. Puis elle est allée se placer à côté de Vincent.

— Comment ça s'est terminé à la caserne Lepic ? a-t-elle demandé en lui posant la main sur l'épaule.

Il a incliné la tête de côté, l'air dépité.

— Ils se sont montrés plutôt agacés que vous vous soyez tirés sans demander votre reste. Du coup, ils se sont vengés sur moi. Ils ne m'ont pas lâché de la journée. Un interrogatoire interminable.

J'étais assailli par des sentiments contradictoires. Je me sentais irrité par cette situation que je trouvais totalement injuste. Mon infirmière n'avait-elle pas été malmenée, jetée dehors manu militari alors que Vincent était invité en grande pompe à notre table ? Mais je devais reconnaître que je prenais beaucoup de plaisir à écouter les tribulations du jeune journaliste. J'espérais secrètement que les gendarmes l'avaient interrogé à grands coups de bottin, comme au bon vieux temps. Je l'imaginais aussi dans certaines scènes de *Midnight Express*. Je dois reconnaître que celle où les détenus sont pendus par les pieds m'apaisait particulièrement.

— Après, le capitaine Malkovitch est arrivé.

Je suis revenu à moi d'un seul coup. Vincent était toujours en train de parler.

— Il n'est pas resté longtemps. Il était furax. Il a compris tout de suite où vous étiez partis… Sans moi.

À présent, il dévisageait Lizzie avec incompréhension. Il cherchait une explication. Il ressemblait à un chiot attaché à un arbre sur le bord d'une autoroute un matin de juillet. Elle, elle étalait toujours du coulis de tomate sur ses petits bouts de pain, sans avoir l'air de se soucier le moins du monde de son sort. De l'autre côté de la table, Vieux Bob et Paddy ont trinqué en entrechoquant leurs bouteilles. Vincent continuait à japper mollement.

— J'ai appris ce qui vous est arrivé chez l'ami de Malik. Vous l'avez échappé belle. Mais vous auriez quand même pu m'emmener avec vous.

Vieux Bob a levé sa bouteille de bière en l'air.

— Au passage, on peut trinquer à la santé de Malko. Mine de rien, il a une nouvelle fois sauvé la vie de nos deux amoureux.

On s'est penchés au-dessus de la table. Tout à coup, un cri strident nous a figés. Lizzie s'est tournée vers nous avec une tartine dans la main. Elle a serré le poing. La tomate s'est mise à dégouliner le long de son avant-bras. On aurait dit qu'elle venait de s'ouvrir les veines.

CHAPITRE 26

Dénigrer autrui ?
Je me lave l'esprit
En écossant mes pois

Ozaki Hôsai

— Je viens de trouver ce qui me chiffonnait, a crié Lizzie. Malko nous a dit tout à l'heure qu'il allait enquêter dans la cabane de Malik. Tu t'en souviens Niels ?

J'ai hoché la tête.

— Il a dit aussi qu'il connaissait bien les lieux pour y avoir été souvent avec Malik. On est toujours d'accord ?

Je ne voyais pas où elle voulait en venir.

— Or l'autre jour, quand tu as oublié de lui parler de cette cabane, tu m'as raconté qu'il t'en avait voulu car à cause de toi, vous aviez perdu du temps. Lui n'avait pas pu faire le lien car il ignorait que Malik vivait à cet endroit. On se trouve donc devant une contradiction. Il dit ignorer l'existence de la cabane et en même temps il dit y être allé à plusieurs reprises.

J'ai posé ma bière sur la table. Lizzie a attrapé un torchon pour essuyer ses mains couvertes de pulpe de tomate.

— Un autre détail et pas des moindres, Malko a abattu Valerio Lanfredi. Une balle dans la tête et une autre dans la région du cœur. Ça ne te rappelle rien ?

Je me suis laissé tomber sur une chaise.

— Lizzie, tu n'es quand même pas en train de nous raconter que Malko pourrait être Rolex ?

— Je sais, c'est une idée folle, mais l'âge correspond et ça pourrait expliquer bien des choses.

Vieux Bob s'est redressé.

— Tu es complètement cinglée, Lizzie. Cinglée. Je te rappelle que Serge est un gendarme, un officier reconnu et respecté par toutes et tous. Accessoirement il est aussi mon ami et il vous a sauvé la mise à plusieurs reprises. Serge tueur à gages, c'est vraiment n'importe quoi.

Paddy a bu une gorgée de bière.

— Moi, ça ne m'étonne pas. Jamais eu confiance dans la police. Ils sont encore plus malhonnêtes que les pires des bandits. Je ne leur confierais même pas une lettre à poster.

Lizzie a semblé tout à coup contrariée.

— J'avoue que je n'arrive pas à y croire moi-même. Mais je pense qu'il faut quand même qu'on creuse l'idée. Ça nous permettra au moins d'écarter cette possibilité une fois pour toutes.

Elle a regardé dans ma direction.

— Et puis les hommes sont si insaisissables, parfois. On ne peut négliger aucune piste.

Je me sentais complètement déboussolé. Voilà que nous en étions rendus à soupçonner Malkovitch. C'était absurde. Ce type était l'image même de l'honnêteté, de la fidélité, du sens de l'honneur. Je n'arrivais même pas à l'imaginer jetant un papier par terre ou traversant en dehors des clous.

Soudain Vincent, qui était resté silencieux, s'est raclé la gorge.

— Si vous voulez, je peux faire des recherches sur son parcours, sa carrière, ses affectations. Il y aura peut-être là-dedans quelques informations qui nous permettront de nous faire une idée plus claire.

Lizzie a saisi la balle au bond.

— Excellente idée. Pendant ce temps, Niels et moi, on va s'intéresser à son voisinage.

J'étais heureux de constater que je restais son binôme officiel. J'ai essayé de déceler sur le visage de Vincent un signe d'affliction. Mais il est resté stoïque. L'animal cachait bien son jeu.

J'ai fini par détourner les yeux vers la fenêtre, en direction de la lagune où le vent s'était levé. Les tamaris s'agitaient, se tordaient sur eux-mêmes.

À l'intérieur de la pièce, le temps, lui, s'était arrêté. Certains d'entre nous faisaient tourner leur bouteille de bière entre leurs mains pendant que d'autres examinaient le plafond. Ça m'a semblé durer une éternité puis Vieux Bob s'est animé. Il a attrapé sa veste et est allé droit vers la porte d'entrée qu'il a ouverte avec détermination. Juste avant de la refermer sur lui, il s'est retourné une dernière fois.

— En tout cas, ne comptez pas sur moi pour vous apporter la moindre aide. Je le répète, Serge n'a rien à voir avec un assassin.

Quand il a claqué la porte, un courant d'air chargé d'électricité a balayé la pièce. On s'est regardés sans mot dire. Il fallait que quelqu'un rompe le silence. Ce ne pouvait être que Paddy. Il a fermé ses poings et s'est mis en garde basse comme s'il allait engager un combat contre un fantôme.

— J'aime beaucoup Bob, mais je crois que c'est vous qui avez raison. Il faut kidnapper ce flic et le faire parler.

Il a balancé deux jabs dans les airs.

— Ne mettons pas la charrue avant les bœufs, ai-je avancé. Nous n'avons aucune certitude. Et je ne suis pas loin de partager le même sentiment que Vieux Bob, à savoir que s'il y en a un parmi nous tous qui n'a vraiment pas la tête de l'emploi, c'est bien Malko.

Plus tard, nous nous sommes retrouvés, Lizzie et moi, dans la 181. Nous filions sur la route en direction de l'appartement de Malkovitch. Vincent était parti de son côté fouiller le passé du capitaine de gendarmerie. Quant à Paddy, j'avais eu toutes les peines du monde à lui expliquer que nous n'avions pas besoin de lui pour le moment. La vieille mule s'était vexée. Il m'avait demandé à quelle heure décollait le prochain avion pour Shannon Airport. Voyant que je n'avais pas bougé une oreille, ayant certainement remarqué aussi le sourire qui venait de fleurir sur mes lèvres, il avait aussitôt fait marche arrière.

— Bon, j'ai vu qu'il y avait un club de boxe à l'entrée du village. Je vais voir si je peux m'y entraîner. Il faut que je garde la forme pour les photos.

Je savais que c'était surtout pour libérer un peu de la formidable énergie qui le parcourait en tous sens.

— Je te dépose ?

— Pas la peine, je vais y aller en courant, a-t-il dit. *So long, son.*

Et je l'avais regardé disparaître au bout du chemin à petites foulées comme Rocky Balboa dernière époque. Vieillissant, légèrement empâté, le souffle court mais avec cette capacité toujours intacte d'encaisser les coups sans jamais baisser la tête.

— Tu penses à quoi, Niels ? m'a demandé soudain Lizzie alors que nous arrivions à l'entrée de Montpellier.

— Oh rien, à Paddy.

— C'est un brave homme, tu sais. Un peu bizarre, maladroit, clairement décalé, mais je l'aime beaucoup.

— Je vois ça.

— Je te l'ai déjà dit, je pense que vous devriez avoir une vraie conversation tous les deux.

J'ai cherché son regard, j'ai hésité à lui dire ce que je pensais. Finalement je n'ai rien dit. C'était impossible de recoller les morceaux. Il avait juste eu le temps de m'apprendre à faire un feu et à tenir une canne à pêche. Quand je faisais le bilan, ça représentait tout au plus quelques jolis souvenirs, de fugaces moments de bonheur. Pour le reste, il avait fallu que je me débrouille seul. Non, il était trop tard pour rejouer le match, beaucoup trop tard pour devenir un fils.

— Le même sang coule dans vos veines, a ajouté Lizzie. Tu peux bien faire ce que tu veux, tu n'y peux rien.

Je me suis mordu les lèvres.

— Tu sais, Lizzie, les *travellers* ont une relation très particulière avec les liens de famille. Quand un enfant quitte le giron familial, pour ceux qui restent, c'est comme s'il disparaissait d'un seul coup, comme s'il basculait dans un autre univers, une autre dimension. À partir de là, il doit apprendre à se débrouiller seul. Il n'est plus l'enfant de son père et de sa mère. Il devient l'enfant de la nature.

Lizzie a tourné la tête vers moi. J'ai pris une profonde inspiration.

— Tu vois, moi, j'ai l'impression que j'ai toujours été l'enfant de la nature.

CHAPITRE 27

J'aimerais renaître
Si c'était possible
Aussi modeste qu'une violette

Sôseki

Malkovitch habitait dans le centre-ville de Montpellier. L'adresse correspondait à un joli hôtel particulier du XVIIIe siècle construit en pierres de taille blondes qui avait été divisé en plusieurs appartements. On s'est arrêtés devant les boîtes aux lettres. Il y en avait douze.

— Tu veux qu'on procède comment ? ai-je demandé à Lizzie.

— On sonne chez les voisins.

— Ce n'est pas très discret.

À ce moment-là, une vieille femme est apparue juste derrière nous.

— Vous cherchez quelque chose ?

— Serge Malkovitch, vous connaissez ? a demandé Lizzie sans la moindre hésitation.

— Deuxième étage, porte de droite.

Lizzie a tendu sa main.

— Sophie Malkovitch, je suis la sœur de Serge. Je vis au Canada avec Paul, mon futur époux. (Elle s'est tournée vers moi.) Paul, tu ne dis pas bonjour à la dame ?

J'ai serré à mon tour la petite main dure et froide de la vieille femme. Je me suis mouillé les lèvres à plusieurs reprises, mais ma bouche restait sèche comme si j'avais avalé du papier buvard. Lizzie a poursuivi.

— Je n'ai pas vu mon frère depuis dix ans et comme je vous le disais, je vais me marier bientôt. Je suis venue ici pour renouer les liens.

— Je ne savais pas qu'il avait une sœur. Et vous ne vous êtes pas vus depuis tout ce temps ?

— Dix ans. On ne s'est même pas parlé au téléphone. Une dispute stupide, un triste malentendu comme il en arrive souvent, même dans les familles les plus unies.

Lizzie s'est crispée comme si elle était submergée par l'émotion. La femme a attrapé son coude et a poussé un petit gémissement plein de compassion.

— Oh, ne vous tracassez pas. Je suis sûre que vous allez finir par vous réconcilier. Vous avez fait un si long voyage… Et vous êtes de la même famille. Ce sont des liens indestructibles.

Lizzie m'a adressé un rapide clin d'œil.

— J'espère que vous avez raison. Tu entends, Paul ? Des liens indestructibles !

Puis elle a relevé la tête, soudainement consolée.

— Vous le connaissez bien, mon frère ?

La vieille a posé son cabas à ses pieds.

— Un petit peu, j'habite l'appartement sur le même palier que le sien. Quand il n'est pas là, c'est moi qui donne à manger à son poisson rouge.

— Serge a donc un poisson rouge ? Ça ne m'étonne pas. On a toujours eu des poissons rouges quand nous étions enfants. Dites-moi madame, je souhaite renouer avec mon frère, mais je veux aussi lui faire une surprise en l'invitant à notre mariage. Vous pensez que vous pourriez répondre à quelques questions et surtout ne pas lui parler de notre visite ?

La vieille a gonflé sa poitrine de conspiratrice en chef.

— Vous pouvez compter sur moi. Motus et bouche cousue.

Lizzie a attrapé le cabas de la vieille d'une main. De l'autre, elle l'a saisie par le bras.

— Venez, il y a un salon de thé au bout de la rue. Ils servent des cakes aux fruits confits et des scones à tomber par terre, nous serons plus à l'aise pour parler.

On n'a pas appris grand-chose. Malkovitch était un solitaire. Pas de visite d'amis, aucune femme dans sa vie. Il semblait n'avoir pour compagnie que son poisson rouge. Le plus souvent, il était à l'extérieur pour son travail. Quand il était là, il écoutait de la musique classique, du Bach, du Schubert, les *Gymnopédies* d'Erik Satie. Le portrait ne cadrait pas vraiment avec celui d'un dangereux tueur à gages.

Quand on est sortis du salon de thé, Lizzie a renouvelé ses consignes de discrétion absolue. La vieille dame nous a quittés en nous assurant de son silence. Elle nous a remerciés pour les cakes et les scones. Elle en avait englouti une quantité invraisemblable.

Jamais je n'aurais pu imaginer que l'estomac d'une personne aussi âgée et fluette pouvait contenir autant. Quand elle a disparu dans l'entrée de l'immeuble, je me suis tourné vers Lizzie.

— Bon, on n'est pas plus avancés.

— Pendant qu'elle nous décrivait le quotidien de Malko, ça ne t'a pas fait penser à quelque chose ?

— Oui, qu'elle allait finir par exploser si elle continuait à s'empiffrer autant.

Elle a pris un air renfrogné.

— Alain Delon dans *Le Samouraï* de Melville. Tu ne te souviens pas de ce rôle emblématique de tueur solitaire et mutique ?

— Qu'est-ce que tu racontes encore ?

— La description qu'elle a faite de Malko m'a fait penser à ce film. La seule différence, c'est que Malko vit avec un poisson rouge. Le Samouraï, c'était avec un canari qui l'alertait quand quelqu'un était entré chez lui pendant son absence.

J'ai haussé les épaules et j'ai levé les mains vers le ciel.

— Il y a peut-être d'autres différences. Tu as remarqué que Malko n'avait pas exactement la même gueule que Delon ?

— T'es con.

— Écoute, on ne va pas suspecter Malko d'être un tueur juste parce que c'est un vieux garçon un peu renfermé.

— Je sais, je n'arrive pas à y croire, moi non plus. Bon qu'est-ce qu'on fait à présent ?

J'ai attrapé sa main et j'ai pris la direction de la 181.

— On rentre à la maison vite fait, avant que le poisson rouge de Malko ne l'informe de notre visite.

Quand nous sommes arrivés à la cabane, Malkovitch était debout devant sa voiture, les mains enfoncées au fond de ses poches. Il nous attendait.

— Tu tombes bien. Je voulais te voir.

J'ai jeté un regard interrogateur à Lizzie. Que faisait-il là ? Ça ne pouvait quand même pas être déjà le poisson rouge ?

— Des nouvelles de Malik ? ai-je demandé fébrilement.

— Non, c'est ton paternel qui a fait des siennes. Je ne voulais pas t'expliquer ça au téléphone.

— Rien de grave ?

— Il va bien, si c'est ce que tu veux savoir, mais on ne peut pas dire la même chose du gars avec qui il s'est battu.

On est partis vers la cabane. Pendant que je montais les marches, je pensais à mes pulsations cardiaques qui s'étaient emballées quand j'avais cru pendant quelques secondes qu'il était arrivé malheur à Paddy. Je flottais entre stupeur et malaise.

— Alors, que s'est-il passé ?

— Il s'est accroché avec Marc Pinna au club de boxe.

— Pinna ? Et merde !

— C'est qui ce Pinna ? a demandé Lizzie.

— Une gloire locale, ni plus ni moins qu'un ancien champion de France des lourds-légers.

— Ah quand même ! s'est-elle exclamée.

— Oui quand même, comme tu dis, et figure-toi qu'il l'a envoyé direct à l'hôpital, a précisé Malkovitch.

Il y a eu un moment de silence. Je sentais mes tempes qui battaient comme si de petits animaux essayaient de percer ma boîte crânienne à coups de bec depuis l'intérieur. J'ai poussé un long soupir.

— Bon, il est où ?

— À la gendarmerie. On va le garder cette nuit, le temps qu'il se calme un peu. Tu pourras venir le chercher demain matin à partir de dix heures.

— Et qu'est-ce qu'il s'est passé au juste ?

— D'après ce que j'ai compris, il s'est vexé parce que Pinna l'a appelé l'ancêtre. Ils se sont battus et le champion n'a pas tenu un round. Il aurait pu faire une sacrée carrière, ton père.

— Appelle-le Paddy, s'il te plaît.

— Au fait, quand je lui ai demandé de signer sa déposition, il m'a dit qu'il ne savait ni lire ni écrire. C'est quoi encore cette histoire ? Il ne me prendrait pas pour un con par hasard ?

— Non, c'est juste un procédé qu'utilisent les *travellers* pour fuir les problèmes. Ils se disent illettrés. Comme ça, quand ils reçoivent des arrêtés d'expulsion ou des contraventions, ils n'ont même pas à ouvrir les enveloppes. Un peuple qui ne sait pas lire est plus difficile à contrôler et à administrer qu'un peuple éduqué. Ils ont l'habitude de jouer avec ça depuis des siècles.

— Drôles de zigues quand même.

— Et pour ce Pinna, ce n'est pas trop grave ?

— Enfoncement de la pommette, deux dents cassées. Il ne va pas en mourir, mais bon…

— Et pour Paddy ? a demandé Lizzie.

— On est dans le cadre de la violence légère. L'incapacité totale de travail devrait être inférieure à huit jours. C'est puni d'une amende de 1 500 euros maximum. Il va être convoqué devant le tribunal correctionnel. Il s'en sort plutôt bien, je trouve. Les autres adhérents de la salle ont dit qu'il l'aurait certainement tué s'ils n'étaient pas intervenus.

Je connaissais la violence de Paddy, ses emportements, ses colères. Je savais que chez les *travellers*, c'est une chose courante. Le moindre conflit se règle à coups de poing. C'est inscrit dans leurs gènes. On n'y peut rien. À ce moment-là, j'ai eu envie de tout envoyer valser. Je maudissais cet atavisme qui me collait à la peau. Je détestais sentir la rage gronder dans ma poitrine. Je n'étais pas comme eux. C'était hors de question. Il fallait simplement que je prenne quelques minutes pour souffler, et après ça irait mieux.

Lizzie et Malkovitch se sont laissés couler dans le silence. Ils avaient perçu mon trouble, pris la mesure des forces obscures qui me harcelaient. Puis Malkovitch a fini par se mettre en mouvement. Il s'est approché lentement de la porte d'entrée.

— Il faut que j'y aille. On se voit demain.

Avant de refermer la porte sur lui, il s'est retourné.

— Tu sais, Niels, je ne sais plus qui disait qu'il faut juger un homme à son enfer. Sois cool avec Paddy.

J'ai entendu sa voiture s'éloigner sur le chemin. J'étais en train de redescendre peu à peu. Je sentais que je tenais le bon bout. Mon champ de vision commençait à s'élargir à nouveau, ma respiration s'apaisait. C'est alors que Lizzie s'est placée juste en face de moi.

— Niels, tu as entendu ce qu'il vient de dire ?

J'ai levé la tête pour regarder dans ses yeux.

— Quoi ?

— « Il faut juger un homme à son enfer. »

— Et alors ?

— Tu ne la trouves pas bizarre cette phrase ? Tu ne crois pas que ces mots pourraient être ceux qu'emploierait un homme comme Rolex ?

C'en était trop pour moi. J'ai passé mes mains sur mon visage, embrassé Lizzie et tourné les talons en direction de la chambre à coucher.

— Bonne nuit.

Mais c'était loin d'être fini, il fallait encore chasser toutes ces idées folles, faire le vide et trouver enfin le sommeil.

CHAPITRE 28

Fût-ce en mille éclats
Elle est toujours là
La lune dans l'eau

Ueda Chôshû

Je me suis levé à six heures du matin. Il faisait encore nuit, mais je savais que les premières lueurs du jour n'allaient pas tarder à apparaître. C'était un spectacle que je ne voulais pas rater. J'ai fait glisser le kayak sur le sable jusqu'à la berge. Dans l'air, il y avait cette odeur caractéristique que j'aimais tellement, l'odeur des ports d'antan, l'odeur de mon enfance. Aujourd'hui, quand il m'arrive de retourner sur les quais où j'ai grandi, je n'arrive plus à la retrouver. Elle a disparu. Les ports n'ont plus d'odeur. On ne perçoit plus, flottant autour des pontons, les effluves de mazout intimement mêlés aux relents iodés des poissons vendus à la sortie du bateau. On ne sent plus la mer. Je ne sais pas comment ils se sont débrouillés, mais ils ont gommé tous les parfums, aseptisé le monde, créé des villes qui ressemblent à des maquettes d'architecte. Les hommes qui vivent là-dedans ? Déjà presque des robots. Ici, il y avait au moins quelque chose qui battait dans l'air, me disais-je en emplissant mes poumons, une pulsation, un signe qui disait que la vie était encore possible. En tout cas, c'est ce que je voulais me faire croire.

Les flamants roses s'étaient regroupés vers les salines, sur la rive nord de l'étang. C'était annonciateur de tramontane. Dès les premières rafales, la surface de l'eau allait se structurer et l'excitation gagnerait les poissons, les poussant à devenir moins méfiants. Je décidais de préparer ma dérive en remontant vers le nord-ouest. Après avoir dévalé du massif de la Gardiole, slalomé entre le Roch de l'Aigle et le Pioch Noir, je savais exactement où le couloir de vent allait se former sur l'étang. Devant la plage aux coquillages. C'est à cet endroit qu'il fallait positionner le kayak pour profiter du courant et se laisser glisser, comme sur un tapis roulant, jusqu'à la passe du pont cassé. Je savais que c'était là que j'avais le plus de chance de prendre le premier poisson. J'avais surtout envie de me laisser porter par le vent comme un albatros. J'en ressentais le besoin. Avant d'aller chercher Paddy à la gendarmerie, j'avais décidé de faire une pause. Rejoindre la tour d'ivoire que j'avais patiemment érigée au cours de ces dernières années et souffler un peu. Au milieu de mes étangs, je redevenais inaccessible. Envolées les prises de bec avec Lizzie, balayée la disparition de Malik, évanouis les doutes sur Malko, et les putains de frasques de Paddy. J'étais loin de tout, enfin en sécurité. Il n'y avait plus que l'air saturé de sel et les mouvements de l'eau sur la coque du kayak.

La force tranquille des éléments.

J'étais en train de remonter dans le vent qui se levait, quand je me suis aperçu que je pagayais avec une sorte de rage désordonnée. D'habitude, après quelques coups de pagaie, j'entrais dans un état de silence intérieur qui devait se rapprocher de celui d'un maître de tir à l'arc japonais, à l'instant précis où il libère une flèche. Là, c'était différent. Pour la première fois depuis que j'habitais par ici, je n'arrivais pas à faire le vide dans mon esprit. Il se passait quelque chose dans ma vie que je ne comprenais plus. J'avais perdu le fil. Une idée m'obsédait, rentrer à ma cabane, jeter quelques affaires dans un sac, sauter dans ma 181 et prendre la première route qui se présenterait devant moi. Partir comme j'étais parti de Paris, il y a quelques années de ça. Mais cette fois, il y avait une différence, il s'agirait d'une vraie fuite et non pas d'une quête de sens. Je savais que si je faisais un truc pareil, je marquerais un tournant décisif dans ma vie. Un voyage sans retour comme en avaient entrepris certains. Ceux qui ne voulaient plus regarder en arrière. Les Rimbaud, les Gauguin, les Alain Gerbault. Ceux qui n'avaient plus assez de force pour aller plus loin. Les Brautigan, les Gary, les Saint-Exupéry. Ceux d'entre nous qui avaient les cœurs les plus purs.

J'ai fini par arriver au point de départ de ma dérive. J'étais épuisé. Physiquement et moralement. Mais j'ai quand même fait pivoter le kayak pour le mettre dans la bonne direction. J'ai récupéré ma canne. Elle était armée avec un Rouge Tango. C'était le leurre idéal pour ce genre de conditions. Au premier lancé, la tresse s'est emmêlée dans le tambour du moulinet et une impressionnante perruque s'est instantanément formée. La journée promettait d'être longue. J'ai essayé de défaire l'agglomérat de nœuds mais c'était impossible. J'ai coupé ce que j'avais à couper et j'ai monté un nouveau bas de ligne. J'ai accroché le Rouge Tango, vérifié le positionnement de la tresse, et j'ai projeté mes bras. Au sommet de la parabole formée par la trajectoire du leurre, j'ai entendu le claquement sec du fluoro-carbone qui cédait et le leurre est allé se perdre au milieu de l'étang. La vie n'est parfois qu'une mauvaise blague. J'ai posé la canne sur mes genoux. J'ai essayé de me reprendre. Un cormoran a plongé devant moi. Il est ressorti aussi sec avec un petit poisson argenté dans le bec. Je l'ai suivi du regard pendant quelques minutes, mais je ne parvenais plus à approcher ce point d'ataraxie enfoui au plus profond de moi. Quelque chose s'était cassé en même temps que mon fil de pêche, mais cette fois, j'avais perdu beaucoup plus qu'un leurre.

Ce monde était désespérant. On aurait dit qu'il était plus attiré par l'obscurité que par la lumière. Je me souvenais de ce qu'Alex m'avait dit dans ma chambre à l'hôpital. Rien n'a de sens. Il n'avait peut-être pas tort. J'ai repensé aussi à cette histoire d'enfant. C'était vraiment n'importe quoi. Faire un enfant, le jeter dans la mêlée. Quelqu'un pourrait-il me donner l'exemple d'un acte plus inconsidéré ? Des espèces de savants avaient créé, juste après Hiroshima et Nagasaki, une horloge conceptuelle. Elle mesurait l'histoire de l'humanité en une journée et minuit ne représentait ni plus ni moins que la fin du monde. L'heure qu'elle donnait était révisée chaque année en prenant en considération les tensions géopolitiques, le risque nucléaire, l'évolution de la démographie et les changements climatiques. Aujourd'hui, cette horloge de l'Apocalypse affichait minuit moins deux minutes. Deux minutes avant la fin du monde. Comment pouvait-on envisager de faire un enfant dans de telles conditions ?

J'étais perdu dans cet entre-deux avec le sentiment de n'avoir de place nulle part. J'avais tourné le dos à mon passé et je n'avais pas d'avenir. Je devais me contenter de fabriquer mes petits poissons de bois, aimer Lizzie, emplir mes poumons d'air frais et m'efforcer de saisir la beauté des choses quand parfois elle se présentait devant moi. Il n'y avait rien d'autre à espérer, rien d'autre à vivre. Mais n'était-ce pas là une définition possible du bonheur ?

J'ai rembobiné le restant du fil et replacé la canne dans son support. J'avais froid. Ça ne m'arrivait jamais quand j'allais à la pêche. Même mon mal de dos disparaissait à la seconde où je m'installais dans mon kayak. Mais ce jour-là, pour la première fois, j'ai eu la sensation d'avoir perdu le mojo. J'ai poussé un long hurlement silencieux, j'ai saisi ma pagaie et j'ai décidé qu'il était temps de rentrer. Rien d'autre à espérer, rien d'autre à vivre.

Elle était allongée sur le dos, les bras posés sur l'oreiller légèrement au-dessus de la tête comme un ange en train de dégringoler du ciel. Même en dormant, Lizzie était inattendue et belle. J'observais les plis légers qui se dessinaient sur son front, le frémissement de ses lèvres et je me demandais si j'avais encore une place dans ses rêves ou si c'était ce grand connard de Vincent qui l'emmenait chevaucher des licornes dans des champs de fleurs sauvages bordés de cascades cristallines. Comme son visage ne donnait pas le moindre indice, je suis allé prendre une douche. J'ai ouvert le robinet à fond. J'espérais que ça m'aiderait à me remettre les idées en place. Mais l'eau me glissait dessus. On aurait dit que je m'étais enduit le corps d'un produit déperlant. Je suis sorti de là comme si je n'y étais jamais entré. Avec les idées toujours aussi confuses et la sensation de poisser de l'intérieur.

Plus tard, j'ai mis la bouilloire sur le feu. J'ai choisi un thé noir. Un Lapsang-Souchong. J'ai enfilé un jeans et un polo. Noir, lui aussi. Quand j'ai entendu Lizzie qui se réveillait, je n'ai même pas pris le temps de lacer mes baskets. J'ai éteint le feu sous la bouilloire et je suis sorti sans faire de bruit. Je n'avais pas envie de parler. À personne. Même pas à la femme que j'aimais.

J'étais en avance, très en avance. Malkovitch m'avait dit de passer après dix heures. Mais je ne savais plus quoi faire de ma peau. J'ai sauté dans la 181. C'était la voiture idéale pour musarder sur les chemins de traverse. Pour se débrancher le cerveau aussi. Ça m'avait aidé à plusieurs reprises. Peut-être même sauvé la vie. J'ai décidé de faire le grand tour en passant par les salins. Avec les années, la route devenait de moins en moins praticable. Les épisodes cévenols successifs s'acharnaient sur le revêtement, arrachant l'enrobé bitumineux par plaques entières. De gigantesques nids-de-poule se formaient. Régulièrement, des types de la mairie venaient les combler avec du sable et des graviers. À la première pluie, tout était emporté à nouveau et les trous réapparaissaient, encore plus profonds qu'avant.

J'avais l'impression de vivre le même processus implacable de désagrégation, le même sort contre lequel je ne pouvais rien. Le vide en moi se creusait et je voyais bien que slalomer entre les failles devenait chaque jour de plus en plus difficile, de plus en plus périlleux.

J'ai garé la 181 dans une rue proche de la caserne et je suis allé retrouver Malkovitch et Paddy. Ils étaient assis l'un en face de l'autre, silencieux, hermétiques. Sillons profonds, cernes, cicatrices, leurs histoires respectives étaient inscrites sur leurs visages. Parfois dans la vie, il suffisait de savoir lire entre les rides. Dès qu'ils s'étaient rencontrés, leur relation était partie sur de mauvaises bases. Il fallait le reconnaître, c'était essentiellement de la faute de Paddy. Comme tous les *travellers*, il entretenait une haine viscérale pour la police. Malkovitch, en bon professionnel, se contentait de garder une certaine distance.

Il m'a désigné le fauteuil à côté de celui de Paddy. Je m'y suis installé comme si je m'asseyais dans un bain d'eau glacée. En frissonnant et en espérant qu'on n'allait pas y passer la journée. Malkovitch n'a pas tourné autour du pot pendant cent sept ans, ce n'était pas son genre.

— Bon, Niels, je ne vais pas te faire un dessin. Tu connais les faits. Tu sais déjà ce qu'on reproche à Paddy.

J'ai secoué la tête de haut en bas. À côté, Paddy a fait de même, mais lui, c'était de gauche à droite.

— Je vais le libérer, mais il va recevoir d'ici quelques jours une convocation pour le tribunal correctionnel. Niels, pour faciliter les choses, j'ai indiqué qu'il résidait chez toi, c'est OK pour toi ?

J'ai dit oui. Je n'avais pas vraiment le choix. J'ai fait semblant de m'intéresser à un petit lambeau de peau morte qui pendait au bout d'un de mes doigts. Je ne voulais pas lever les yeux. C'était surtout le regard de Paddy que je ne voulais pas croiser.

— Bien entendu, ça ne serait pas idiot qu'il se tienne à carreau jusqu'à l'audience. Tu crois que tu peux t'occuper de ça ?

J'ai arraché le lambeau de peau morte et le bout de mon doigt s'est mis à saigner gentiment. Une putain de journée. Voilà exactement ce qui s'annonçait. Je le savais depuis que j'avais mis le pied hors de mon lit. Une putain de journée de merde et pour le coup, je n'allais pas être déçu. La suite allait se révéler pire encore.

CHAPITRE 29

Silence d'après-midi
Seule une terre calcinée
Que labourent les fourmis

Hara Sekitei

Dès qu'on s'est assis dans la 181, Paddy a commencé à parler. Impossible d'y couper.

— Un champion cette mauviette ? Tu parles, j'aurais pu l'envoyer au tapis avec une main attachée dans le dos. Les gens de ce pays n'ont vraiment rien dans les veines. Tu devrais foutre le camp. Tu vas finir comme eux, si ce n'est déjà fait. Rentre avec moi à *Rilantu*, j'ai mon camion garé dans un champ près de Tralee. J'ai fabriqué un ring avec des poteaux de bois et des cordes. Je pourrais t'apprendre à te battre comme un homme. Qu'en penses-tu, *my dear son* ?

Je n'ai même pas tourné la tête. J'en avais marre de toutes ses histoires.

— Je te ramène à la cabane mais je te préviens, dès que tu seras passé devant le tribunal, tu te casses d'ici. Je ne veux plus te voir. Jamais. Tu n'es rien pour moi. Tu comprends ? Rien.

— Tu es énervé après moi, *son*. Pas de soucis. Tu aimerais bien que je sois la source de tous tes problèmes, ce serait plus facile, mais il y a autre chose. Au fond de toi, je suis sûr que tu le sais bien.

J'ai enfoncé la pédale d'accélérateur et la 181 a fait un petit bond en avant ridicule. J'ai senti mes dents qui grinçaient. En fait, ce que j'aurais aimé avoir, c'est un gros V8. L'entendre rugir comme un fauve enragé, le regarder déchirer de ses lignes acérées le paysage qui défilait de chaque côté des vitres. Ouais, mettre en pièces le monde entier, c'était bien là tout ce que je voulais faire de ce moment.

Quand on est arrivés, Lizzie et Vincent étaient en train de prendre le café sur la terrasse. En sortant de la voiture, Paddy m'a balancé un clin d'œil.

— Je te laisse à tes soucis, je vais aller faire un tour vers les étangs et ne t'inquiète pas, je vais essayer de ne pas me bagarrer avec les flamants roses.

Son rire puissant est monté droit vers le ciel. Il a salué Lizzie et Vincent d'un geste de la main, et il est parti en direction des Moures.

— Il s'en sort comment ? s'est inquiétée Lizzie.

— Trop bien, comme d'habitude. Une convocation devant le Tribunal correctionnel. Malkovitch a fait en sorte que ça ne prenne pas de trop grandes proportions. Il connaît bien Marc Pinna qui n'est pas non plus un enfant de chœur. Il lui a fait comprendre que ce n'était pas la peine d'en rajouter.

— Super ! Assieds-toi avec nous. Je t'apporte un café. Vincent va te parler des informations qu'il a recueillies.

J'ai pris une chaise et je me suis installé en face du photographe. Quand j'étais directeur commercial dans les assurances, je me souviens que lors des réunions, j'arrivais à savoir tout de suite qui allait s'opposer à moi. Il suffisait d'observer qui choisissait le fauteuil qui faisait face au mien. Ça ne ratait jamais. Cette fois, c'était l'inverse qui se produisait et la règle se révélait tout aussi exacte.

— Alors, qu'avez-vous trouvé ?

— En réalité, pas grand-chose. Serge Malkovitch a eu jusqu'à présent une carrière exemplaire. Il est sorti major de sa promotion à l'École des Officiers de la Gendarmerie nationale. Ensuite il a été affecté à Nantes avant de rejoindre la Section de recherches d'Angers et depuis trois ans celle de Montpellier. Il est super bien noté, il a élucidé un nombre d'enquêtes incalculable. Il est même en passe de devenir une vraie légende dans le métier.

— Donc pas vraiment le profil d'un tueur à gages.

Lizzie a fait sa réapparition avec un mug fumant qu'elle a déposé devant moi.

— Vincent, tu lui as parlé de son petit talent particulier ?

— J'allais le faire. Le capitaine Malkovitch détient le meilleur score au tir de l'EOGN depuis ces vingt dernières années. Ses camarades de promotion l'ont surnommé « le sniper ».

J'ai avalé une gorgée de café.

— Ça ne fait pas de lui un criminel.

— Vous avez raison, a ajouté Vincent, mais si je croise avec les informations que m'a données Lizzie, ça dessine quand même un drôle de personnage.

Solitaire, mystérieux, aguerri au maniement des armes. On est obligés de tenir compte de tous ces éléments.

— Eh bien, je ne suis pas du tout convaincu. Figurez-vous que je le connais bien, Malko. Je vous l'ai déjà dit, je ne le vois pas du tout faire ce genre de chose.

Lizzie s'est assise et a croisé ses bras sur la table.

— Je suis d'accord avec toi, Niels. Mais je te l'ai déjà dit, on ne peut pas faire abstraction de tout ça. J'ai donné quelques coups de fil ce matin. J'ai découvert qu'il était propriétaire de son appartement. Il l'a acheté sans faire de prêt quand il est arrivé ici. Un appartement dans un hôtel particulier en plein centre de l'écusson de Montpellier. Près d'un million d'euros payés cash. Ce n'est pas avec sa solde qu'il a pu se payer ça.

— Et tu en déduis qu'il est officier de gendarmerie le jour et assassin la nuit. Ça te paraît vraisemblable ?

— Tape les mots *policier* et *tueur* dans une barre de recherche et tu vas tomber directement sur Gérard Schaefer, un Américain, et Mikhaïl Popkov, un Russe. Tous les deux ont mené de front et pendant des années une double carrière de policier et de tueur en série.

Lizzie avait toujours réponse à tout. Je commençais à avoir l'habitude.

— Alors qu'est-ce que tu proposes ? On le dénonce aux autorités ?

— Non, il faut juste garder un œil sur lui pour le moment. Poursuivre notre enquête mais en gardant cette éventualité dans un coin de nos têtes.

Vincent s'est animé tout à coup.

— Je peux le prendre en filature cette semaine, si vous voulez. Je vais avoir du temps libre.

Je l'ai observé quelques secondes. Mais qu'est-ce qu'il venait faire dans nos vies, ce type-là ? Depuis l'hôpital, il nous collait aux basques comme un vieux chewing-gum. Enfin, à celles de Lizzie pour être plus précis. Je le voyais arriver gros comme un camion de pompier new-yorkais avec ses attitudes maniérées, ses poses ridicules dès que Lizzie lui lançait un regard. Je devais me retenir à chaque fois de lui sauter à la gorge. Je courbais les épaules sous le poids de l'hérédité. J'essayais de dompter cette violence à l'odeur tourbée qui se déployait en moi à la vitesse d'un brouillard sur une lande désolée.

Soudain une voiture s'est engagée dans l'allée en klaxonnant. J'ai reconnu la camionnette frigorifique d'Alex. Il n'arrivait pas au meilleur moment. J'avais de plus en plus de mal à respirer. Je sentais monter une crise d'angoisse. Ça m'arrivait encore de temps en temps. Lizzie lui a ouvert la porte.

— Comment tu vas, Alex ?

Il l'a embrassée rapidement.

— C'est moi qui devrais te poser la question. Malkovitch m'a appelé. Il m'a raconté ce qui s'est passé avant-hier chez Maxime. Cette fois-ci, c'était moins une.

Lizzie a légèrement vacillé sur ses pieds.

— Oui, on a eu de la chance.

— La chance que Malkovitch arrive au bon moment. Mais ça ne se passera pas toujours comme ça. Si vous voulez mon avis, vous prenez trop de risques, ces types sont dangereux. Malkovitch m'a invité à rester sur mes gardes et à lui signaler la présence du moindre individu suspect. Vous devriez redoubler de vigilance vous aussi.

Il s'est avancé à l'intérieur de la pièce, Lizzie lui a présenté Vincent qu'il ne connaissait pas encore. Son irritation est descendue d'un cran.

— Et toi Niels, t'en as pas marre de jouer les trompe-la-mort ?

Je l'ai embrassé en grognant et je suis retourné m'asseoir devant mon café.

Il s'est penché vers Lizzie.

— Qu'est-ce qu'il lui arrive ? Il a avalé sa langue ?

Lizzie a jeté un coup d'œil dans ma direction.

— C'est bien possible. Je crois surtout qu'il a eu sa dose pour la journée.

Je n'avais aucune envie de parler. Je n'avais rien contre Alex mais mon humeur était encore fragile. J'avançais depuis trop longtemps sur un fil tendu entre deux abîmes. Besoin d'une pause, d'un répit. Je me suis mis à tripoter mon mug de café et j'ai réalisé que Vincent était resté debout devant la table. Il a commencé par se racler la gorge.

— Je vais y aller, j'ai encore deux ou trois trucs à voir.

Bien sûr, Lizzie lui a demandé s'il ne voulait pas rester déjeuner. Pendant qu'il déclinait poliment l'invitation, je faisais la tête du type qui s'était découvert une passion subite pour son mug. J'ai collé un œil sur le dessin. Une espèce d'oiseau qui marchait dans la neige ou le brouillard en laissant des traces derrière lui. Je me suis mis à l'examiner comme si c'était un tableau de Fra Angelico. Quand il est passé devant moi, Vincent m'a salué d'un mouvement de la main. J'ai senti qu'il hésitait, et soudain il s'est lancé.

— Lizzie m'a dit que vous faisiez de la photo ?

Je n'ai pas levé les yeux de mon mug. Je le faisais tourner dans mes mains. Je voulais savoir où l'oiseau pouvait bien aller, s'il allait s'envoler. J'essayais de comprendre s'il y avait quelque chose de particulier dans ce paysage vaporeux ou si finalement l'oiseau était comme nous tous, s'il cheminait sans but véritable.

Vincent a désigné les photos de ma série *Jours immobiles* sur les murs.

— C'est du bon boulot.

J'ai inspecté l'intérieur du mug, la marque que le café avait laissée sur le métal émaillé. Il a fait une nouvelle tentative en me parlant des caractéristiques techniques de son appareil, de l'intérêt d'un capteur *full frame*, de la plage focale de ses zooms, et il a fini par comprendre. Il a baissé la tête et s'est dirigé vers Alex et Lizzie.

Quand il a refermé la porte derrière lui, j'ai reposé le mug sur la table. Il fallait en convenir, devant l'oiseau, il n'y avait rien d'autre que de la neige et du vide et dans ma tête, un brouillard impénétrable.

CHAPITRE 30

De cette terre qui sait
Un éclair jaillira
Dans le soir naissant

Sôseki

Alex est parti juste après le déjeuner. Comme dans une pièce de théâtre, il avait à peine refermé la portière de sa fourgonnette qu'un autre acteur est arrivé sur scène pour prendre sa place. Vieux Bob a grimpé les marches de son pas lourd. Et on s'est aussitôt retrouvés avec nos mugs fumants sur la terrasse. L'humeur de Lizzie était insondable, son regard, perdu dans le vague, quelque part entre la surface de l'étang et une traînée de cirrus, très haut dans l'azur. J'ai hésité puis je me suis tourné vers Vieux Bob. J'avais envie de parler à nouveau, mais surtout j'avais envie de parler d'autre chose.

— J'ai de moins en moins de commandes. Je ne sais plus quoi faire.

Il s'est tortillé sur sa chaise longue.

— Il faudrait que tu innoves. Je te l'ai déjà dit, je crois qu'avec le temps… Tu t'es endormi sur tes lauriers.

Je lui ai lancé un regard noir.

— C'est bon, je fabrique des leurres, pas des smartphones.

— Continue comme ça alors, mais dans ce cas, ne viens pas te plaindre.

— Je ne me plains pas, mais je ne pense pas que sortir un nouveau leurre soit suffisant. Le problème, c'est ces morveux. Je te l'ai déjà expliqué. Ils balancent des prix impossibles. Comment veux-tu que je puisse être concurrentiel ?

Lizzie est soudain sortie de sa torpeur.

— Je suis triste de t'entendre parler ainsi de ces jeunes. Après tout, c'est une excellente chose. Ils essaient de s'en sortir, non ? Il faudrait plutôt se féliciter de les voir aussi créatifs, entreprenants. Ils représentent l'avenir. Et puis, ça te fait du bien d'avoir de la concurrence. Je trouve ça sain.

— J'ai compris, place aux jeunes. Si tu veux, je peux débarrasser le plancher tout de suite, histoire de ne pas trop gêner.

Je voyais bien que j'en faisais un peu trop en me drapant dans mon orgueil blessé. Elle a haussé les épaules.

— Tu comprends toujours tout de travers. Parfois, on dirait que tu le fais exprès.

J'avais au contraire le sentiment de comprendre parfaitement ce qui se tramait. Ce dont j'avais besoin à cette heure, c'étaient de solides soutiens, notamment de la femme que j'aimais et de mon meilleur ami. Pas d'explications fumeuses ou de leçons de vie. Un mot gentil ou une caresse dans le sens du poil auraient largement fait l'affaire. Qu'on m'encourage, pour une fois, qu'on me prenne dans ses bras, qu'on me souffle doucement un filet d'air tiède sur le visage. Je ne demandais pas grand-chose. Ce devait être encore trop.

On avait presque terminé nos cafés quand Paddy s'est ramené à son tour. Une pièce de théâtre, je disais. Ce devait être un vaudeville.

— Tu as déjeuné ? a demandé Lizzie.

— Non, j'ai fait une grande balade. Je n'ai pas vu l'heure et je suis affamé.

— Il reste de la ratatouille au congélateur. C'est Niels qui l'a préparée.

Il a mis sa grosse patte sur mon épaule.

— J'ignorais que tu savais cuisiner.

J'avais la confirmation que personne ne m'écoutait jamais, que personne ne me connaissait réellement. C'était ainsi. Je n'y pouvais rien.

Pendant que Lizzie faisait réchauffer le plat, Paddy a été s'asseoir à la table avec Vieux Bob. Ils se sont mis à parler de liberté et de musique. Vieux Bob a déroulé sa diatribe habituelle contre la société de consommation, Paddy, son refus de toute forme d'autorité. Subitement, je ne me sentais plus à ma place. Lorsqu'ils ont commencé à comparer les mérites respectifs de Grateful Dead et des Clash, j'en ai profité pour m'éclipser.

Direction l'atelier. J'avais décidé de faire l'inventaire de mon matériel de pêche. Manipuler mes cannes, graisser mes moulinets, classer mes leurres, c'est ce que je faisais quand ça n'allait pas fort. En rangeant mes boîtes de pêche, je m'apaisais.

J'ai commencé à trier mes hameçons par famille et ordre de taille. Des simples aux triples en passant par les texans et les anti-herbes, du 18 pour la friture au 8/0 pour le thon. J'avais une caisse en chêne avec plusieurs dizaines de compartiments sur lesquels j'avais vissé des petites plaques en cuivre avec les numéros. Avec le temps, le bois avait pris une patine incroyable. J'adorais faire glisser mes doigts sur sa surface, j'avais la sensation d'en connaître le moindre relief, le plus petit défaut du grain.

— Quand tu étais enfant, tu pouvais jouer des heures et des heures avec des petits soldats en plastique. Quand je te vois avec tes articles de pêche, j'ai l'impression de revenir à cette époque.

La silhouette massive de Paddy s'était encadrée dans l'embrasure de la porte.

— Tu te souviens de ça, toi ?

— Je n'ai rien oublié, tu sais. Quand tu partais dans ton monde intérieur, je n'arrivais plus à t'atteindre, mais je pouvais encore te regarder.

Je l'ai fixé droit dans les yeux. Je ne m'attendais pas du tout à ça. Il y avait des choses dont je ne voulais plus entendre parler, que j'avais presque effacées de ma mémoire. J'espérais qu'il allait s'arrêter là, changer de sujet comme la dernière fois. Mais il s'est avancé d'un pas.

— Je n'ai pas réussi à accepter la situation à l'époque. Maladie, handicap, trouble du comportement. Les termes changeaient tout le temps. Je n'arrivais pas à comprendre. J'ai explosé en plein vol, je n'ai pas su gérer et j'ai fini par tout gâcher. Tu connais la suite de l'histoire.

J'ai serré les poings. Mais pourquoi se sentait-il obligé de revenir là-dessus ? Je me suis mis à chuchoter.

— Ne me parle plus jamais de ça. Ces mots, je ne veux plus les entendre. Tu comprends ce que je dis ? J'ai tout fait pour les gommer de ma vie. Alors ne remets pas ça sur le tapis, s'il te plaît.

— Lizzie n'est pas au courant ?

— Personne n'est au courant. Et puis d'abord, rien n'a jamais été clair. Tous ces professeurs avec leurs blouses blanches se contredisaient sans cesse. Bon sang, mais pourquoi tu me prends la tête avec ça ? C'est de l'histoire ancienne.

— Je me disais qu'on pouvait essayer d'avoir une vraie discussion. On a fait une longue route tous les deux. Je vois bien que tu as réussi à surmonter tout ça… Aujourd'hui, tu es épanoui.

J'ai attrapé une pochette d'hameçons à palette et j'ai commencé à les compter. Une difficulté à exprimer ses émotions, l'incapacité à comprendre les autres, des intérêts spécifiques… Avec le temps, je m'étais aperçu que je n'étais pas le seul à avoir ces symptômes. La plupart des gens n'étaient guère mieux lotis que moi. Et se créer une bulle pour se protéger d'un monde aussi incohérent, n'était-ce pas la chose la plus sensée à faire ? J'avais réussi à construire ma vie grâce aux livres, grâce aux challenges personnels que je me fixais en permanence. Je m'étais imposé le chemin qui me faisait le plus peur, celui qui passait par les autres. J'avais même poussé le bouchon jusqu'à faire une carrière dans le management commercial.

Rien de moins ! Pour le coup, la lecture de Sun Tzu et du *Hagakuré* s'était révélée d'une aide précieuse. Quand je me retournais sur mon passé, je pouvais être fier de moi. Ça n'avait pas été facile tous les jours, mais je m'en étais plutôt bien sorti. Et puis, je me suis mis à sourire en pensant à Lizzie. J'avais réussi aussi à séduire la plus incroyable des filles et ça, je ne l'avais pas appris dans les livres.

J'ai laissé échapper un soupir en repensant à tout ça. C'est à ce moment précis que j'ai vu les traces de pas sur le plancher.

— Bon sang, Paddy, dans quoi t'as marché ? T'en as mis partout.

Il a jeté un œil derrière lui, a soulevé un pied, regardé sa semelle en reniflant.

— On a de la chance, je ne crois pas que ce soit de la merde.

Je me suis levé. Il y avait des traces dans tout l'atelier. On aurait dit qu'un phacochère avait traversé la cabane. Lizzie et Vieux Bob sont arrivés lorsqu'ils ont entendu mes hurlements.

— Qu'est-ce qu'il se passe ? a demandé Vieux Bob.

— Pas la peine d'en faire des montagnes, je vais chercher un seau et une serpillière, a proposé Lizzie. Ce n'est qu'un peu de boue.

Vieux Bob avait posé un genou à terre et s'était mis à examiner un des petits monticules. On aurait dit un éclaireur sioux sur la piste d'un troupeau de bisons dans les grandes plaines.

— Toi, tu es allé faire un tour sur l'étang de l'Arnel, du côté de l'embouchure de la Mosson.

Paddy a levé la tête.

— Tu es qui toi ? Une espèce de magicien ? Un druide ?

— Facile, il n'y a que là-bas qu'on trouve de la vase aussi noire.

À ces mots, Lizzie a poussé un cri. On aurait dit qu'elle venait de s'électrocuter.

— Tu peux répéter ce que tu viens de dire ?

Elle avait lâché le seau et la serpillière et se tenait toute droite devant Vieux Bob.

— Je disais que c'était de la vase noire et…

Elle ne lui a pas laissé terminer sa phrase. Elle a saisi sa tête entre les mains.

— Et si ça avait été de la terre rouge ?

Vieux Bob m'a jeté un coup d'œil interrogatif. Il pensait peut-être que j'avais les clés, le mode d'emploi, au moins le début d'une explication. J'ai écarté les bras en secouant la tête.

— Qu'est-ce que tu me racontes, Lizzie ?

— Papa, où est-ce qu'on peut trouver de la terre rouge dans la région ?

— Je ne sais pas. Sur un terrain argileux. Il doit y en avoir un peu partout j'imagine.

Lizzie a semblé réfléchir, chercher quelque chose d'enfoui dans sa mémoire.

— Je te parle d'une terre qui ne ressemble pas à de l'argile. C'est plutôt comme un amas de petits granules de couleur rouge brique. Ce n'est pas habituel, ça ressemble à un sol martien.

Je me suis demandé comment elle pouvait savoir à quoi ressemblait le sol de Mars. C'était un indice supplémentaire qui confirmait ma théorie sur ses origines extraterrestres. Vieux Bob s'est gratté le sommet du crâne pendant une bonne minute, puis subitement, il a levé un index vers le ciel.

— Ah, je vois ce que tu veux dire. Ce pourrait être du ruffe, un grès à l'aspect granuleux. Comme il est saturé d'oxyde de fer, ça lui donne une couleur rouge.

— Du ruffe ? Et on peut en trouver où, du ruffe ? Ne me dis pas qu'il y en a partout ?

— Tu es vraiment bizarre, ma fille. Non, le ruffe est caractéristique du lac du Salagou, au nord-est de Montpellier. Je crois qu'on en trouve aussi dans le désert de l'Arizona et ce doit être à peu près tout.

Lizzie s'est mise à frapper dans ses mains.

— Papa, tu es un génie.

— Un génie ? Mais qu'est-ce que j'ai fait ?

— Tu viens tout simplement de nous indiquer l'endroit où se cachent peut-être Patek et Kauff.

CHAPITRE 31

Profond
Plus profond encore
Dans les montagnes bleues

Santôka

Ça s'était passé dans l'appartement de Maxime. Malkovitch venait juste d'abattre Valerio. En bonne journaliste, Lizzie avait sauté sur l'occasion. À peine avait-elle repris ses esprits qu'elle s'était lancée dans l'examen attentif de la scène du drame. Par expérience, elle savait que c'était souvent dans les détails les plus insignifiants que se cache la vérité. Elle avait soigneusement tout mémorisé, en bonne hypermnésique. La position du corps, les habits, et la présence de cette terre rouge à la texture étrange prise entre les crampons des sneakers en cuir marron de Valerio. Elle se souvenait aussi des traces de pas qu'avait laissées Kauffmann sur la moquette claire. Sur le coup, il s'agissait d'éléments parmi tant d'autres. Elle ne savait jamais à l'avance ce qui avait de l'importance et ce qui n'en avait pas. Elle pratiquait de la même façon dans la vie de tous les jours, essayant de capter le maximum de choses, saisissant chaque instant avec intensité. Je ne manquais jamais de m'émerveiller devant cette capacité à être en pleine conscience, et vivre à ses côtés était pour moi une source d'inspiration permanente.

Comme il était hors de question pour elle d'attendre, on s'est retrouvés rapidement avec Vieux Bob dans la 181 sur la route du lac du Salagou. J'avais réussi à me débarrasser de Paddy. Il avait fallu argumenter.

— Pourquoi tu ne veux jamais que je t'accompagne ? m'avait-il demandé.

— Allez, je te donne une piste. Invisible pendant des années et tout d'un coup omniprésent. Disons que je cherche juste un équilibre.

— Petit déjà, tu étais… Comment elle disait ta mère ? Soupe à la crème.

— Soupe au lait, on dit. Mais pour t'avouer la vérité, c'est simplement que j'ai une excellente mémoire.

En réalité, j'étais encore sous le choc de la conversation que nous venions d'avoir et je n'avais surtout pas envie qu'il me parle à nouveau de mon enfance, de toutes ces choses que j'avais enfouies sous des couches et des couches de sédiments. Je ne voulais plus jamais qu'elles reviennent à la lumière, je ne voulais plus jamais avoir à les évoquer devant quiconque et surtout pas devant Vieux Bob et Lizzie.

Alors j'avais tourné les talons et sauté dans la 181 sans l'ombre d'une hésitation. J'avoue que j'ai bien aimé ce moment où il s'est mis à rapetisser dans le rétroviseur, jusqu'à bientôt disparaître de ma vue. J'espérais que viendrait rapidement le jour où il disparaîtrait aussi de ma vie.

— Tu es dur avec Paddy, m'a dit Lizzie.

Je lui ai répondu avec un sourire en coin et un silence appuyé puis j'ai passé la deuxième.

Trois quarts d'heure plus tard, l'autoroute à peine quittée, on a traversé une rivière et le relief tout autour a commencé à se replier sur lui-même, à se plisser comme une draperie. On entrait enfin dans le pays des ruffes. On a traversé une forêt de hêtres et un passage à gué perdu au fond d'un vallon, puis après une dernière montée, on est arrivés au barrage et le lac du Salagou s'est enfin dévoilé devant nous. Lizzie était cramponnée au tableau de bord.

— C'est incroyable, toutes ces teintes. Ça semble presque irréel.

Ce n'était pas la première fois que je venais dans le coin, mais à chaque fois, ce paysage produisait sur moi son petit effet. Lizzie avait raison. Le contraste de toutes ces couleurs saturées était saisissant. De là où on était, le bleu profond du lac ressemblait à un saphir posé dans un écrin de velours rouge. Les collines aux pentes douces ourlées de vert, les touches jaune vif des peupliers. Tout cela dessinait un tableau impressionniste vibrant de lumières. On a continué sur la route en gardant un œil sur les reflets qui dansaient à la surface de l'eau. Puis la route nous a éloignés des rives du lac, nous ramenant par la même occasion vers une réalité plus dure. Vieux Bob, bien involontairement, a incarné ce moment en posant sa main sur mon épaule.

— Au fait, comment comptez-vous vous y prendre ?

Lizzie a répondu.

— *A priori*, ça ne se bouscule pas par ici. Je propose qu'on fasse le tour du lac en voiture. Avec un peu de chance, on repérera leur BMW noire. Une X5, si je me souviens bien. Il ne doit pas y en avoir des masses.

— Et si elle est rangée dans un garage ? a demandé Vieux Bob. Et puis d'ailleurs comment peux-tu être sûre qu'ils se planquent par ici ? Si ça se trouve, ils sont juste venus boire une bière près du lac. Ils se sont peut-être tout bêtement arrêtés sur le bord de la route pour pisser.

— Il faut nous en remettre au hasard, je te l'ai déjà dit. De toute manière, nous n'avons pas d'autre choix.

Son projet m'allait bien, enfin au moins jusqu'à un certain point.

— OK, mais tu ne crois pas qu'on aurait dû prévenir Malkovitch ?

Elle a poussé un soupir.

— J'aimerais autant pas. Comme dit mon père, pour l'instant on n'a aucune certitude, rien de concret à lui révéler. Et, pour tout te dire, tant qu'on aura un doute à son sujet, je préfère qu'on fasse sans lui.

— Je te rappelle que Malko n'est pas le seul flic de la région. On pourrait se rapprocher de la police. Il y a même une antenne du RAID à Montpellier.

— Et pourquoi pas l'armée tant qu'on y est ? On pourrait faire venir un porte-avions et des sous-marins nucléaires. Ce serait sympa pour explorer le lac.

Elle a éclaté de rire.

Quand on a retrouvé le lac, on est tombés directement sur une base de plein air déserte. On s'est arrêtés quelques minutes, Vieux Bob ayant une envie pressante. En l'observant disparaître derrière un genévrier, je me suis demandé combien d'années il me restait avant que ma prostate se mette à gonfler comme un ballon de baudruche. J'ai calculé que ça devait se compter sur les doigts d'une seule main.

Lizzie était descendue par un sentier jusqu'au niveau de l'eau. Elle s'amusait à faire des ricochets. Avec le temps, je savais que le décalage entre nous deviendrait de plus en plus important. On n'y pouvait rien. J'ai repensé à cette histoire d'avoir un enfant. C'était insensé. Un jour, nous aurions une discussion sérieuse et à la fin, je ne pourrais rien faire d'autre que la regarder disparaître à l'horizon. Ça me paraissait assez inévitable.

— C'est marrant, vue d'ici, l'eau est rouge.

Elle s'était retournée en m'entendant approcher.

— C'est à cause de cette terre, le ruffe.

— On se croirait vraiment sur Mars, tu ne trouves pas ?

C'était peut-être la solution. Une année sur Mars est presque deux fois plus longue qu'une année sur la terre. Il suffirait que j'y passe le temps nécessaire pour qu'elle puisse me rattraper et avoir le même âge que moi.

— Tu penses à quoi ?

— À changer de planète.

— Ouaw, ça va mieux, dis donc. Tu veux me fuir ?

— Non, à la base, c'est pour mieux te retrouver, mais laisse tomber, c'est trop compliqué à expliquer.

— Décalé, inattendu, bizarre, exactement comme j'aime.

Elle a fait claquer sa langue contre ses gencives et s'est jetée dans mes bras pour me rouler une pelle démentielle.

Plus tard, après avoir fait le tour des parkings pratiquement vides de la base nautique, on a poursuivi sur la route, à petite vitesse. À chaque fois qu'on croisait une voiture sombre, on ralentissait encore plus et on haussait nos têtes au-dessus du pare-brise en écarquillant les yeux. Les gens nous regardaient comme si nous étions des illuminés en quête de je ne sais quel jardin d'Éden.

Pouvaient-ils s'imaginer une seule seconde qu'en fait nous étions lancés à la poursuite de véritables suppôts de Satan ?

On s'est bientôt retrouvés à l'entrée d'un village. On a enfilé quelques ruelles, exploré un lotissement en périphérie. De temps en temps, on s'arrêtait, on jetait un œil par-dessus une clôture. On prenait les chemins comme ils se présentaient. La plupart d'entre eux finissaient en cul-de-sac sur les berges du lac, avec souvent quelques camping-cars, parfois des campements tenus par des pêcheurs de carpes. Mais aucune trace de la BMW noire.

— Bon, c'est quoi la suite une fois qu'on aura fait le tour complet ? a demandé Vieux Bob.

Lizzie m'a jeté un regard furtif.

— Il y en a jusqu'où de cette terre rouge ?

— Je ne sais pas, sur plusieurs dizaines de kilomètres carrés, j'imagine.

Lizzie s'est mise à tapoter nerveusement sur le tableau de bord avec ses doigts.

— Eh bien après, on s'enfoncera à l'intérieur des terres en partant du lac. On comptera sur un coup de pouce du destin. Qu'est-ce que vous voulez que je vous dise ? En tout cas, on ne lâchera rien.

On a traversé des vignes, des tertres creusés de ravines, et des petits canyons tortueux. Régulièrement sur le sol rouge, on tombait, au milieu des massifs d'ancolies ou d'euphorbes, sur des messages dessinés avec des cailloux blancs. Des cœurs avec des initiales, des spirales, des prénoms à moitié effacés, tribune éphémère des poètes et des amoureux. Ça ajoutait à l'atmosphère étrange et romanesque qui régnait sur l'endroit. On a fini par arriver à l'embouchure d'une rivière qui se jetait dans le lac. Une nouvelle fois, la route s'arrêtait là. Je me suis mis sur le côté et j'ai tiré le frein à main. J'avais remarqué que le vent avait forci. La surface du lac avait pris une couleur ardoise et de gros nuages noirs avaient fait leur apparition vers le sud.

— Il vaudrait mieux mettre la capote. Il y a un orage qui approche.

Vieux Bob est sorti pour me donner un coup de main. Quand on en a eu terminé de se tordre les doigts avec les crochets et les sangles, j'ai regardé à nouveau le paysage. Avec la luminosité qui commençait à baisser, les couleurs étaient devenues encore plus intenses. Je me demandais comment c'était possible. J'ai appelé Lizzie. Il ne fallait pas qu'elle rate le spectacle. On s'est appuyés contre une aile de la 181 et on a ouvert les yeux. C'était facile, on se faisait prendre à chaque fois. Le rouge de la terre s'était embrasé, les roselières changées en or. Il y avait aussi ce silence si pur qui s'était installé comme un voile.

On pouvait presque le toucher en tendant le bras. J'ai regardé mes compagnons. Ils semblaient perdus dans la contemplation de toute cette beauté. Bien sûr, aucun d'entre eux ne ressentait le besoin de mettre des mots là-dessus. C'est aussi pour des choses comme ça que j'aimais tellement Lizzie et Vieux Bob.

CHAPITRE 32

Ce couchant d'automne
On dirait
Le Pays des ombres

Matsuo Bashô

Au moment de repartir, Vieux Bob a tendu le bras.

— Regardez là-bas, près de la berge, il y a une grosse voiture noire.

Elle était garée sur le bord d'un chemin qui longeait le lac, à moitié cachée par un buisson de figuiers de Barbarie. Absorbé par la contemplation du paysage, je ne l'avais pas remarquée. Sa taille et sa couleur pouvaient correspondre à ce que nous cherchions. Je n'ai pas hésité une seconde, j'ai enclenché la première. Pendant que nous descendions sur la piste poussiéreuse, Lizzie a passé la moitié du buste par la fenêtre. Elle regardait en direction de la voiture en plissant les yeux. Au bout d'une centaine de mètres, elle a rentré sa tête dans l'habitacle, furieuse, et a croisé ses bras sur sa poitrine.

— Non, ce n'est pas ça.

On s'est arrêtés à la hauteur du véhicule. Un 4 × 4 japonais hors d'âge gris anthracite. Nouveau silence dans la 181. Cette fois, il ne marquait pas un émerveillement, plutôt une cruelle désillusion. Mais rien ne dure jamais vraiment sur cette terre.

— On en profite pour faire un nouvel arrêt au stand ?

La prostate de Vieux Bob acte un, scène deux. Blasé, j'ai garé la voiture près du 4 × 4.

Pendant que Vieux Bob filait derrière un buisson en se dandinant comme un manchot empereur, j'ai aperçu en contrebas une barque qui accostait. Des pêcheurs. J'ai touché le coude de Lizzie.

— On va leur parler ? On ne sait jamais. Ils ont peut-être croisé une BMW, ces derniers jours.

C'étaient deux types coulés dans le même moule, grands, larges d'épaules, chemises à carreaux, casquettes maculées de taches de transpiration, barbes hirsutes. J'ai jeté un œil à leurs cannes, une vieille habitude que j'avais, histoire de savoir à qui j'avais affaire. Une Smith Bay Liner et une St Croix Mojo Yak. C'étaient de vrais pêcheurs, il n'y avait aucun doute là-dessus.

— Alors les gars, qu'est-ce que ça a donné ?

Ils étaient en train de rassembler leur barda. Un des bonhommes a brandi dans chacune de ses mains un accroche-poissons sur lequel était pendu un gros sandre.

— Six kilos. Des jumeaux, comme nous.

Évidemment, j'aurais dû m'en douter. Son frère a précisé.

— On en a pris quatre autres presque aussi gros, mais on les a relâchés.

C'était rare, des pêcheurs aussi loquaces. Je me suis dit qu'il fallait en profiter. Mais je ne voulais pas les brusquer. On ne savait jamais trop comment ça pouvait tourner. Plus que quiconque, je savais que les pêcheurs sont des êtres complexes.

— Bien joué ! Vous les avez pris au leurre ?

— Au spinnerbait.

Sur le coup, je n'ai pas vu tout de suite ce que c'était. Je me rappelais juste que c'était une variété de leurre utilisé essentiellement en eau douce. Un des frères a ouvert une boîte et m'a montré sa collection. Ça ressemblait à un fil de fer tordu sur lequel étaient accrochés d'un côté une tête plombée, un hameçon et une espèce de pompon et de l'autre, deux petites palettes.

— Et ça marche ce truc ?

— Un peu oui, sur les sandres, les brochets, les perches aussi. Tous les carnassiers en sont dingues. Ils ne peuvent pas résister. Il y a les palettes qui tournent, la jupe colorée qui ondule. Ça les hypnotise carrément. Vous ne connaissez pas ?

— Je pêche surtout en mer.

— Et alors, vous croyez qu'ils sont différents les poissons, là-bas ?

— Vous pensez que les loups pourraient attaquer ce genre de leurre ?

— Les spinnerbaits marchent partout et sur tous les carnassiers. Ça vient des États-Unis, et les Amerloques en matière de pêche, c'est comme pour les voitures et les armes à feu, ce ne sont pas des plaisantins. Ils savent de quoi ils causent. Vous pouvez leur faire confiance.

J'ai plongé ma main dans la boîte et j'en ai sorti un avec une jupe verte. Et si c'était ça, l'idée qui me permettrait de sortir la tête hors de l'eau, de redresser enfin mon chiffre d'affaires, de botter le cul de l'équipe de petits morveux qui m'avaient mis au placard ? En plus, ça ne semblait pas très compliqué à fabriquer. Je me voyais bien décliner les modèles selon les couleurs. Tiens, le premier serait vert comme celui que je tenais dans la main. J'avais déjà son nom : Vert Samba. Soudain, j'ai senti Lizzie qui me filait un coup de coude.

— Bon, on n'est pas venus ici pour parler breloques.

Elle s'est approchée des deux frères.

— Dites-moi messieurs, nous sommes à la recherche d'un 4 × 4 BMW de couleur noire. Vous n'en auriez pas croisé un dans le coin dernièrement ?

Ils ont échangé un regard rapide. Celui qui s'était montré le moins disert a enlevé sa casquette pour passer une main dans ses cheveux.

— Et vous la cherchez pour quelle raison, cette bagnole ?

— Un accrochage. Ils ont arraché tout un côté de ma voiture et ne se sont même pas arrêtés.

Une nouvelle fois, Lizzie faisait preuve d'un incroyable aplomb. Le type s'est mis à tripoter sa casquette avec ses grosses mains.

— Ça m'est arrivé une fois. Un Parisien qui roulait comme un dingue. Il m'a pété un rétro. Je vous dis pas ce qu'il a pris quand on lui a mis la main dessus.

Son jumeau s'est esclaffé.

— Il faisait pas son fier quand on l'a foutu à poil et qu'on l'a jeté dans le lac. C'était en plein hiver.

Ils ont commencé à rigoler en se tapant sur les cuisses. Lizzie les a imités dans l'instant. Entre deux ricanements, elle m'a donné un nouveau coup de coude en fronçant les sourcils. Je n'ai réussi à sortir que deux gloussements embarrassés, au prix d'un effort insensé. Quand ça s'est enfin calmé, Lizzie a repris la main.

— Alors, cette BMW noire ?

Un des frères a pointé le doigt en direction du nord-est.

— Il y en a une dans le village de l'autre côté de la baie qui pourrait correspondre. On est tous les jours sur le lac. On a remarqué qu'elle était souvent garée par là-bas.

Le jumeau a complété.

— Elle est immatriculée dans les Bouches-du-Rhône. Ce doit être votre homme. Les Marseillais, ça conduit encore plus mal que les Parisiens.

Lizzie et moi, on s'est regardés. La piste avait l'air sérieuse.

— Dites-moi, vous avez un sacré sens de l'observation tous les deux, a remarqué Lizzie. Vous notez les immatriculations de tous les véhicules que vous croisez ?

— On est des pêcheurs, a répondu le premier homme. Ça vous apprend à avoir l'œil et à bien regarder les choses.

— Et il faut dire que c'est un village abandonné, a précisé le second. Parfois le week-end, il y a quelques promeneurs, mais dans la semaine, il n'y a jamais personne. Voir une voiture garée là-bas, c'est inhabituel. On ne pouvait pas ne pas la remarquer.

Lizzie a hoché la tête.

— Merci messieurs. Il ne nous reste plus qu'à espérer qu'elle y soit toujours.

— En tout cas, ce qu'on peut vous assurer, c'est qu'elle y était encore en début d'après-midi.

J'ai senti Lizzie se raidir. Son visage s'est empourpré. On aurait dit une allumette prête à s'enflammer.

On les a salués. Juste avant qu'on ne tourne les talons, un des frères a levé les yeux vers le ciel.

— L'orage n'est plus très loin. Ça ne va pas tarder à péter. Pensez à vous mettre à l'abri.

En regagnant la voiture où nous attendait Vieux Bob, je me suis demandé si ce n'était pas une sorte d'avertissement divin. Et en ne lui prêtant pas attention, n'étions-nous tout simplement pas en train de courir nous jeter dans les flammes de l'enfer ?

CHAPITRE 33

À chaque éclair,
Les montagnes
Semblent se dresser !

Kitò Akiyoshi

— Il faut prévenir immédiatement Malkovitch, Lizzie. On n'est pas de taille à lutter contre des tueurs de cet acabit.

Il faisait presque nuit. Lizzie était penchée sur le tableau de bord comme si elle déchiffrait des hiéroglyphes tracés en travers de la route.

— Pas tout de suite. On doit être certains avant. On identifie la voiture et après on l'appelle.

J'ai cherché mon portable dans les poches de ma veste. Il n'y était pas. J'avais dû l'oublier à la cabane. Ça m'arrivait souvent. Il faut dire que je n'étais pas encore rendu au même stade que les autres zombies. Je ne me trimballais pas l'œil collé dessus toute la sainte journée. Et comme on avait plus de chance de trouver un pot de yaourt avec une ficelle qu'un téléphone dans la poche de Vieux Bob, il n'y avait que Lizzie qui était en capacité d'alerter la cavalerie. J'ai insisté encore un peu, mais je voyais bien que c'était inutile. J'ai essayé de me faire une raison. On allait relever l'immatriculation de la BMW et après on décrocherait fissa. J'espérais qu'on s'en tiendrait à ce plan et surtout qu'il se déroulerait sans accroc.

— Là, le panneau, a soudain crié Lizzie.

Dans la lueur des phares, j'ai vu le nom du village et une flèche indiquant un embranchement qui descendait vers le lac. À ce moment précis, un éclair a déchiré le ciel, aussitôt suivi d'un coup de tonnerre d'une violence extrême. J'ai aperçu en contrebas l'espace d'une demi-seconde quelques maisons en ruine recroquevillées autour d'une église. L'image même du village fantôme.

Pendant que nous descendions sur le chemin, je me remémorais l'histoire. D'après ce que j'en savais, le village avait été vidé de ses habitants à la fin des années 1960, lors de la mise en eau du barrage. L'État avait exproprié la poignée de paysans qui vivaient là car un projet d'augmentation de la côte était prévu. Finalement, il n'avait pas abouti, l'eau du lac était restée au pied des premières maisons et les villageois avaient été expropriés pour rien. Aujourd'hui, ce n'était plus que ruines. Une quinzaine de maisons en pierre délabrées recouvertes de tags, abandonnées à la végétation et ouvertes aux quatre vents. Quand on est arrivés, l'orage a éclaté, noir, brutal, étouffant et une pluie battante s'est mise à tomber. Il y avait une espèce de parking vide et défoncé à l'entrée du village. Je me suis engagé dedans et j'ai commencé à manœuvrer.

— Niels ! Il n'y a personne. Tu essayes de faire un créneau entre deux ornières ?

Il y avait des rayons laser qui sortaient des yeux de Lizzie.

Ils étaient dirigés droit sur moi.

— Je nous positionne dans le sens du départ. On ne sait jamais. Si ça se passe mal et qu'on commence à nous cavaler après, je ne vais pas demander un temps mort pour mettre la voiture dans la bonne direction. On n'est pas au basket.

— Écoute Niels, si ça se trouve, il y a derrière un de ces murs en pierre un indice qui nous permettra de retrouver Malik. Quinze jours que nous sommes sans nouvelles de lui. Je crois qu'il n'y a plus de temps à perdre.

— J'en étais sûr. Toi, tu peux dire qu'on te voit venir de loin. Tu ne vas pas te contenter d'identifier la BMW, c'est bien ce que tu es en train de nous expliquer ?

— Je vois que tu commences à bien me connaître. Félicitations.

C'en était trop pour moi. Je commençais à sentir la colère monter.

— Lizzie, j'ai envie au moins autant que toi de retrouver Malik. Mais là, je te l'ai déjà dit, on ne va pas faire le poids.

— Le courage.

— Quoi, le courage ?

— Ils n'en parlent donc jamais dans tes bouquins japonais ?

— Qu'est-ce que tu me racontes ?

Vieux Bob a toussé. Il s'est avancé entre nos deux sièges.

— Je crois qu'elle parle de Sun Tzu et du *Hagakuré*.

— Bon sang, Vieux Bob, t'as pas envie d'aller pisser ? Et d'abord, Sun Tzu, c'est chinois, pas japonais. Et toi Lizzie, tu t'imagines peut-être que je vais me jeter au cœur de la mêlée avec mon canif, torse nu, en criant *Banzaï* !

Il y a eu un silence. En fait, c'était plutôt un vacarme, celui assourdissant que faisait l'averse en martelant la carrosserie de la 181. On est restés pendant un moment, à regarder l'eau ruisseler sur le pare-brise embué. J'avais l'impression d'être devant le hublot d'une machine à laver. Même effet hypnotique. Puis la voix de Vieux Bob est venue brutalement m'arracher de là.

— Non.

Je me suis tourné vers lui.

— Quoi non ?

— Je n'ai pas envie de pisser et encore moins sous un tel déluge.

Quand nous sommes sortis sous les giboulées obliques, Vieux Bob et moi avons eu le même réflexe, relever le col de nos vestes et rentrer la tête dans les épaules. De l'autre côté de la voiture, Lizzie elle, était toujours aussi droite et altière. Elle nous a tendu des lampes électriques.

— Ça ne sert à rien de courber la tête. À la fin, on est trempé pareil, a-t-elle dit en passant à côté de moi.

Elle était peut-être plus en phase que moi avec cette sagesse asiatique dont je parlais tant. Le *Hagakuré* disait que dans la vie, il fallait se décider en l'espace de sept souffles. À la huitième inspiration et dans un ultime sursaut d'orgueil, j'ai relevé la tête. Une longue coulée d'eau glacée a aussitôt ruisselé le long de mon dos et je me suis recroquevillé comme une limace malade. Longue et ardue est la voie du guerrier, me suis-je dit. Surtout pour l'homme frileux, aurais-je pu ajouter.

On est passés devant une borne surmontée d'une croix. Les lieux étaient sinistres au possible. Des murs de pierre noircis, des toitures défoncées. Des grillages à moitié rouillés couraient le long de maisons qui ressemblaient à des éponges imbibées d'eau. Tous les vingt mètres, un panneau signifiait l'interdiction absolue d'entrer dans les lieux. On a remonté ce qui avait dû être une rue. Il n'y avait pas de trace de la BMW, pas de trace de vie non plus. Je voyais mal comment quelqu'un aurait pu s'abriter au milieu de ce champ de ruines délavées par les flots. Sous les trombes d'eau qui redoublaient, on a poursuivi notre exploration jusqu'à la rive du lac. Elle était bordée d'iris et de murets de pierres sèches. Je me disais en me secouant qu'elles étaient bien les seules à être sèches. On a longé la berge. En face de nous, de l'autre côté du lac, on apercevait la forme vaguement pyramidale d'une colline et plus loin vers le sud, un cylindre de basalte noir dressé comme un mégalithe, souvenir d'une montée de lave antédiluvienne.

— Elle est où cette bagnole ?

Lizzie venait de se coller à moi, trempée.

— Je n'en sais rien. Il faudrait peut-être faire une pause, attendre que ça se calme…

J'ai insisté :

— Et en profiter pour appeler Malkovitch…

Elle a levé la tête et il s'est passé cette chose incroyable. Dans cet environnement de ténèbres, ses yeux bleus immenses semblaient illuminés de l'intérieur. Et tout à coup, je n'ai plus ressenti la pluie, le froid, la fatigue. C'était l'effet habituel qu'elle me faisait. Je suis resté immobile et silencieux quelques secondes. Je n'étais pas pressé, j'étais bien. J'avais juste envie de traîner un peu. Et soudain, la voix de Vieux Bob est arrivée jusqu'à moi. Elle était presque inaudible à cause du fracas de l'orage. Il était pourtant à moins de dix mètres, debout sur un des murets à moitié effondré, balayant l'obscurité du faisceau de sa lampe.

— Il y a une bâtisse à l'écart. Elle a l'air en meilleur état que les autres.

À travers le rideau de pluie, on distinguait une vague forme sombre. Quand on s'est approchés, on s'est aperçu que c'était une bergerie. Elle était située à l'extérieur du village, à une bonne centaine de mètres des premières maisons, en retrait du bord du lac. Les murs avaient été montés avec des pierres de toutes les couleurs. Grises, marron, blanches, bleues. Le toit semblait encore en place. Il n'y avait pas de BMW garée devant, mais une sente partait de la porte et descendait vers une sorte d'emplacement qui aurait pu accueillir une voiture, et qui était facilement visible depuis le lac.

Lizzie a poussé la porte. On l'a suivie à l'intérieur. Une pièce unique avec un sol en terre battue. Elle était vide, à part trois lits de camp, des duvets et des sacs rangés contre un mur.

— C'est forcément eux.

Lizzie avait saisi un des sacs.

— Des vêtements d'homme, une trousse de toilette.

Vieux Bob a ouvert l'autre sac.

— Même combat.

Il a sorti un sweat rouge. J'ai reconnu dans l'instant celui que portait Kauff les deux fois où j'avais croisé sa route.

— Pas de doute, c'est le repaire des hommes de Licari. Ils ne pouvaient pas se permettre de descendre dans des hôtels, ce sont les premiers endroits que les gendarmes visitent. Une bergerie abandonnée dans l'arrière-pays, c'est la planque parfaite.

Je me suis approché de Lizzie. Je l'ai regardée en inclinant la tête. Elle a compris dans la seconde.

— J'appelle Malko.

Pendant qu'elle composait le numéro, je suis reparti vers la porte pour jeter un coup d'œil dehors. La pluie ne faiblissait pas. Grondement sourd de cascade, odeur de terre mouillée, frissons mêlés d'ombres et de lumières. Heureusement, aucune trace humaine.

— Je n'ai pas de réseau.

Je me suis tourné vers Lizzie.

— Qu'est-ce que tu racontes ?

— Pas de réseau. Il faut qu'on bouge.

On s'apprêtait à sortir quand Vieux Bob a soulevé un des lits de camp.

— Il y a d'autres sacs là-dessous.

— On n'a pas le temps, lui a dit Lizzie.

Je me suis approché sans y croire. Il y avait un sac d'une marque de luxe couleur caramel et à côté une sacoche que je reconnaissais. J'ai poussé Vieux Bob et je me suis agenouillé. Stupéfait.

— Qu'est-ce que tu fabriques, Niels. Ce n'est pas le moment.

J'entendais à peine la voix de Lizzie. C'était comme si l'univers tout entier était en train de se dissoudre autour de moi. Bientôt, il ne resterait plus que cette saleté de sacoche et moi. J'ai appuyé sur les boutons poussoirs et les leviers dorés se sont levés dans le même cliquetis sec et froid.

— Niels.

La voix de Lizzie s'est faite plus insistante. J'ai plongé mes mains dans la sacoche. Quand je me suis retourné vers elle, je tenais des pinces à clamper et des bandes Velpeau.

CHAPITRE 34

Cœur Blanchi par la pluie
Carcasse battue par les vents !

Bashô

— Qu'est-ce que c'est que ça ? a demandé Vieux Bob.

J'ai attrapé le sac couleur caramel, je l'ai ouvert d'un geste et j'ai vidé son contenu sur le sol. Vieux Bob s'est accroupi. Il s'est relevé avec un string rose pendu au bout de son petit doigt.

— Isadora Muntaner, ai-je seulement dit.

Lizzie a confirmé.

— Le troisième lit de camp était pour elle. Elle est dans le coup avec eux depuis le début. Elle a dû se rapprocher de Niels pour essayer d'obtenir des informations. Rappelons-nous qu'ils sont eux aussi à la recherche de Malik afin de démasquer Rolex. Ils devaient penser que nous détenions des informations sur l'un ou sur l'autre.

Je me suis relevé.

— Une nouvelle raison de prévenir Malkovitch. Je propose qu'on file à la voiture pour trouver un endroit où on aura du réseau.

Avant de sortir dans la tourmente, Lizzie n'a pas pu s'empêcher de me regarder en secouant la tête.

— Je ne l'ai jamais sentie, cette fille. Niels, tu sais, tu devrais m'écouter plus souvent.

J'ai plissé les lèvres et on est partis en file indienne en direction du village.

Au bout d'une centaine de mètres, Lizzie a soudain éteint sa lampe et m'a attrapé le bras. Le faisceau d'une torche dansait au loin sur un mur. On s'est accroupis. Vieux Bob s'est glissé entre nous.

— Nom d'un chien, qu'est-ce qu'on fait maintenant ?

— Pas de panique, ils ne nous ont pas repérés, a répondu Lizzie. On va contourner le village en longeant le lac.

— Ils ont quand même dû voir notre voiture, ai-je ajouté.

— C'est probable. Ils doivent savoir qu'on est dans le coin, mais la topologie des lieux et l'obscurité vont jouer en notre faveur. On ne va pas rejoindre la voiture. On va juste essayer de trouver un endroit où on aura du réseau.

Vieux Bob et moi, nous nous sommes ébroués comme de vieux chiens. Avant de partir, Lizzie a posé sa main sur mon genou.

— Par contre, on fait attention. Ils doivent être au moins deux. Et il n'y a manifestement qu'une lampe. Ils se sont certainement séparés.

On est partis courbés en deux en direction du lac. La pluie cinglait mon dos avec une telle violence que j'avais l'impression qu'elle essayait de m'enfoncer dans le sol. Parfois, elle y arrivait presque et je devais m'employer à dégager mes pieds de la gangue de boue. On a repéré le faisceau de la deuxième torche au niveau des ruines de l'église. La lumière dégageait une fumée blanche et fantomatique en s'évaporant. Lizzie nous a, une nouvelle fois, réunis autour d'elle. Elle me faisait penser à Pocahontas. Je crois que c'était à cause de ses cheveux qui ruisselaient sur ses pommettes hautes. Il y avait aussi la boue sur ses vêtements et en elle ce côté animal qui, malgré le danger, ne manquait pas de me troubler.

— Niels, tu es avec nous ?

— Oui oui, ai-je dit en me passant les mains sur le visage.

— Bon, à présent, on sait où se trouve le deuxième. Je propose qu'on continue le long de la berge. Si je me souviens bien, on devrait arriver au niveau de la croix en fer devant laquelle on est passés tout à l'heure. Après, il ne nous restera plus qu'à grimper à travers les ruffes jusqu'au niveau de la route. Avec un peu de chance, on trouvera du réseau ou on croisera une voiture.

On a longé une terrasse, traversé un alignement de rochers et tout de suite après on s'est enfoncés dans une petite baie qui remontait vers le nord. Quand le coup de feu a éclaté, j'ai d'abord cru à un coup de tonnerre. Mais une branche d'aubépine a explosé dans un claquement sec sous mes yeux. En levant la tête, je l'ai aperçu. Il était à la hauteur du parking, debout sur un monticule de terre. Un type que je ne connaissais pas, avec un visage rougeaud et un blouson d'aviateur en cuir. Derrière lui, un ciel de fin du monde, noir et rouge, déchiré d'éclairs. L'image était terrifiante. On s'est abrités derrière un bouquet d'arbustes.

— Bon Dieu, c'est qui celui-là ? a crié Vieux Bob.

— Ils ont dû remplacer Valerio. C'était prévisible, a dit Lizzie.

J'ai regardé autour de nous. On était coincés entre le chemin et le lac. Sur la butte, le type faisait des pas chassés pour trouver un angle de tir. On s'est accroupis. Isadora et Kauff n'allaient pas tarder à rappliquer. On n'avait pas le choix.

— Il faut partir à la nage et traverser jusqu'à l'autre rive.

J'ai vu le visage de Vieux Bob devenir blanc.

— Niels, elle est trop éloignée pour moi. Je ne vais jamais y arriver. Je nage comme un fer à repasser.

Lizzie a tendu le bras vers le sud.

— Et cet îlot là-bas, il me semble plus facile à rejoindre.

Il était distant d'environ deux cents mètres et surmonté d'un bouquet de peupliers qui secouaient la tête dans le vent.

— Bonne idée. En plus il y a un courant qui va nous y emmener directement. Qu'en penses-tu, Vieux Bob ?

Il a fermé les yeux.

— On peut essayer.

On s'est laissé glisser dans l'eau et on a rejoint la veine de courant. Elle venait du fond de la baie. Je me suis demandé si ce n'était pas la baie de l'Hudson ou celle du Kamtchatka, tellement l'eau était froide.

Pendant qu'on s'éloignait de la rive, on a vu arriver Isadora accompagnée de Kauff. Ils avaient rejoint le type qui nous avait tiré dessus. À eux trois, ils étaient en train de ratisser le bosquet.

— Il faut se dépêcher. Ils vont vite comprendre qu'on n'est plus sur la terre ferme, ai-je dit entre deux respirations.

Lizzie et moi, on avançait en brasse indienne. Vieux Bob lui, c'était plutôt la nage du petit chien. À tour de rôle, on le soutenait quand il buvait la tasse ou on le poussait dans le dos quand il ralentissait trop. Derrière nous, on n'apercevait plus que les ombres des arbres à travers le voile de plus en plus épais de la pluie. On a fini par aborder sur une minuscule plage et on s'est mis à l'abri sans tarder sous les peupliers. Vieux Bob ahanait comme un vieux morse à l'agonie.

— Je crois que c'est bon, a dit Lizzie. Mais j'ai bien peur que mon téléphone n'ait pas apprécié l'exercice.

Elle l'a secoué puis elle l'a jeté dans un buisson. Vieux Bob commençait à reprendre son souffle.

— Qu'est-ce qu'on fait à présent ?

Je me suis approché d'eux en rampant sur les coudes.

— Je propose qu'on reprenne des forces et qu'on essaie ensuite de gagner l'autre rive.

Vieux Bob s'est mis à souffler.

— Je suis épuisé, Niels.

— Il y a à peine plus de distance que celle qu'on vient de parcourir.

— Peut-être, mais je suis vraiment au bout du bout.

Lizzie l'a pris dans ses bras puis elle a pointé du doigt la rive que nous venions de quitter.

— Regardez juste en face de nous, on dirait un restaurant. Il me semble que c'est plus près.

Il y avait un corps de bâtiment au-dessus d'une grande plage. Ça avait l'air fermé.

— Tu veux qu'on revienne se jeter dans la gueule du loup ?

— Pas exactement, la baie sépare cet endroit du village. En plus, je suis sûre qu'on pourra trouver de l'aide ou au moins un endroit au sec pour se cacher.

J'ai jeté un regard à Vieux Bob. Ses cheveux blancs habituellement en bataille s'étalaient sur son front comme des tentacules translucides. Les rides fières qui racontaient son histoire s'étaient transformées en d'insignifiants ruisseaux. Pour la première fois, je prenais conscience de la fragilité de mon vieil ami. Ses jambes étaient parcourues de tremblements. On aurait dit qu'il n'y avait plus une seule goutte de sang qui circulait dans son corps. Ça me faisait mal de le voir comme ça. Lizzie a croisé mon regard. Elle m'a adressé un petit rictus. J'ai respiré un bon coup.

— OK, un resto. Pourquoi pas après tout. Je commençais à avoir la dalle.

CHAPITRE 35

Automne par tous les chemins
Derrière moi
Quelqu'un vient

Yosa Buson

Quelques minutes après, la pluie s'est arrêtée, aussi soudainement qu'elle avait commencé. On avait décidé de reprendre des forces avant de traverser à nouveau. J'étais allongé sur le dos et je contemplais les feuilles des peupliers qui s'agitaient dans le vent. Avec la lumière opaline de la lune qui se reflétait sur la surface du lac, elles semblaient à présent recouvertes d'argent. J'écoutais le bruissement qu'elles faisaient et sans le froid, le stress et mon dos qui recommençait à me faire souffrir, je crois que j'aurais pu facilement m'endormir là.

— Il ne faut plus tarder.

Lizzie s'était approchée sans faire de bruit.

— Avec cette lune qui vient de réapparaître, on y verra bientôt comme en plein jour.

Vieux Bob n'avait rien manqué de ce qu'elle m'avait dit.

— Nom d'un chien, on commençait à peine à se réchauffer et vous voulez qu'on retourne dans cette eau glacée.

Je me suis assis et je me suis massé les reins. J'ai regardé devant moi. On voyait parfaitement les contours du village, la silhouette du clocher de l'église.

— Tu as raison, Lizzie. C'est maintenant ou jamais.

On a enlevé nos chaussures et on les a attachées ensemble par les lacets avant de les suspendre autour de nos cous, puis on est rentrés dans l'eau en se tenant par la main. Elle semblait encore plus froide que tout à l'heure. On soufflait dans nos joues comme un groupe de joggeurs. On se serait cru au départ du Marseille-Cassis, sauf que devant nous, à la place de la montée de la Gineste, il y avait la surface plane, noire et menaçante du lac du Salagou. On a compté jusqu'à trois et on s'est élancés en essayant de faire le moins de bruit possible. La rive était à moins de cent cinquante mètres. J'ai constaté rapidement que Vieux Bob n'avait fait aucun progrès. Il nageait toujours comme un chat tombé dans une baignoire. Il était tellement pris par l'angoisse qu'il fallait le guider, sinon il déviait ou repartait en sens inverse. On nageait de chaque côté de lui en l'encourageant. « Vas-y mon pote – sûr que tu peux le faire – plus que quelques mètres – allonge-toi bien dans l'eau – pense à faire la grenouille avec les jambes. » On a fini par se retrouver sur la plage que j'avais aperçue depuis l'îlot. En fait de plage, c'était une rampe de cette terre rouge qui collait aux pieds comme de la mélasse. Vieux Bob s'est allongé de tout son long et a enfoncé son visage dans la boue. Quand il a relevé la tête, on aurait dit Sitting Bull. Avec Lizzie-Pocahontas, on donnait pas mal dans l'Indien d'Amérique en ce moment. Ce devait être le fil rouge de l'histoire et il n'y avait rien d'étonnant quand on regardait le paysage à l'entour.

On a aidé Vieux Bob à se relever et on a monté le chemin qui menait au restaurant. Il fallait appuyer les mains fermement sur les genoux pour avancer. On était épuisés. La gargote était fermée, comme je m'y attendais. On a fait le tour en secouant toutes les poignées qu'on trouvait. On a tambouriné sur les volets comme des sourds. Il n'y avait personne.

— Bon, c'est quoi le plan à présent ? ai-je demandé.

Lizzie n'a même pas pris le temps de réfléchir. Elle avait déjà tout anticipé.

— On trouve un endroit à l'abri pour se reposer et demain quand il fera jour, on rejoint la route et on arrête la première voiture qui passe.

Vieux Bob a levé un bras.

— Par ici, il y a un abri à bois. Je crois qu'il y a assez de place pour trois.

J'ai déplacé quelques bûches, balayé le sol avec les pieds et je me suis affalé par terre. Lizzie s'est installée entre Vieux Bob et moi. Je l'ai prise dans mes bras pour essayer de la réchauffer. On était tous plus frigorifiés les uns que les autres. Au bout d'un moment, j'ai fini par m'assoupir. Je ne sais pas combien de temps ça a duré. Ce que je sais, c'est que quand j'ai ouvert les yeux, il y avait le canon d'un fusil appuyé contre mon front. Le métal était tellement froid qu'il me brûlait la peau. Je me souviens de ce détail et aussi qu'à force de le regarder, je finissais par loucher.

CHAPITRE 36

Fraîcheur du soir
Celui-là ignore que la cloche
Sonne le glas de sa vie

Kobayashi Issa

À l'autre bout du fusil, il y avait un type assez massif avec un gros nez. Quand mon regard s'est habitué, j'ai pu le détailler plus avant. Une casquette à carreaux, un chandail bouffé par les mites, un pantalon en velours à grosses côtes, des bottes de chasse en caoutchouc. *A priori*, on ne donnait plus dans le western. On était revenus à quelque chose de plus local, beaucoup moins exotique.

— Qu'est-ce que vous foutez chez moi ?

Sa grosse voix n'a même pas réveillé Lizzie et Vieux Bob.

— On ne fait rien de mal, on s'est perdus, on cherchait juste à reprendre des forces.

En fait, je ne savais pas par quel bout prendre l'histoire. Je me voyais mal me lancer dans des explications à n'en plus finir. C'était un de ces bonshommes à front bas. Dans sa tête, il avait pied partout.

— Vous êtes quoi exactement ? De ces putains de fainéants à chemises à fleurs qui vivent en bande et qui essaient de voler nos terres ? Ou bien des rastaquouères qui préparent un attentat ?

J'ai eu la confirmation que j'étais tombé sur un sacré client.

— Non, monsieur, rien de tout ça. Regardez-nous. Vous voyez bien qu'on n'a aucun rapport avec ce que vous dites.

— Je te regarde et je vois un drôle de zigue couvert de boue avec des yeux qui ne me disent rien qui vaille.

J'ai balancé la tête vers Lizzie et Vieux Bob qui continuaient de roupiller comme si de rien n'était.

— Je suis avec une femme et un vieux monsieur. Vous trouvez réellement qu'on a l'air de dangereux terroristes ?

— Aujourd'hui, on ne peut se fier à personne. Une fois, j'ai entendu à la télé qu'une fillette de sept ans, dans je ne sais quel pays de fous, s'était fait exploser. Elle a fait ça en plein milieu d'un groupe d'enfants de son âge.

Il a décollé le canon de son fusil de mon front et a fait un pas en arrière. Il semblait jauger la situation.

— Je suis chez moi. Je pourrais vous descendre tous les trois et personne n'y trouverait rien à redire. Peut-être même qu'on me remettrait une médaille.

Pendant un instant, je me suis dit que nous avions bravé tous ces dangers, la mafia marseillaise, les tueurs les plus redoutables du pays et le kombucha de Maxime pour finir abattus comme des chiens galeux par un dingo au fond d'un abri à bois pourri. La vie n'est vraiment qu'une mauvaise blague.

— Qu'est-ce qu'il se passe encore ?

Lizzie venait de se réveiller. Elle s'était dressée sur ses coudes. Le type a tourné son fusil vers elle. Elle s'est frotté les yeux avec ses poings.

— Vous êtes qui vous ? Et puis d'abord, pointez votre fusil ailleurs. Un accident est si vite arrivé.

Il a baissé son arme.

— Je m'appelle Roger.

— Dites-moi Roger, qu'est-ce que c'est que ces manières de menacer les gens, vous n'allez pas bien ?

— Excusez-moi, mademoiselle. Mais c'est ce gars avec qui vous êtes. Il n'arrête pas d'essayer de m'embobiner depuis tout à l'heure. Ça me rend nerveux.

Elle m'a jeté un coup d'œil désapprobateur et a souri au type.

— Il ne faut pas lui en vouloir. Il est toujours comme ça tant qu'il n'a pas pris son petit déjeuner. Moi, c'est Lizzie.

Elle lui a tendu la main.

Il a hésité quelques secondes, avant de poser la crosse de son fusil par terre et de saisir la main de Lizzie comme si c'était une fleur délicate. Ce n'était plus le même homme, il semblait aussi doux qu'un agneau. Il a remonté la ceinture de son pantalon en se tortillant.

— Alors vous vous êtes perdus, c'est bien ça ?

— En fait, on a échappé à des bandits qui s'étaient lancés à nos trousses et on a trouvé refuge ici.

Roger a fait un mouvement de tête vers moi et a émis un petit souffle agacé.

— Il ne pouvait pas me le dire tout de suite, au lieu de me raconter des histoires ?

Je trouvais qu'il y allait fort quand même, mais j'ai préféré ne rien dire. Lizzie avec ses pouvoirs magiques était en train de lui retourner le cerveau. Je ne sais pas comment elle faisait ce genre de truc. En fait je ne cherchais même plus à comprendre. Elle savait y faire, voilà tout.

Vieux Bob a commencé à bouger. Roger a cassé son fusil et a extrait une cartouche rouge du canon. Il l'a rangée dans la poche de son pantalon.

— Venez donc à la maison. Je vais vous faire du café.

En me relevant, je me suis efforcé de lui sourire et j'ai demandé :

— Excusez-moi, vous avez le téléphone ?

Il a pris un air excédé.

— Ah, mais vous me prenez pour qui ? Bien sûr que j'ai le téléphone ! Vous vous croyez où ? Au pôle nord ?

Il s'est tourné vers Lizzie et ils ont échangé un regard complice, comme s'ils avaient affaire au dernier des abrutis. Lizzie a fait une grimace, du style *vous voyez ce que je dois me coltiner, mon bon monsieur. C'est loin d'être facile tous les jours*. Je savais que c'était le prix à payer. J'ai serré les dents, les poings et tout ce que je pouvais et je suis allé réveiller Vieux Bob.

Roger habitait une petite maison cachée dans les arbres à une centaine de mètres au-dessus du restaurant. L'intérieur était resté scotché quelque part dans les années 1970. Le Formica et le plastique aux couleurs acidulées régnaient en maîtres. Et bien sûr, ça puait la vieille poussière et la naphtaline. En fait, ce n'était pas vraiment une maison, plutôt une capsule temporelle. Dans le « séjour », on s'est assis dans un canapé en skaï orange en face d'une cheminée ornementale en pierre. On avait les genoux à la hauteur des oreilles. Roger lui, s'est affalé dans un pouf en cuir marron.

— J'habite ici depuis toujours. C'était la maison de mes parents.

Lizzie a tout examiné autour d'elle.

— Et vous habitez seul ?

— Oui, je n'ai jamais trouvé le temps de me marier. J'ai repris l'élevage familial de brebis et de chèvres. Vous savez, j'avais une douzaine d'années quand ils ont construit le barrage et noyé la vallée.

Sous le regard plein d'empathie de Lizzie, Roger était devenu bavard.

— Ils ont failli nous exproprier mais mon père a tenu bon. La maison était située bien au-dessus de la côte qu'ils avaient prévue. Ils n'ont finalement noyé que quelques maisons.

Vieux Bob s'est avancé sur le bord du canapé.

— J'ai entendu dire qu'il y avait une église sous les eaux du lac.

— Pensez-vous, c'est une légende pour faire peur aux enfants et aux touristes. Tout comme cette histoire de cloche.

Vieux Bob a froncé les sourcils.

— De cloche ?

— Oui, on dit qu'on entend parfois la cloche de l'église sonner depuis les profondeurs du lac. Et quand on l'entend, ce n'est pas de bon augure. Ça signifie que quelqu'un va mourir.

Au moment exact où il terminait sa phrase, une petite cloche s'est mise à tinter. Une seule fois, mais d'une façon étonnamment sonore. On a tous tourné la tête. Au-dessus de la cheminée, il y avait un vieux carillon Westminster. Roger s'est tout à coup mis à rire en balançant son torse d'avant en arrière. Assis sur son pouf, il ressemblait à un culbuto géant.

— Je ne sais pas ce qui lui prend à celui-là. Il marche quand il veut. Je ne l'avais pas entendu sonner depuis des semaines. Mais rassurez-vous, je ne crois pas que la malédiction fonctionne avec cette cloche-là.

On s'est regardés. On avait tous les trois les mains serrées entre les genoux et de drôles de têtes. Les Pieds Nickelés dans le cambouis, voilà exactement à quoi on devait ressembler.

Roger s'est arrêté d'un seul coup de se balancer.

— Et au fait, cette histoire de bandits, c'est quoi au juste ?

Lizzie a tiré sur les manches de son pull.

— J'ai dit des bandits ? En fait, il fallait comprendre des tueurs. Et de la pire espèce, qui plus est.

Roger hochait à présent la tête mais avec la bouche grande ouverte. J'ai profité du silence pour lever la main.

— Tout à l'heure on a parlé d'un téléphone. Vous pouvez me dire où il est ? Il faut qu'on appelle les autorités sans plus tarder.

Il m'a désigné sans dire un mot un guéridon dans un angle de la pièce. J'étais content de me lever un peu, j'avais la sensation de reprendre possession de mon corps. Le combiné était habillé de velours marronnasse, je n'ai pas été étonné plus que ça. Il y avait tout un tas d'autres choses, un écouteur, des pompons et même un répertoire téléphonique à curseur en bakélite, mais ce qu'il n'y avait pas, c'était la tonalité.

— Il ne marche pas votre téléphone.

Il s'est levé comme si son pouf venait d'imploser.

— Comment ça, il ne marche pas ?

Il a traversé la pièce, m'a arraché le combiné des mains et se l'est collé dans l'oreille.

— Qu'est-ce que vous avez encore fabriqué ?

Il s'est penché d'un geste vif sous le guéridon et en est ressorti en brandissant le fil qui s'est mis à osciller mollement au bout de sa main. À son extrémité, pas de prise. Il avait été tranché net.

Quand je l'ai vu surgir avec sa figure rouge, j'ai cru que c'était le diable en personne. Il a fait son apparition dans l'encadrement du passage qui devait donner dans la cuisine.

— Messieurs, dame.

Il pointait sur nous un pistolet automatique. Je l'ai reconnu à son blouson d'aviateur. C'était le mec qui nous avait tiré dessus depuis le parking du village. J'ai senti l'abattement me saisir. Ce n'était même plus de la peur. Pour la première fois, je me suis dit qu'on ne pourrait pas s'en sortir. Ce n'était pas la peine de courir, de s'agiter dans tous les sens. On ne faisait pas le poids. Voilà tout ! Il fallait accepter la situation, espérer que ça ne dure pas trop longtemps. J'ai repensé aussi à cette histoire de cloche que nous avait racontée Roger, au petit tintement inopiné du carillon. Parfois, il faut savoir écouter les signes.

— Allez, tout le monde sur le canapé.

La figure rouge de l'homme semblait illuminée. Lizzie et Vieux Bob se sont serrés l'un contre l'autre pour faire de la place. Je suis allé les rejoindre sans chercher à comprendre. J'étais dos à la scène, je n'ai pas vu précisément ce qui s'est passé. Il y a eu un tumulte, des éclats de voix, et quand je me suis retourné, la donne avait changé. Roger pointait son fusil sur l'homme à la figure rouge.

— Pose ton flingue, sinon je tire. C'est du calibre 12, spécial sanglier. Je peux te faire un trou large comme une assiette à dessert avec ça.

Je ne sais pas comment il s'était débrouillé, ni à quelle vitesse insensée il avait pu récupérer son fusil, mais le fait était là. Il tenait en joue le tueur qui n'en menait pas large. Son visage était encore plus rouge, plus luisant et il transpirait de la moustache.

— S'il vous plaît, calmez-vous, monsieur…

La voix du type avait baissé d'une octave.

— … Je ne vous veux pas de mal. Ce sont eux qui m'intéressent.

Il avait toujours son bras tendu devant lui. J'avais l'impression que sa main tremblait légèrement. Roger ne bougeait pas d'un millimètre.

— Pose ça ! C'est la dernière fois que je te le dis.

Tout s'est passé en moins d'une seconde. Une ombre a surgi du couloir et s'est jetée sur Roger. D'une main elle a attrapé le canon et l'a dirigé vers le plafond. De l'autre, elle a fait une sorte de mouvement rotatif très sec et un éclair est apparu aussitôt à la base de la nuque de Roger. Je n'ai pas compris ce que c'était. J'ai juste enregistré l'image quelque part au fond de mon cerveau. Il y a eu encore quelques secondes hors du temps où plus grand-chose n'a bougé et le corps de Roger a été pris de violents spasmes avant de devenir subitement mou et de s'écrouler comme une marionnette dont on vient de couper le dernier fil. Ce n'est qu'à ce moment-là que j'ai réalisé que le carillon, au-dessus de la cheminée, s'était remis à marcher, et que la cloche venait de finir de sonner les heures.

CHAPITRE 37

Du regard de l'homme
Assassin
Nous nous effaçons aussi

Suzuki Murio

En tombant, le corps de Roger a révélé, tel un voile de magicien, l'identité de l'ombre qui l'avait frappé, Isadora Muntaner. Tout de noir vêtue, elle nous a adressé un sourire, fait une petite révérence, avant de se pencher sur le corps sans vie de notre hôte et de retirer un long couteau pointu de sa gorge.

— Bonjour, je suis très heureuse de vous retrouver. Comment allez-vous ? Ça faisait longtemps.

Elle a essuyé la lame du couteau sur le chandail de Roger puis l'a fait glisser à l'intérieur d'une de ses bottes cavalières.

— Et vous, cher Niels, comment se passe la cicatrisation ? Il faudra que vous me fassiez voir ça tout à l'heure.

Elle s'est tournée vers l'homme à la figure rouge.

— Je vous présente Patrick qui va me passer son Glock et vous attacher bien solidement.

Elle a claqué ses doigts. L'homme lui a tendu son pistolet puis est allé sortir des cordes d'un sac de sport posé contre un mur derrière lui.

— Quand tu as fini, tu montes jusqu'à la route pour avoir du réseau et tu appelles Kauff. Tu lui demandes de nous rejoindre au plus vite.

Isadora jouait avec le pistolet.

— Vous nous avez obligés à nous séparer. On s'est douté que vous étiez partis à la nage. Mais on ne savait pas si vous tenteriez la traversée complète ou si vous alliez revenir de ce côté-ci de la rive. À l'heure où je vous parle, Kauff doit être posté juste en face. Il va être déçu quand il va apprendre que c'est nous qui avons décroché le pompon. C'est un sacré compétiteur, vous savez, et je crois que vous lui portez un peu sur le système. La dernière fois que je l'ai vu, il avait drôlement envie de vous coller une balle dans la tête.

Elle s'est mise à rire. Ses épaules tressaillaient. Je me suis dit que c'était peut-être le moment de jouer ma dernière carte. Je me doutais que je n'aurais pas d'autre occasion. J'ai bondi sur elle. Je l'ai attrapée à bras-le-corps. Sous l'impact, elle a basculé et le pistolet est tombé par terre. C'était déjà une première victoire. Derrière moi, j'ai senti que Lizzie et Vieux Bob, après un bref instant de sidération, se mettaient eux aussi en mouvement. Patrick avait lâché le sac et les cordes et se ruait déjà sur moi. Les yeux étincelants d'Isadora me transperçaient. J'essayais de maintenir ses mains qui, dès qu'elles m'échappaient, rampaient le long de sa jambe à la recherche du long couteau qu'elle avait rangé dans sa botte. J'avais l'impression de lutter avec deux anacondas à main nue. Puis tout s'est enchaîné encore plus vite. Le bras de Patrick s'est enroulé autour de ma gorge. Il s'est mis à serrer. Pas longtemps. Lizzie m'a dégagé de son emprise en lui brisant quelque chose sur le crâne. Il a secoué la tête, enlevé du revers de la main les petits bouts de verre qui s'étaient éparpillés dans ses cheveux. C'est alors que j'ai vu Vieux Bob surgir de derrière le canapé, tête baissée comme un sanglier qui charge. Patrick avait totalement retrouvé ses esprits, ou au moins ses réflexes. Il a fait une rotation du bassin pour l'éviter et l'a envoyé valser contre le manteau de la cheminée. Il n'y a eu aucun bruit si ce n'est celui, sourd et un peu mou, du corps de mon vieil ami qui s'affalait sur le plancher. Après, il y a eu une longue seconde où tout s'est plus ou moins arrêté. Nous étions figés. Nos mouvements étaient suspendus dans les airs. L'homme à la figure rouge en a profité pour se jeter sur Lizzie. Il l'a attrapée par le cou et s'est mis à l'étrangler. J'ai vu le visage de Lizzie devenir aussi rouge que celui de son assaillant. J'ai vu les veines de son cou gonfler et battre comme si elles allaient se rompre. Je voyais tout ça et j'étais impuissant. Si je relâchais mon étreinte, Isadora allait en profiter pour récupérer son couteau et tout serait beaucoup plus compliqué. Quand les yeux de Lizzie se sont révulsés, je n'ai pas pu résister. Je sentais que j'étais en train de la perdre. C'était inimaginable. Je ne pouvais pas rester sans rien faire. J'ai envoyé un grand coup de poing sur la tempe d'Isadora, en espérant que ça la calme un moment, et je l'ai lâchée pour me jeter sur le dos de Patrick. J'ai dégagé son bras. Il s'est retourné vers moi, les yeux exorbités. Lizzie s'est écroulée sur Vieux Bob. Évanouie ou morte, c'était impossible à savoir. J'avais une force surhumaine, j'avais la rage. Un coup est arrivé sur ma mâchoire, j'ai été à peine ébranlé. En retour, je lui ai mis un crochet du droit suivi d'un direct au visage. Sa tête s'est renversée en arrière. Le souffle coupé, il a posé un genou à terre. J'entendais sa respiration qui était devenue sifflante. Je crois que je m'apprêtais à lui balancer un coup de pied dans les dents quand tout est devenu soudainement noir ou blanc, ou plutôt noir et blanc en même temps. Je ne sais pas, je ne sais plus. L'univers s'est évanoui comme un écran de télé qui grille. Et j'ai basculé dans le néant.

CHAPITRE 38

Sous le souffle de l'automne
Une silhouette se dresse
Seule

Ryôkan

Ce n'était pas la première fois que je me réveillais pieds et poings liés. Je veux parler bien évidemment de la fois où Kauff et Valerio m'avaient enlevé. Mais cette fois-ci, je n'étais pas seul. Lizzie et Vieux Bob étaient allongés à côté de moi. Je voyais leurs cages thoraciques monter et descendre régulièrement. J'étais heureux de constater qu'ils étaient vivants. J'ai repris mes esprits lentement. Ma tête me faisait mal. Je les ai appelés en chuchotant. Je ne voulais pas alerter nos ravisseurs. Comme ils ne se réveillaient pas, je me suis assis et je les ai secoués avec le bout de ma chaussure. Lizzie a émergé la première. Elle a commencé à se tortiller. Au bout d'un moment, elle s'est redressée sur un coude.

— On est où ?

J'ai regardé autour de moi. On était dans la bergerie où ils avaient établi leur repaire. Il y avait le même sol de terre battue et les trois lits de camps alignés contre un mur.

— Retour à la case départ. Il faut réveiller Vieux Bob et trouver une solution pour se tirer d'ici au plus vite.

Justement, il commençait à refaire surface. Il s'est mis à tousser, il a remonté ses genoux sur son ventre, ouvert un œil, puis le second.

— Lizzie, a-t-il fini par marmonner.

— Je suis là, papa.

Il s'est redressé à son tour en s'appuyant contre un mur.

— Tu vas bien ?

Elle l'a rassuré sans attendre, s'est inquiétée de son état, de la bosse qui avait fleuri au milieu de son front. C'était beau de voir tout ce déferlement d'amour filial. J'aurais pu passer des heures à les regarder, mais je sentais bien qu'on n'avait pas la journée devant nous.

— Écoutez, il faut qu'on trouve quelque chose pour couper nos liens.

On s'est mis à balayer les lieux du regard à la recherche d'un objet coupant.

— Là, sous la fenêtre, il y a un bout de ferraille. Il a l'air bien aiguisé, a dit Vieux Bob.

Je me levais quand la porte s'est ouverte.

Les silhouettes de Kauff et de Patrick se sont découpées dans la lumière. Isadora était derrière eux.

— Bonjour, comment allez-vous ?

Ils se sont avancés dans la pièce. Kauff faisait jouer ses doigts sur la crosse d'un pistolet automatique. Patrick portait un sac de sport en bandoulière et un fusil-mitrailleur. Isadora avait un sourire carnassier et des yeux brillants. Maintenant, je savais d'où venait ce sentiment de malaise que je ressentais à chaque fois que je me trouvais en face d'elle.

— Alors j'imagine que c'est vous, Patek ? ai-je fini par demander.

— Enchantée, a-t-elle répondu.

— Une tueuse ?

Elle s'est baissée et a sorti d'un geste sec de sa botte le couteau qu'elle avait utilisé pour transpercer la gorge de Roger.

— Il faut de tout pour faire un monde. J'ai choisi cette carrière par hasard. Mais j'essaye de la mener avec style. C'est important le style. Vous voyez cette lame. C'est un Stilettu, un signet corse, un cadeau de Spartaco Licari après mon premier contrat. Une lame de dix centimètres en acier carbone XC75, aussi pointue qu'une aiguille, tranchante comme un rasoir. C'est un poignard utilisé depuis le Moyen Âge. Facile à dissimuler et capable de percer une cotte de mailles. Inutile de vous dire qu'il est devenu rapidement l'arme préférée des assassins de l'époque. J'essaie de faire revivre les vieilles traditions. Dans mon genre, je défends notre patrimoine.

Elle s'est piquée le bout de l'index avec la pointe du signet. Une goutte de sang ronde et rouge comme une petite groseille est apparue. Elle a approché son visage, sourcils froncés, et léché son doigt avec gourmandise.

Nous avons tous compris instinctivement qu'il fallait gagner du temps, faire durer le moment. De toute façon, il n'y avait rien d'autre à faire.

— Et pourquoi ce surnom de Patek ? a demandé Lizzie.

— Oh ça ! C'est un hommage à Rolex. Il était une vraie légende à son époque, vous savez. J'avais envie de lui faire ce petit clin d'œil. De plus, mon vrai nom de famille est Calatrava. C'est le nom d'un modèle de montre très connu chez Patek Philippe. Curieuse coïncidence, non ?

Lizzie a levé son menton en signe de défi.

— Vous êtes complètement barrée, ma pauvre.

— Bientôt, j'enfoncerai cette lame dans votre nuque. Elle traversera vos trapèzes puis les muscles splénius. Vous ne sentirez plus rien dès l'instant où j'aurai tranché votre moelle épinière. Du travail de précision, vous verrez. D'ailleurs, je commencerai par votre père pour que vous puissiez admirer ma dextérité. Et après, ce sera le tour de votre cher et tendre.

Vieux Bob s'est mis à crier.

— Mais pourquoi nous à la fin ? On n'a rien à voir avec vos histoires à la con.

— Si, vous avez à voir, vous en êtes même la pièce essentielle. Vous êtes le défaut de la cuirasse, le talon d'Achille, ou si vous préférez la chèvre attachée à un arbre qui va faire sortir le loup du bois.

— Mais c'est quoi, ce délire ? ai-je demandé.

— Rolex ne va pas tarder à venir pour vous sortir de là, vous verrez.

— On ne sait même pas qui il est.

— Vous ne connaissez peut-être pas son identité, mais lui vous connaît bien. C'est quelqu'un qui est proche de vous, très proche et qui, semble-t-il, s'est fortement attaché à votre petite équipe.

Lizzie et moi, on s'est lancé un regard stupéfait. Lizzie a repris.

— Mais comment pouvez-vous savoir ça ?

— C'est quelque chose que je suspecte depuis un moment. C'est la raison pour laquelle je me suis intéressée à ce cher Niels.

Elle s'est tournée vers moi.

— Quand je vous ai rencontré au cours de cette délicieuse soirée, j'avais dans l'idée de me faire passer pour une infirmière afin de pouvoir vous approcher au plus près. Ça a marché au-delà de mes espérances. On peut dire que vous m'avez facilité la tâche, ce soir-là. Il ne me restait plus qu'à me procurer une sacoche avec du matériel médical et le tour était joué. Changer un pansement et faire une piqûre est à la portée de n'importe qui. Ça m'a permis de mettre un pied dans la place, d'observer l'air de rien votre entourage et de relever des empreintes dans votre cabane. Des dizaines d'empreintes sur tout ce que je pouvais trouver, des meubles, des livres, des poignées de porte. Eh oui, des empreintes comme un flic ! Vous voyez, nous savons utiliser quand il le faut les armes de l'adversaire. Nous avions en notre possession les empreintes de Rolex, je les ai comparées à celles que j'ai récupérées et ça a matché. Mon intuition était la bonne. Il y avait des empreintes de Rolex disséminées un peu partout dans votre cabane. Il était évident qu'elles n'étaient pas arrivées là par l'opération du Saint-Esprit. Je savais déjà, grâce à Kauff et Valerio que ce n'étaient pas les vôtres et je viens de vérifier, ce ne sont pas non plus celles de votre cher voisin et beau-père. Alors selon vous, qui est l'heureux gagnant ?

— Et quand avez-vous fait ça ?

— Quand je suis venue chez vous, j'ai pris la clé de votre porte d'entrée et j'en ai fait un moulage avec un morceau de silicone. Il m'a suffi de revenir pendant votre absence. Je n'ai fait qu'une seule erreur. Le jour où je suis tombée sur votre père. Cet imbécile m'a surprise, mais bon, j'ai réussi à m'en sortir. C'est ça être pro. Alors maintenant que j'ai éclairé votre lanterne, je vous le redemande, avez-vous une petite idée sur l'identité de Rolex ?

Le nom de Malkovitch s'est immédiatement imposé à mon esprit. Lizzie en avait eu le pressentiment, je n'avais pas voulu la croire. À présent, les choses semblaient se confirmer. J'ai jeté un rapide regard vers Lizzie et j'ai secoué la tête de droite à gauche.

— Non aucune idée, mais je ne crois pas une seconde à votre histoire.

— Je comprends. Vous apprenez que vous côtoyez un assassin sans le savoir, peut-être depuis des années. Difficile à avaler, j'imagine.

Elle s'est mise à rire. Lizzie a attendu qu'elle s'arrête.

— Et vous pensez vraiment qu'une personne aussi froide et professionnelle que ce Rolex va venir se jeter dans la gueule du loup aussi bêtement ?

— Non, je ne le pense pas. J'en suis sûre. Il y a moins d'une heure, Spartaco Licari a envoyé un e-mail via le Darknet à l'adresse cryptée de Rolex accompagné d'une vidéo de vous trois ficelés comme des saucisses, mais vivants. À peine quelques minutes plus tard, il recevait la réponse de notre cher Rolex. Figurez-vous qu'il propose de se rendre en échange de votre libération. Elle devient de plus en plus belle, cette histoire, vous ne trouvez pas ? Avec cette touche romanesque totalement inattendue, on se croirait presque dans un film de Clint Eastwood.

Elle s'est perdue dans un nouveau rire frénétique. Kauff et Patrick en comparaison semblaient plus nerveux. Ils se sont interrogés du regard et Kauff s'est avancé vers elle.

— Il ne va probablement plus tarder, on devrait se planquer.

— C'est justement ce qu'il pense que nous allons faire. Tu peux être sûr qu'il n'entrera pas dans cette pièce avant d'avoir inspecté le moindre buisson autour de la bergerie. Non. On va l'attendre bien tranquillement ici, avec nos amis. Quand il arrivera, je m'occuperai de lui personnellement. Pas d'inquiétude. Je me suis préparée à cette confrontation depuis longtemps.

Elle a reculé doucement dans un angle sombre de la pièce. J'avais l'impression qu'elle glissait sur le sol ou alors c'étaient les murs qui avançaient vers moi. Je n'arrivais pas à savoir. Je sentais mon cœur battre dans ma gorge. Avant de se fondre dans l'ombre, elle nous a désignés l'un après l'autre de la pointe menaçante de son stylet.

— Il est temps de les bâillonner maintenant.

Kauff a fait un mouvement de la tête vers Patrick. L'homme a posé son pistolet-mitrailleur et ouvert son sac de sport.

C'est à ce moment précis que la porte s'est ouverte en grand. J'ai perçu d'abord un souffle d'air frais qui s'engouffrait et tout de suite après la lumière qui irradiait tout autour. J'ai plissé les yeux. Je l'ai reconnu aussitôt à sa silhouette. Il s'est avancé d'un pas assuré comme s'il entrait dans un pub de Kilkenny. Le cri est sorti tout seul de ma gorge.

— Papa.

CHAPITRE 39

À l'ombre des fleurs de cerisier
Il n'est plus
D'étrangers

Kobayashi Issa

Isadora ne lui a pas laissé le temps de souffler. Elle s'est glissée dans son dos dès qu'il est arrivé à sa hauteur. Elle a placé directement la lame sur sa gorge. Le vieux *traveller* n'a pas esquissé le moindre mouvement.

— Lâche ça ! a-t-elle hurlé dans son oreille.

Je n'avais pas remarqué qu'il avait un manche de pelle dans la main. Kauff et Patrick se sont approchés. Ils tenaient leurs armes pointées sur le visage dc Paddy. Le colosse a ouvert sa grosse main et le manche est tombé sur le sol.

Isadora s'est reculée d'un pas.

— Gardez-le en joue, je le fouille. Il a sûrement une autre arme.

Elle a rangé son signet dans sa botte et s'est mise à palper le corps massif de Paddy.

— Il n'a rien. C'est bizarre.

Paddy m'a jeté un regard.

— Comment ça va, *son* ?

Je n'ai pas réussi à répondre. J'avais le souffle coupé. Je n'arrivais toujours pas à réaliser ce qui se passait. Je ne comprenais pas ce qu'il faisait là. Je reconnaissais pourtant son odeur. Un mélange de tourbe et de laine mouillée. J'ai regardé ses yeux. Ils avaient viré au bleu fumée.

— Je te l'avais dit qu'elle n'était pas claire, cette *donar*.

Isadora l'a poussé sans ménagement et l'a propulsé près de l'entrée. Il s'est adossé au mur.

— Tes mains, je veux voir tes mains. Tu les mets au-dessus de la tête.

Paddy s'est exécuté. Je le sentais curieusement docile comme un taureau qu'on mène au pâturage. Je savais que ça n'allait pas durer. Isadora semblait surexcitée.

— Je ne te voyais pas comme ça.

Paddy s'est raclé la gorge.

— Qu'est-ce que tu veux dire par là ?

— Je ne sais pas, aussi vieux, aussi fruste, aussi désarmé.

Son visage s'est empourpré d'un seul coup. Je voyais bien qu'il luttait contre la colère qui montait en lui. Ses muscles se sont contractés sous sa chemise. Mais il n'a pas bougé. Isadora s'est approchée avec son signet à la main. Je ne l'avais même pas vue le sortir de sa botte. Elle le lui a collé contre le ventre.

— Il suffirait que je fasse un petit geste pour qu'il s'enfonce jusqu'à la garde. Je suis sûre que ça rentrerait comme dans du beurre. Mais nous avons le temps pour ces choses-là. Depuis que j'attends, tu penses bien que j'ai quelques questions à te poser.

— Des questions à me poser ? Qu'est-ce que tu veux savoir ?

— Pour commencer j'aimerais connaître la raison pour laquelle tu t'es arrêté. Tu étais sacrément doué pourtant !

— *Shit*, c'est vrai que j'étais fait pour ça. Tu m'aurais vu allonger *all these guys*. Une vraie boucherie.

Isadora s'est reculée d'un pas. Une ride s'était creusée au milieu de son front.

— Vraiment, je ne t'imaginais pas du tout comme ça.

— C'est quoi cette fois ? Mes dents ?

Paddy a fait un sourire forcé comme s'il était chez le dentiste.

— Ta façon de parler, de te comporter… Je ne sais pas.

Elle semblait totalement désarçonnée.

— Et pourquoi ce surnom de Rolex ?

— Qu'est-ce que tu racontes ? Moi, c'est Paddy. Le seul surnom que j'aie jamais eu, c'est *Pad the Hog*. *Pad le Porc*. Parce que soi-disant, je n'avais pas de style, et que je pratiquais une boxe un peu trop sale. Mais ça ne m'a pas empêché de devenir le roi du ring. Quinze K-O en trois ans. *The new King of the Gypsie*, le successeur désigné du grand Bartley Gorman.

Isadora s'est reculée à nouveau.

— Je ne comprends plus rien. Si tu n'es pas Rolex, alors qu'est-ce que tu fous ici ?

Il a penché sa tête dans ma direction.

— Tu avais oublié ton téléphone à la maison. Petit déjà, tu avais toujours la tête dans le ciel.

— On dit la tête dans les nuages.

Je n'avais pas pu m'empêcher de le reprendre. Il a souri.

— Le téléphone a sonné à plusieurs reprises. Il y avait toujours le même nom qui s'affichait sur l'écran : Gianni. Je me suis dit que c'était peut-être important. J'ai décroché et je me suis présenté. Il voulait te parler. C'était urgent, disait-il. Au début, il ne voulait rien me dire, mais j'ai fini par le faire parler. J'ai vite compris à quel genre de bonhomme j'avais affaire.

Isadora s'est agacée, elle lui a donné un coup dans les reins.

— Bon abrège. On n'a pas la journée.

Paddy a grogné et il a continué.

— Il m'a expliqué qu'il avait appris qu'un certain Spartaco Licari venait d'envoyer un de ses hommes en renfort à Montpellier. La personne qui avait renseigné Gianni lui avait parlé d'un rendez-vous dans un village abandonné au-dessus de Montpellier. Comme j'avais essayé toute la nuit d'appeler Lizzie et qu'à chaque fois je tombais sur le répondeur, j'ai commencé à m'inquiéter. J'ai décidé de venir ici. Ce n'était pas difficile à trouver. Il m'a suffi de taper sur Internet « village abandonné » et « Montpellier » et l'adresse est apparue tout de suite. J'ai emprunté la voiture de Lizzie et quand je suis arrivé, j'ai vu la 181, je me suis garé un peu plus loin, j'ai ramassé un manche de pelle qui traînait par terre et me voilà !

— Alors tu n'es pas Rolex ?

— Pas plus que tu n'es la fille qui habite le doux pays de mes rêves.

Isadora s'est tournée vers Kauff, les lèvres serrées.

— Mets-lui une balle dans la tête.

J'ai hurlé. Je ne pouvais pas rester sans rien faire. J'ai essayé d'atteindre Kauff avec mes pieds liés. Il a fait un pas de côté pour m'éviter. Je l'ai vu sourire et lever le bras. Après, ça a recommencé comme la dernière fois chez Maxime. J'ai entendu les deux coups de feu. Le temps de cligner des yeux, j'ai vu le sommet de sa boîte crânienne faire un petit bond en l'air avant de se remettre en place comme une perruque soulevée par un courant d'air. Sur sa chemise en pilou, une auréole brune de la taille d'un petit coquelicot s'est mise à fleurir à l'endroit du cœur et Kauff s'est écroulé sur moi. J'ai essayé de me dégager du cadavre. J'avais la nausée et le goût métallique de son sang dans la bouche.

Quand j'ai enfin pu relever la tête, j'ai vu Paddy qui avait sauté sur Patrick. D'un coup de poing, il l'a envoyé à terre.

Plus loin, Isadora luttait avec un homme. Je ne l'ai pas reconnu tout de suite, ils avaient roulé dans un coin obscur de la bergerie, mais je savais que cette fois, il n'y avait pas de doute possible, ce ne pouvait être que Rolex.

CHAPITRE 40

Les fleurs sont tombées
Nos esprits maintenant
Sont en paix

Koyû-Ni

L'homme a pris rapidement le dessus. Il maintenait Isadora fermement au sol. Paddy, après s'être assuré que Patrick était définitivement hors de combat, a récupéré le pistolet-mitrailleur et s'est enfoncé dans la zone d'ombre.

— Va chercher de quoi la ligoter, lui a dit l'homme sans se retourner.

Sa voix me disait bien quelque chose, mais je n'arrivais pas à faire le lien. On aurait dit que tout au fond de moi, je savais, mais que je voulais reculer au maximum le moment où je devrais l'appeler par son prénom.

Paddy a attrapé les cordes qu'avait apportées Patrick et il a attaché les mains et les pieds d'Isadora. L'homme s'est relevé, il a pivoté sur ses talons et s'est avancé enfin dans la lumière.

— Alex, ce n'est pas possible, ai-je murmuré.

Il a baissé la tête avant de se tourner vers Paddy.

— Tu peux les détacher ?

Paddy a récupéré le signet d'Isadora et tranché nos liens. Pendant ce temps, Alex est allé s'asseoir contre un mur.

J'ai pris Lizzie dans mes bras. On est restés un long moment à essayer de récupérer de la chaleur, un peu d'énergie vitale. Quand j'ai senti que ça allait un peu mieux, je suis allé me poster devant Alex en me frottant les poignets.

Lizzie et Vieux Bob s'étaient approchés eux aussi. Paddy venait juste de finir de ligoter Patrick. Il vérifiait les liens d'Isadora. Elle gigotait dans tous les sens en soufflant.

— Toi, tu arrêtes de bouger, a-t-il ordonné.

Il a approché un des lits de camp, s'est assis dessus et a posé un pied sur son dos.

Avec son pistolet-mitrailleur sur les genoux, on aurait dit Ernest Hemingway posant devant un trophée de chasse dans les vertes collines d'Afrique.

Je me suis accroupi devant Alex. Il a levé les yeux. J'ai fait un mouvement avec mon menton.

— Tu nous racontes ?

Il a appuyé sa tête contre le mur et a commencé son récit.

— À l'époque, j'habitais Aix-en-Provence. J'avais hérité de la brasserie de mes parents, à deux rues du Cours Mirabeau. Je vivais avec une fille. Elle s'appelait Lahna. Elle était maître de conférences à l'Institut d'études politiques. Elle était très brillante, très belle, j'étais amoureux d'elle. Un jour, il y a eu un règlement de comptes dans la rue en face du pavillon de Vendôme. Une moto qui ralentit, des coups de feu, un homme qui tombe. Lahna passait là par hasard, elle a pris une balle perdue dans la poitrine. Elle est morte à l'hôpital le soir même.

Alex s'est arrêté, il semblait à bout de souffle. Il a remonté ses genoux contre son torse et poursuivi.

— Tu sais, Niels, Lahna ça signifie *la paix* en kabyle. Je n'ai plus jamais réussi à trouver la paix après ça. J'ai arpenté les rues d'Aix et de Marseille pendant des jours et des jours. Je posais des questions à tout le monde, je n'avais qu'une idée en tête, retrouver les assassins de Lahna et venger sa mort. Ce sont les flics qui m'ont conduit jusqu'à eux. Ils avaient identifié une empreinte sur la moto qui avait brûlé. Une empreinte sur un petit morceau de garde-boue épargné par les flammes. Ils ont remonté la piste et ils sont tombés sur deux Corses avec des casiers longs comme le bras. Ils sont restés en détention provisoire pendant un an avant de bénéficier d'un non-lieu pour insuffisance de preuve. Un an que j'ai utilisé pour me former à l'utilisation des armes. Je les ai attendus sur les marches du Palais de justice. J'étais étrangement calme et froid, c'était comme si mon esprit avait quitté mon corps. Je me suis vu leur mettre une balle dans la tête et une balle dans le cœur chacun. Mes deux premiers crimes. Je suis parti hagard dans les ruelles d'Aix. Aujourd'hui encore je ne sais pas comment j'ai fait pour ne pas être arrêté.

Lizzie était debout à côté de moi. Pendant qu'Alex s'expliquait, je sentais sa main appuyer de plus en plus fortement sur mon épaule. Elle n'osait pas parler, interrompre Alex. L'instant était chargé d'une curieuse intensité. L'air semblait pesant, plus lourd. Il fallait faire des efforts pour respirer. Alex, visiblement, était lui aussi en proie aux mêmes difficultés. Il a soufflé dans ses joues comme s'il essayait d'expulser sa souffrance, et il a repris son monologue.

— Je vous l'ai dit, Lahna signifiait *la paix*. En la perdant, il ne me restait plus que la guerre. L'enquête avait identifié les deux Corses comme des proches du clan de Spartaco Licari. Il avait tellement de morgue et d'assurance qu'il s'en cachait à peine. Son propre avocat avait assisté les deux hommes. Moi, je ne pouvais pas en rester là. J'étais toujours aussi fou de rage. Mais je savais que pour parfaire ma vengeance, il fallait élaborer cette fois une stratégie différente, plus réfléchie, plus aboutie. À cette époque, un seul homme osait se mettre ouvertement en travers de la route de Licari. Il s'appelait Abdelkader Bencheikh. Depuis les quartiers nord de Marseille, il voulait prendre le contrôle de la drogue et des nuits aixoises. J'ai décidé de vendre ma brasserie et de lui faire une offre de service, via une messagerie cryptée. C'est comme ça que ça s'est passé. J'ai perdu la pitié et ignoré la honte, comme Achille. On m'avait volé ma part de lumière, il ne me restait plus qu'à me couler dans l'ombre.

Alex s'est arrêté. Il a rabattu les deux pans de sa veste sur ses genoux. Ses cheveux longs faisaient comme un voile sur son visage. Il me faisait penser à un adolescent qui a fait une connerie et qui vient de se faire prendre, certainement pas à un tueur à gages.

— Et tu as tué tous ces gens ?

— La plupart, c'étaient des assassins. Je refusais tous les contrats qui sortaient du cadre que j'avais fixé. Exclusivement des hommes de Licari, des malfrats, des sales types. Bencheikh respectait scrupuleusement cela. Au bout de quelques années, j'ai décidé d'arrêter. J'avais tué Scipio, le frère de Licari, et plus d'une dizaine d'hommes. J'étais fatigué de toute cette violence. J'en ai informé Bencheikh. Avec l'argent de la vente de la brasserie, j'ai acheté mon domaine ostréicole sur l'étang de Thau. C'était un vieux rêve, peut-être mon dernier rêve, celui qui me permettait de tenir encore debout. Voilà, c'est mon histoire.

Lizzie s'est accroupie à son tour. Sa voix était douce. On aurait dit qu'elle parlait à un enfant.

— Et ce surnom de Rolex ?

— Oh, un clin d'œil à mon rêve. Le modèle de montre le plus connu de Rolex, c'est Oyster. L'huître.

— Et Malik ? a demandé Lizzie.

— Malik a été le déclencheur involontaire de cette nouvelle vague de violence. Quand je lui ai demandé de travailler sur mon site Internet, j'en ai profité pour lui confier un ordinateur portable qui déconnait. J'avais oublié que c'était un des ordinateurs que j'utilisais à l'époque pour contacter Benchcikh. Quand il a travaillé dessus, il a dû tomber sur mon adresse cryptée. Vous le connaissez, il est curieux comme une pie. Il a été intrigué, il a piraté le mot de passe et il a ouvert ma messagerie. Après avoir tué Bencheikh, Licari avait récupéré ses ordinateurs et ses identifiants. Il avait fait envoyer en réponse à mon dernier message, un virus chargé d'installer dans mon propre ordinateur un logiciel espion destiné à me retrouver. Bien sûr, je m'étais méfié et ce message, je ne l'avais jamais ouvert. Quand Malik est tombé dessus, il n'a pas pu s'empêcher de cliquer.

Il n'imaginait pas de quoi il s'agissait. Il a activé le virus qui a permis à Licari de récupérer l'adresse IP et de géolocaliser l'ordinateur. Licari a envoyé sans tarder un de ses gars qui était dans le secteur, Enzo Susini. Quand il est arrivé, il est tombé sur Malik et ça s'est mal passé. Il y a eu une bagarre, Malik a été blessé. Il a réussi à s'échapper. Il a sauté sur sa mobylette et il est venu directement à la cabane que je lui prêtais. Il avait compris que j'étais lié à toute cette affaire. Il ne voulait pas aller chez les flics et me mettre en porte-à-faux. Susini l'a suivi jusqu'à la cabane. Moi, j'étais sur ma terrasse. J'ai vu passer Malik et la voiture, quelques instants après. J'ai compris que quelque chose de grave arrivait. J'ai pris un pistolet et j'ai fait ce que j'avais à faire.

Alex s'est arrêté de parler. Il essayait de reprendre son souffle. Je me suis retourné. Derrière moi, Vieux Bob était figé par l'émotion. Lizzie a insisté.

— Et Malik ? a-t-elle répété, qu'est-ce qu'il est devenu ?

Alex s'est repris, mais sa voix était de plus en plus faible.

— Malik va bien. Après avoir neutralisé Susini, je voulais nettoyer les lieux et me débarrasser du corps et des véhicules. Je n'en ai pas eu le temps. Malik était au plus mal. Il fallait que je le prenne en charge rapidement. Je l'ai mis dans mon bateau et je l'ai emmené de l'autre côté de l'étang, vers Marseillan. Je l'ai installé dans une cabane que je possède sur la pointe des Onglous et je l'ai soigné. Je suis resté avec lui toute la nuit. Il avait perdu beaucoup de sang. Le lendemain matin, quand je suis revenu à l'exploitation, vous aviez déjà découvert le corps. Malik est presque totalement remis à présent. Vous allez pouvoir le récupérer. Il va être content, il commençait à en avoir ras le bol de manger des huîtres.

Alex s'est mis à tousser. Vieux Bob s'avançait vers la porte d'entrée.

— Il y a des voitures qui arrivent sur le chemin.

— J'ai prévenu Malkovitch sur la route, a dit soudain Paddy. Il y avait son numéro enregistré dans ton téléphone. C'est la première fois de ma vie que j'appelle un flic.

Je me suis rapproché d'Alex. Je n'ai pas hésité.

— Il faut que tu partes. Tu as encore le temps.

Lizzie a repris derrière moi avec encore plus de flamme.

— Niels a raison. Sors par-derrière et disparais dans la garrigue. On racontera une histoire à Malkovitch.

Alex ne bougeait pas. J'ai posé ma main sur son genou pour le secouer. J'ai senti quelque chose de moite et de chaud. Quand j'ai retiré ma main, elle était couverte de sang. J'ai écarté les pans de sa veste et j'ai déplié ses genoux. Tout le bas de sa chemise était gorgé de sang. Je n'ai pas pu m'empêcher de pousser un cri. Il a relevé la tête, a écarté ses cheveux d'un mouvement très lent de la main. Son visage était livide.

— C'est trop tard, mon ami, et c'est bien mieux ainsi.

— Qu'est-ce qui s'est passé ? a crié Vieux Bob qui venait de voir à son tour la blessure.

Alex a regardé Isadora.

— Elle m'a planté avec son couteau pendant que j'étais sur elle.

Lizzie a attrapé Alex par le cou et l'a allongé délicatement sur le sol.

— Malkovitch arrive. On va appeler les secours. Il faut que tu tiennes, il faut que tu tiennes le coup.

Alex a souri.

— Ce n'est pas grave. Je suis si fatigué. Beaucoup trop de violence, trop de haine, trop de mensonge… Ne vous inquiétez pas pour moi, j'ai eu ma part de ciel bleu dans mon parc à huîtres, j'ai eu surtout la chance de rencontrer des gens exceptionnels.

Lizzie caressait ses longs cheveux.

— Ne parle pas, garde tes forces.

J'ai pris la main d'Alex dans la mienne et je l'ai serrée aussi fort que je pouvais. Il a incliné la tête.

— Je suis désolé les amis de vous avoir entraînés là-dedans.

J'ai posé mon autre main sur son poignet. Je sentais le froid qui gagnait. J'ai frotté son avant-bras comme si je pouvais réactiver quelque chose, mais c'était inutile et la chaleur s'éteignait doucement, inexorablement.

— C'est rien. Ne t'en fais pas. Ça va aller.

— Oui ça va aller, je vais bientôt retrouver Lahna.

Alex a souri à nouveau. Son sourire s'est figé.

Lahna, ça signifiait *la paix*.

Épilogue

Un mois était passé depuis la mort d'Alex. C'était la première fois qu'on se retrouvait tous ensemble. Le restaurant de son exploitation ostréicole était resté fermé pendant tout ce temps. C'était bizarre de revenir ici. Vieux Bob avait cuisiné tout l'après-midi. Paddy avait dressé la grande table ronde au bout de la plate-forme. C'était une fin de journée splendide. Le mont Saint-Clair déclinait sa palette de vert sous un ciel uniformément bleu, et l'étang de Thau, qui donnait habituellement dans l'outremer, s'était paré de profonds reflets mauves. On s'est installés. Lizzie à ma droite, puis venaient Malko et Vincent. En face de moi, Paddy puis Malik et Vieux Bob. Entre ces deux derniers, une place était restée vide, celle que nous avions décidé de réserver à jamais à Alex.

Vieux Bob a quitté la table pour aller chercher trois bouteilles d'un vin doré qui, sous le soleil déclinant, étincelait comme de l'or en fusion. Il les a déposées dans un grand seau à glace qui trônait au milieu de la table. Quand il s'est rassis, il y a eu un moment de silence. C'était comme si chacun de nous devait reprendre son souffle avant de pouvoir repartir de plus belle. J'ai levé la tête vers le ciel. L'air était sucré, un mélange de citronnelle, d'eucalyptus et des parfums qui venaient de la lagune, goémon, effluves de sel, réminiscences d'ambre transportées par la brise marine. Comme souvent depuis qu'il s'était installé chez moi, c'est Paddy qui a rompu le silence.

— Je ne le connaissais pas vraiment, mais je propose qu'on trinque à la mémoire d'Alex.

Vieux Bob a sorti un tire-bouchon de la poche de son pantalon.

— Muscat de Mireval. C'était son préféré. Il aimait les vins doux, l'imbécile. Je voudrais qu'on commence avec ça et aussi avec ses tielles à l'encre de seiche. J'ai repris sa recette. Elle était dans un cahier que j'ai trouvé dans la cuisine. Je vais les chercher, on les goûte et après je propose qu'on s'empresse de brûler le cahier. Cette recette doit disparaître avec lui. Ceux qui ont la chance de ne pas avoir goûté ses tielles vont constater à quel point c'est immangeable.

On s'est tous mis à rire bêtement. Malik a précisé.

— Personne n'a jamais osé lui dire la vérité. En fait, tu as l'impression de mâchouiller une chambre à air de vélo.

— Je me souviens de la première fois que j'en ai mangé, j'ai eu les dents noires pendant une semaine, a ajouté Vieux Bob avant de repartir en cuisine.

Malkovitch a commencé à remplir les verres.

— Après tout, ce n'était pas un cuisinier. Son truc à lui, c'était la culture des huîtres et de l'amitié.

Malik a baissé la tête en se pinçant les lèvres. Des lumières se sont aussitôt allumées aux coins de ses yeux. Il s'est empressé de les éteindre avec son pouce et son index. Vieux Bob est bientôt revenu avec les fameuses tielles et un assortiment de tapas. Brochettes de gambas au chorizo, calamars à la romaine, tellines à l'ail, roulés d'aubergine au chèvre et au pesto.

— J'ai pensé qu'il fallait aussi vous proposer un contrepoison. Je suis une âme charitable.

Paddy a levé les bras au ciel en signe de remerciement et il a rempli copieusement son assiette.

— *Nus a dhabjon dhuilsha.*

— Qu'est-ce que ça signifie encore ? a grommelé Malkovitch.

— Dieu vous bénisse. Mais je ne suis pas sûr que ça marche avec les flics.

Paddy a fixé Malko sans ciller et il a éclaté de rire.

— Je plaisantais, allez, trinquons camarade.

Et ils ont fait tinter leurs verres, en souriant.

— Après l'apéro, on attaquera les huîtres, a précisé Vieux Bob, ce sont les siennes évidemment, les meilleures de l'étang.

— C'était vraiment un personnage complexe, a dit Lizzie. Mystérieux et charismatique.

On s'est tous regardés en balançant la tête.

— Tu rouvres le resto quand ? a-t-elle enchaîné en s'adressant à son père.

— Dans quinze jours.

Quand la succession d'Alex avait été ouverte, Vieux Bob avait eu la surprise d'apprendre qu'il lui avait laissé le restaurant. L'exploitation ostréicole et la maison avaient été léguées à un Établissement et Service d'Aide par le Travail. C'était sa dernière élégance, sa façon d'essayer de racheter ses années de violence.

Vincent était resté silencieux pendant tout ce temps, il a pris sur lui pour intégrer la discussion.

— Vous avez du courage de reprendre un tel établissement à votre âge.

Vieux Bob lui a lancé un regard noir.

— Vous savez, j'ai encore du jus et si ça peut vous rassurer, je ne vais l'ouvrir que le week-end, dans un premier temps. Pour la saison d'été, on verra. Je recruterai peut-être un second de cuisine et quelques commis. Non, je suis heureux de me remettre derrière un fourneau. Je crois même que ça va me faire rajeunir.

— J'espère que tu ne vas pas te lancer dans une nouvelle course aux étoiles, a dit Lizzie.

— Non, ce genre d'absurdité, c'est fini. Ma seule envie, c'est de créer un lieu convivial et de proposer une cuisine d'honnête homme.

J'étais ravi de voir l'entrain avec lequel Vieux Bob avait accueilli ce cadeau tombé du ciel. Ça lui avait fait du bien. Depuis quelque temps, je le sentais en perte de vitesse. Il avait besoin d'un nouveau projet. Alex avait dû en avoir conscience. Malgré son côté sombre, c'était un ami loyal et attentionné.

— Et comment tu vas l'appeler ce resto ? a demandé Malik.

Vieux Bob a plissé les lèvres pour contenir son émotion.

— « Chez Alex ».

On s'est tous regardés en balançant la tête.

— Merci, là où il est, il doit être heureux d'entendre ça, a dit Malik en mettant sa main sur son cœur.

J'ai pris mon verre et j'ai trinqué avec Vieux Bob.

— Au resto « Chez Alex ».

On a tous levé nos verres. Puis on a commencé à manger dans un joyeux brouhaha. Ça s'interpellait autour de la table, chacun prenait des nouvelles de son voisin. Quand Lizzie s'est enquise de la santé de Malik, le silence est revenu tout de suite. Il avait été l'objet de notre inquiétude pendant plus de quinze jours. Il était normal qu'il soit encore au cœur de nos préoccupations. Malik nous a assurés qu'il était complètement remis. Susini lui avait tiré dessus alors qu'ils se battaient. La balle avait traversé l'abdomen. Par chance, elle n'avait touché aucun organe vital et Alex avait pu le soigner.

— Tu as dû trouver le temps long pendant ta convalescence, ai-je dit. Quinze jours enfermé dans une vieille cabane. À ta place, je crois que je serais devenu fou.

— Alex venait me voir tous les soirs. Il m'apportait mon dîner et de quoi lire, le journal du jour, des magazines, des bouquins. Dès que j'ai pu me lever, je me suis mis à faire l'inventaire de l'arsenal qu'il cachait dans la pièce secrète de sa cabane. Ça m'a bien occupé. C'était dans une cave creusée sous le plancher. Le premier jour, pendant que j'étais à moitié dans le cirage, je l'ai vu rouler un tapis, soulever une trappe et ressortir avec des boîtes de cartouches. Quelques jours après, j'allais mieux et j'ai pu voir enfin ce qui se cachait sous la trappe. Une minuscule pièce tapissée de flingues en tous genres, des pistolets automatiques, des fusils à lunette, sur le sol, des caisses de munitions. Il y avait même des grenades.

Malkovitch a posé son verre de muscat sur la table.

— Il était armé comme un porte-avions. On a dû faire intervenir une équipe de démineurs pour sortir ce matos. Je crois qu'il s'attendait à ce que Licari le retrouve un jour.

— Il le souhaitait peut-être inconsciemment, a dit Lizzie. J'ai toujours été surprise qu'un homme aussi professionnel et méticuleux laisse autant d'empreintes digitales et de traces ADN.

— J'y ai pensé moi aussi, ai-je dit. Je me demande s'il n'espérait pas qu'on l'arrête. Il devait être fatigué de toute cette violence. Alex était un homme paradoxal, déconcertant. Il avançait dans la vie comme un leurre, en zigzag. Il était insaisissable et imprévisible. Personne ne saura jamais ce qu'il avait réellement dans le cœur.

Malkovitch s'est tortillé sur sa chaise.

— Ce qui est dingue, c'est qu'on aurait pu, on aurait dû l'arrêter avant. Quand on a retrouvé le corps de Susini, on a relevé les empreintes de Rolex dans la cabane de Malik. Vous ne le croirez pas, mais aucun technicien n'a pensé à prendre celles d'Alex pour les comparer. Ça aurait pu tout changer.

— Ça n'aurait rien changé. Il ne se serait jamais laissé enfermer. Il aimait trop la liberté, ai-je répondu.

On venait de terminer les tapas. Vieux Bob est parti avec Paddy chercher les plateaux d'huîtres.

Lizzie a mis un coup de coude à Malkovitch.

— Alors, tu nous avais caché que tu avais des talents d'acteur ?

Malkovitch a rougi.

— Niels t'a expliqué ? Sur le coup, j'ai cru que c'était une bonne idée. Je vous voyais prendre des risques inconsidérés depuis le début. Ça s'est passé quand j'ai abattu Valerio. Quand mes balles l'ont touché à la tête et au cœur, je n'ai pas arrêté d'y penser et j'ai eu un déclic. Et si c'était un signe du destin ?

Si en faisant en sorte d'être suspect à vos yeux, je pouvais vous tenir éloignés du danger ? Au moins, pendant que vous enquêtiez sur moi, vous ne seriez pas au cœur du volcan. J'ai laissé des petits indices. Cette histoire de cabane, par exemple. Par contre, ce que je n'avais pas prévu, c'est que vous ne manqueriez pas de relever cette incohérence dans mes propos. Je n'avais pas prévu que vous remonteriez jusqu'à l'achat de mon appartement. Sachez, bande de fouines, que je suis fils unique et qu'à la mort de mes parents, j'ai hérité d'une coquette somme d'argent.

Je me suis redressé sur mes coudes.

— On est peut-être des fouines mais toi, tu es un sacré tordu. En tout cas, sache que pour ma part, je n'y ai jamais cru, à tes fariboles.

— Et avec cette Isadora, alors, comment ça se passe ? a enchaîné Lizzie.

Malko s'est redressé sur sa chaise.

— Elle a été transférée à Paris à l'Office central de lutte contre le crime organisé. Aux dernières nouvelles, elle accepte de collaborer. Je crois que Spartaco Licari ne va pas tarder à goûter aux plaisirs de la prison. Malheureusement, comme vous le savez, les noms changent mais l'histoire se répète. Un jour, quelqu'un d'autre sortira de l'ombre et prendra sa place. La lutte contre le mal est une lutte sans fin.

Vieux Bob et Paddy sont arrivés en portant les plateaux d'huîtres au-dessus de leurs têtes. Paddy avait des bouteilles de picpoul qui dépassaient des poches de son treillis. Après avoir déposé son plateau, il a mis une bouteille devant moi.

— Et toi *son*, comment vas-tu ?

— Très bien, merci. Alors tu rentres en Irlande demain ?

— J'ai mon avion à sept heures. Toujours OK pour m'emmener à l'aéroport ?

— Tu peux compter sur moi.

Il a débouché la bouteille et rempli nos deux verres. J'ai vu qu'il hésitait à parler, puis il s'est lancé. On aurait dit un boxeur qui jaillit de son tabouret.

— Je voulais te dire, quand je suis entré dans la bergerie l'autre jour, ça m'a fait plaisir de t'entendre m'appeler papa.

Je me doutais bien qu'il allait revenir sur cet épisode. Peut-être même que je l'espérais.

— Tu sais, c'était sous le coup de la surprise. Je ne m'attendais vraiment pas à te voir débouler à ce moment-là.

— Oui, mais tu as quand même dit papa. Ça faisait longtemps, tu sais. Je n'ai pas oublié. La dernière fois, tu devais avoir neuf ans.

C'était curieux de voir l'émotion s'emparer d'un seul coup de cet homme aux allures de menhir. Je sentais quelque chose céder tout au fond de moi. Le temps était peut-être venu de tourner la page.

— Il est possible que je vienne te voir un de ces jours en Irlande. Si tu es d'accord, bien évidemment. J'aimerais faire découvrir le pays de mon père à Lizzie.

Un large sourire a ensoleillé son visage. Il a frotté ses grosses mains l'une contre l'autre.

— Ce serait formidable, *son*. Et tu comptes parler de ton enfance à Lizzie ?

Il a précisé.

— De toute ton enfance ?

J'ai levé mon verre pour trinquer avec lui.

— Je ne sais pas encore, mais c'est possible. Après tout, comme tu disais l'autre fois, il n'y a rien dont je ne puisse être fier.

Quand il a regagné sa place à l'autre bout de la table, je suis resté quelques minutes silencieux avec mon verre à la main. Je ressentais une émotion bizarre, celle de redevenir un fils et de réussir enfin à porter un regard bienveillant sur mon enfance. Des douleurs anciennes s'apaisaient. Des portes tenues trop longtemps fermées s'ouvraient enfin. Je me sentais plus léger, plus libre.

On a continué sur le même rythme dans la lumière qui déclinait. Poulardes au vin jaune et morilles, plateau de fromages. Pour le dessert, Vieux Bob avait préparé une tarte meringuée aux zestes de citron confits et feuilles de shizo vert dont il avait le secret. La tête commençait à me tourner. J'entendais les voix de mes amis, mais je n'écoutais plus vraiment leur conversation. Je me laissais bercer par les sons. C'était doux comme sensation, l'impression d'être lové dans de la ouate ou de la barbe à papa.

Mais à un moment, j'en ai eu marre de tout ce sucre. J'ai demandé à Lizzie si elle voulait bien venir faire un tour avec moi au bord de l'étang. Elle s'est levée et je me suis retrouvé avec le bras autour de sa taille. On descendait sur le chemin, le vent transportait les bribes de voix et les tintements des verres, on entendait les rires aussi. Je me disais que c'était quand même un étrange endroit que ce pays flottant, mouvant, aux contours vaporeux. Quand le soleil surgissait derrière un nuage, le ciel semblait s'ouvrir en deux et se déverser sur la terre et les étangs. Tout se mêlait alors intimement jusqu'à se fondre dans un camaïeu de couleurs ambrées. Et nous, au milieu de tout ça, que faisions-nous ? Je me rendais compte que nous étions nombreux à être venus chercher une place au sein de ce paysage pour fuir quelque chose. Nous ne vivions ici que dans l'espoir de nous dissoudre dans le décor, échapper à nos vies confuses, transiger avec nos petites lâchetés.

— Tu penses à quoi, Niels ? m'a demandé soudain Lizzie.

— À rien, à tout.

— À rien ou à tout ? Ce n'est quand même pas la même chose.

J'ai hésité quelques secondes, pas longtemps.

— Tu sais, j'ai bien réfléchi à tout ça et je voulais te dire que si tu voulais un enfant… Eh bien, je serais d'accord.

Lizzie s'est arrêtée brusquement. J'ai cru qu'elle avait enfoncé une de ses chaussures dans la vase. Mais elle s'est reculée d'un pas. J'ai senti sa taille s'échapper de l'emprise de mon bras.

— Non, mais tu débloques complètement ? C'est quoi cette histoire d'enfant ?

Je n'ai rien répondu. À présent, c'est moi qui avais l'impression de m'enfoncer peu à peu dans le sol.

— Ça fait à peine un an qu'on se connaît, j'ai un boulot qui me passionne. Qu'est-ce qu'il t'arrive d'un coup ?

— Je ne sais pas, c'est toi. J'ai cru que tu voulais un enfant. Il y avait ce truc que tu essayais de me dire et que tu ne disais jamais.

Elle a secoué la tête avec un air totalement désespéré. Elle a regardé autour comme si elle voulait prendre à témoin les mouettes rieuses et les goélands argentés.

— Tu es complètement cinglé. Ce que je voulais te dire, c'est tout simplement que j'envisage de créer un site Internet dédié à l'information et au journalisme d'investigation.

J'ai ouvert la bouche comme un poisson, sauf que j'ai poussé un petit cri de surprise en plus.

— Eh oui, un site qui pourrait me permettre de faire mon métier avec encore plus d'indépendance et de liberté. Tu entends ce mot, Niels. Liberté. Tu trouves que ça rime avec biberon ou couche-culotte ?

— OK, j'ai compris, j'avais mal interprété, c'est tout. Et pour tout te dire, je suis rassuré. Je me voyais mal en train de pouponner.

J'ai essayé de rigoler, mais je crois bien que ça sonnait faux. J'étais submergé par une multitude d'émotions différentes. Il y avait du soulagement, de la surprise, c'est certain, mais aussi quelque chose qui ressemblait à de la déception.

Lizzie s'est approchée.

— C'est un projet qui me tient à cœur. J'y pense depuis des mois mais il me manquait un associé et là, je viens de le trouver. Je vais créer et développer le site avec Vincent. On voudrait le mettre en ligne au début de l'année prochaine.

Je suis resté cloué sur place comme si je venais de recevoir une sagaie en plein cœur.

— Vincent ? Lizzie, bon sang, tu crois que je ne le vois pas, son petit manège ? Il te tourne autour depuis des jours et des jours.

— Vincent me tourne autour ?

Elle s'est esclaffée.

— Tu es vraiment incroyable. Vincent est amoureux de Serge et ils sont ensemble depuis plus d'une semaine.

J'ai repéré un tronc d'arbre qui avait été charrié par les eaux. Il était blanc et lisse, ni trop haut, ni trop bas, parfait pour aller s'asseoir dessus quand on a les jambes coupées. Je l'ai rejoint, tête basse.

— Vincent et Malko ?

J'ai jeté un œil du côté de la plateforme. Ils étaient toujours là, réunis autour de la table. Paddy s'était mis à chanter. De temps en temps, Vincent et Malko se jetaient des regards avant de s'écrouler de rire.

— Tu veux dire que Vincent et Malko sont… ?

— Je te l'ai déjà dit, ils sont amoureux. Exactement comme nous.

Décidément, Lizzie avait raison, je ne comprenais rien à rien. C'était l'histoire de ma vie. Déjà enfant, je ne savais jamais si une fille m'aimait bien ou si elle me détestait. Je ne parvenais jamais à faire la différence. Plus tard, ça ne s'était pas arrangé. Vincent et Malko. Je devais être le dernier de la bande à être au courant. Il y avait tellement de messages que je n'arrivais pas à décoder, des comportements, des signes, des sous-entendus. Toutes ces choses, qui étaient des évidences pour les autres, passaient à dix milles au-dessus de ma tête. Je n'arrivais toujours pas à m'habituer.

— Bon, ce n'est pas grave. Tu ne prendras jamais la relève de Sherlock Holmes, voilà tout !

Lizzie est venue s'asseoir à côté de moi, elle a pris mon bras et l'a passé à nouveau autour de sa taille.

On est restés comme ça un moment à observer l'étang s'installer dans la quiétude de la fin du jour. La vie semblait se ralentir. Le souffle d'air léger qui faisait frissonner les buissons d'immortelles des sables à nos pieds s'éteignait doucement. En face de nous, le mont Saint Clair s'était recroquevillé sur lui-même, comme un gros chat se préparant au sommeil. Puis le silence est devenu plus pesant, presque assourdissant. L'air s'est mis à vibrer et tout s'est embrasé d'un seul coup. Chaque soir, c'était la même chose. Le soleil disparaissait derrière les monts de l'Espinousse et pour quelques minutes à peine, le monde misait tout sur le rouge. J'ai souri. Il y avait au moins certaines choses que j'arrivais encore à saisir.

— On rejoint les autres ? a-t-elle proposé.

J'ai fait oui avec la tête. Elle me regardait comme si j'étais une espèce de mutant ou quelque chose dans le genre. Elle a fait glisser le dos de sa main sur ma cicatrice et éclaté de rire.

— Un enfant ? Tu me tues. Et pourquoi pas un mariage tant qu'on y est ?

Je suis resté penaud, incapable de parler pendant un temps qui m'a paru interminable, puis je me suis mis à ricasser avec elle. J'ai commencé à siffloter l'air de la marche nuptiale de Mendelssohn. On riait tous les deux comme des bossus. Quand on est revenus au restaurant, on était toujours en train de se gondoler. On avait du mal à reprendre notre souffle. Chaque fois que nos regards se croisaient, ça repartait de plus belle. J'avais passé une main autour de sa taille et de l'autre je triturais nerveusement, dans la poche de mon jeans, la bague de fiançailles que j'avais achetée la veille.

J'ai levé la tête vers le ciel. Il y avait la lune, les planètes, les constellations et tout le reste. Je contemplais ce grand machin qui tournait sur lui-même si lentement. Il semblait qu'il y avait un ordre là-dedans. Et moi, si petit, au milieu, si insignifiant. Où était donc ma place ? En avais-je seulement une ? Je caressais la bague et l'idée m'a traversé que je pourrais la faire fondre et récupérer les pierres, utiliser le métal précieux pour fabriquer les armatures de ma nouvelle ligne de leurres. J'imaginais déjà le slogan, les leurres *Nielsen*, les premiers leurres en or avec ligne d'écailles en diamants. À défaut d'une place dans l'ordonnancement de l'univers, j'avais peut-être trouvé l'idée qui allait me remettre dans la course.

Remerciements

On ne fait rien seul. En tout cas, rien qui n'ait de sens. Et si j'ai une chance, c'est celle d'être bien entouré.

MERCI Marie-Pierre, pour ton amour, ton soutien, la beauté pure de ton âme ;

MERCI Anton et Koba pour votre noblesse de cœur, votre humour, le bonheur que j'ai d'être votre père ;

MERCI à toute la chaîne des métiers du livre : éditeurs (les miens surtout), correcteurs, graphistes, imprimeurs, diffuseurs, distributeurs (et leurs représentants qui parcourent tant de kilomètres), libraires, bibliothécaires, journalistes, blogueurs littéraires, organisateurs de festivals ;

MERCI enfin à vous qui me lisez et permettez à mon rêve de se réaliser.

Ce rêve, je l'ai fait quand j'étais enfant, il a fallu que je lui coure après pendant de si longues années.

Je vous invite au passage à faire de même de votre côté. Nous n'avons qu'une vie. Quel que soit votre rêve, ne laissez rien ni personne (et surtout pas vous-même) vous en éloigner. Et comme disaient Niels et avant lui Winston Churchill…

Never surrender !